台湾古诗选

陈贻庭 主编

陈贻庭 张宁 陈丽 选注

南明时期至二十世纪初叶
七十三位诗人一百八十首诗作

九州出版社
JIUZHOUPRESS

图书在版编目（CIP）数据

台湾古诗选／陈贻庭主编．—北京：九州出版社，2006.8

ISBN 7-80195-517-X

Ⅰ.台…　Ⅱ.陈…　Ⅲ.诗歌—作品集—中国—当代　Ⅳ.1227

中国版本图书馆 CIP 数据核字（2006）第 087324 号

台湾古诗选

作　者	陈贻庭　主编
出　版	九州出版社
地　址	北京市西城区阜外大街甲 35 号（100037）
发行电话	(010) 68992190/2/3/5/6
网　址	www.jiuzhoupress.com
电子信箱	jiuzhou@jiuzhoupress.com
印　刷	三河市东方印刷厂
开　本	680 × 960 毫米　16 开
印　张	29
字　数	200 千字
版　次	2006 年 8 月第 1 版
印　次	2006 年 8 月第 1 版　第 1 次印刷
书　号	ISBN 7-80195-517-X / I · 314
定　价	38.00 元

前　言

谈到台湾文学，大陆读者了解比较多的是它现当代的情况，对其古代文学，一般人可能知之不多。其实台湾的古代（包括近代）文学特别是它的诗歌也是很值得得关注的。虽然台湾古典诗歌的历史并不长，从南明时算起至20世纪初叶，只有不到300年。然而就在短短的近300年间，它却取得了长足的发展和进步，至少到清代中期，其整体艺术水平已达到与大陆相当的程度。到了晚清，当大陆大多数地区的古诗创作已日渐式微时，台湾诗坛仍然显得非常活跃。当时岛内单是有组织的诗社就有数十个（一说逾百），其成员达数百人之多，作品数量亦十分可观，甚至还出现了像丘逢甲这样具有全国性声誉和影响的大诗人。这是台湾古诗值得关注的原因之一。台湾是一个移民社会，它的文化脱胎于中华文化的母体，因此它的古诗无论是取材范围、表现形式，还是艺术手法，审美趣味，也都与祖国大陆一脉相承。但是由于台湾的地理位置、民俗风情和近代的历史遭遇比较特殊，也使得它的古诗呈现出一些独特的风貌。这是台湾古诗值得关注的另一个重要原因。

台湾的古诗，滥觞于南明时期。南明永历初，出生于浙江鄞县（今浙江宁波）的南明太仆少卿沈光文辗转漂泊，来到当时郑成功抗清的根据地福建南部，落脚于金门岛。永历五年（清顺治八年）的一天，他正乘船准备去泉州，不料航行至海口围头洋时，船遇上大风，他因此漂流到了台湾，并最终在台南定居下来。沈光文擅长文学，来台湾后，常常以诗作记述流亡境况，抒发乡愁归思，这些作品就是台湾岛内最早的一批古诗。康熙廿四年（1685），他又和当时的诸罗县令季麒光等13个人组织了“东吟社”，开台湾诗人结社之先河。季麒光在《题沈斯庵杂记诗》中说：“台湾无文矣，斯庵（沈光文号）来而有文矣。”这个被誉为“海东文献初祖”的人，当之无愧地成为台湾最早的诗人，他也因此一直受到人们的崇敬。

郑成功驱逐荷兰殖民者，收复台湾后，一大批明朝遗民随之陆续登上这座宝岛，其中不乏像沈光文这样著名的文人，如卢若腾、徐孚远、沈佺期、王忠孝等。他们和沈光文一起在这片土地上播撒中华文化的种子，以其丰富的经历、深沉的情感和娴熟的技巧从事诗歌创作。台湾的古诗可以说是由他们直接从祖国大陆移植而来的，因此尽管其历史短暂，但起点却不低，从一开始就显得成熟。这些明朝遗民诗人作品所描写的主要是个人的境遇和情感，归纳起来大抵有以下三方面的内容：羁居海外的艰苦生活和感受，思念故国又无力恢复的无奈之情以及有家不得归的强烈乡愁。由于这些人多数曾经居朝为官，锦衣玉食，如今国破家亡，退居异域，尽管明郑政权以礼相待，然而其处境与以往毕竟不可同日而语。为了生存，一些人甚至不得不耕作渔樵。生活的巨大反差使他们感受强烈，因此他们的诗中对艰难处境的描述和感叹很多。他们效忠于明王朝，不愿仕清，但是势单力薄，恢复无望，因此只能在诗中对前朝空怀眷恋之情；而漂泊异乡的生活，又使他们的诗歌必然充满思乡的情怀和有家难回的愁苦。

遗民诗人中，较著名者除了沈光文以外，还有徐孚远和卢若腾二人。沈光文在台湾生活的时间较长，一直到清朝统一台湾后才辞世，因此他涉及台湾的作品也比较多。他的创作特点是不事雕琢，自然明畅，意蕴深沉，其中诸多思乡之作写得尤为感人。除了本书中选录的《思归》，又如《赠友人归武林》诗："去去程何远，悠悠思不穷。钱塘江上水，直与海潮通。"《望月》诗："望月家千里，怀人水一方。每逢北来客，借问几时还。"也都是表达绵长深沉的乡思的。这类作品成了日后台湾乡愁文学的滥觞。

徐孚远早年曾与夏允彝等组织几社，南明时又与张煌言、卢若腾、沈佺期、曹从龙、陈士京重结几社，号称"海外几社六子"。他的创作数量可观，现存有2700多首诗。不过他在台湾生活的时间只有4年，因此涉台诗歌不多，其内容也以写遗民生活和情感为主，所不同的是他在颠沛流离的困顿中仍努力保持了古典诗歌的正统品格。为此连横称赞说："闇公（徐孚远字）之诗，大都眷怀君国，独抱忠贞，虽在流离颠沛之时，仍寓温柔敦厚之意。人格之高，诗品之正，足立典型，固非藻绘之士所能媲也。"（《台湾诗乘》卷一）他的诗喜用典故，但并不让人感到晦涩沉闷。

卢若腾的特点是擅长写古体诗，作品内容不囿于一己之遭际，而是直接触及到了当时的现实。他在明郑的根据地生活了将近20年，对当地情况和郑成功的军队有较深入的了解，其作品对明郑收复、开发台湾的艰辛及其对台湾社会的影响，都有较客观真实的反映，可以作为史料来读。他的《南洋贼》诗控诉西方殖民者的侵略罪行，是中国古代诗歌史上较早的一篇反帝作品，也很值得关注。卢若腾的纪实诗风，对后世台湾诗坛有一定影响，比如从日据时期著名诗人洪弃生反映现实的叙事诗中，就可以看出对卢若腾诗风的继承和发扬。

康熙二十二年（1683），清朝统一台湾，台湾诗歌也由此进入了一个新时期。清治前期，台湾还缺乏本地人才，要从大陆派遣官员前去管理。被派往台湾的大多是文官，其中不乏文学之士，此外还有其他一些文人以各种身份、因不同缘故来到台湾。这些宦游人士新来乍到，在讴歌国家统一的同时，也深深地为祖国东南沿海这块美丽的土地所吸引，对生活在这里的少数民族居民充满好奇，于是他们四处游览观光、采风问俗。尤其是乾隆、嘉庆年间，宦游诗人激增，描写台湾风物的诗歌也因此盛行于一时。这股风气一直延续了很长一段时间。

宦游诗人的名单，可以开出一长串。康熙、雍正时期较著名的有高拱乾、郁永河、阮蔡文、陈梦林、蓝鼎元、宋永清、孙元衡；乾隆、嘉庆年间则有张湄、六十七、范咸、钱琦、朱仕玠、杨廷理等。迈入道光后，虽然宦游诗人的势头有所减弱，其地位逐渐为本土诗人所取代，但仍有姚莹、刘家谋、林豪、查元鼎等一批宦游人士活跃在台湾诗坛上。他们作品中最常见的题材，是台湾的山川景物。连横对此有精彩的表述："夫以台湾山川之奇秀，波涛之壮丽，飞潜动植之变化，可以拓眼界，扩襟怀，写游迹，供探讨，固天然之诗境也。以故宦游之士，颇多撰作。"（《台湾通史·艺文志》）此外，台湾居民特别是少数民族的风情，也是他们作品中描写的重要内容。宦游诗人是一个特殊的群体，他们虽然远离家乡，在台湾的生活条件也不很优裕，但处在一个相对太平的时期，没有早期遗民诗人的丧乱流亡之痛，因此写起诗来也就没有遗民诗人的那种悲闷压抑，比较放松洒脱，不少作品给人一种清新的感觉。他们的作品也扩展了中国古典诗歌的内容，向人们展示了宝岛壮美的山海景观、丰盛物产及当地少数民族的独特风情，使人们加深了对台湾的了解和关注。这些都是值得肯定的地方。但他们也缺乏本地文人所具有的那种家园情怀，对台湾的好奇心和新鲜感往往多于亲切，对民生疾苦更是缺乏深入的体验和关注。

宦游诗人中，有以下几位比较值得注意。一个是高拱乾。他曾于康熙三十一年（1692）任分巡台湾、厦门兵备道，兼理学政，可谓文武兼通。他在台履职四年，在同级别官员中算是比较长的。其间主持修纂了《台湾府志》，为台湾的文化事业做了一项重要工作。他还写过一篇《台湾赋》，也传诵一时。他的诗艺术上并不突出，但写景的题材选得有特色，比如《台湾八景》诗就属于开创性之作，对台湾后来的写景诗有一定的影响。谢金銮《续修台湾县志》说："岛上谈诗，名宦则以高观察、孙司马为最。"高观察即高拱乾，而孙司马指的是康熙中期担任台湾海防同知的孙元衡。将二人的诗歌相提并论，其实并不恰当。孙元衡在文化建设方面没有高拱乾那样的成绩和名气，但其诗歌的成就和水平却远胜于高拱乾。清代著名诗人王士禛（号渔洋山人）点评过他的很多作品，认为它们可以与韩愈、苏轼的作品相媲美，虽然过誉，却也说明孙元衡的诗歌的确不同凡响。他的诗特别是写台湾山海景观的作品，风格奇险，笔力雄健。题材广泛也是他的特点之一。除了山水景物，他还有不少作品描写到农村生活，对民生的痛苦也有所反映。比如《咏怀》30首之一写道："大田本多稼，淹化麋鹿场。官府日夜急，徒为后世殃。食力且不给，荣利焉能长？"揭露官府强令将稻田改作养鹿场，致使农民生活无着，祸及子孙。有人评价说孙元衡的诗"通于政事"（《赤嵌集·张序》），可见他跟一般的吟风弄月之辈不同。

以上是康熙时期两个比较重要的宦游诗人，乾隆年间值得关注的则有张湄和钱琦。张湄乾隆六年（1741）迁巡台御史。在台湾的时间虽只有一年多，但他重视文教事业，创设了海东书院。这所书院后来成为台湾重要的学堂，培养了很多本地人才。他还亲自到书院讲学，并将学生课艺作品编为《珊枝集》印行，以鼓励诗歌创作。他本人也工诗，连横称他"蜚声艺苑，诗多可诵"。（《台湾诗乘》卷二）他在台湾的代表作是《瀛壖百咏》，自序中说："余奉使持节是邦，自厦抵台，自郡治讫南北二路，即志乘所载，合之巡历所经，凡岁时、习俗、山川、草木、禽鱼之类，苟有可记，辄赋短句……"可见该书的题材亦不外台湾风物之类。但他的诗比较讲究意境，用笔清简而富有韵致。本书已选录了他的几首诗作，再看这一首《龙湖园》："湖波如镜寺门幽，面面晴峦空翠浮。寂历辋川图画里，柳烟花雨不胜愁。”又如《北香湖》：“十顷红云贴水铺，藕花深处乱鸥凫。北风凉动香愈好，得似西湖六月无？”都写得有境有意。钱琦和张湄一样，也在乾隆年间当过巡台御史。他与著名诗人袁枚是至交。袁枚对他的诗赞赏有加，特别指出其在台之作“尤为雄伟”。这个评价放在他的《泛海》诗上是很贴切的。这首诗写海情的变幻和航海历险，惊心动魄，格调也高昂，算得上是中国诗歌史上同类题材中的出类拔萃之作。

进入道光以后，因为形势的变化，除了像刘家谋这样少数专写采风诗歌的作者外，其他宦游诗人的作品已不再局限于地方风物民俗，而是有了更宽阔的视野和更丰富的主题。

清朝统一台湾后，即在岛上设置官学，各地的书院也蓬勃兴起。官府的推动和民间的努力，共同促进了本地文教事业的发展，加上科举制度的助力，台湾本土诗人于是应运而生。现在说不准谁是岛上最早的本土诗人，不过台南的陈辉被公认是较早也较有影响的一位。他是乾隆三年（1738）举人，曾参与重修《台湾府志》，史书称他“夙耽风雅，诗文并茂”。（《台湾省通志稿》）不过本土诗人在创作上的成熟，还是在章甫出现以后。这位足不出闽台，大半辈子默默无闻在乡间课徒授学的教书先生，作诗的才情却很高。他的诗苍朴浑厚，气韵高古，法度谨严，把台湾诗歌的艺术水平迅速提升到了一个新的高度。台湾本土像他这样厚重高古的诗人并不多，后代大概也只有洪弃生、林朝崧和丘逢甲等少数人能与之媲美。到了嘉庆以后，本地出生的诗人逐渐增多，台湾诗坛也因此呈现出本土诗人与宦游诗人并驾齐驱的局面；近代以来，本土诗人更成了台湾诗歌创作的主体力量。

台湾本土诗人的创作，大致可以甲午战争和次年台湾被日寇侵占为界，划分为两个阶段。在此之前，他们的作品仍以游赏、述怀、酬答、怀古等传统内容居多。但是由于他们长期生活在台湾，对社会生活和百姓疾苦有更多的了解和关切，因此作品也较宦游诗人更贴近现实。比如陈辉的《买米》诗，描写台湾由“产米乡”到“无米炊”的变迁，以此反映官吏的剥削和民众的困苦；蔡廷兰的《请急赈歌》写道光十一年澎湖大旱的凄惨情状，并在诗中大声疾呼，为民请命。即使同样是写台湾景物，本土诗人在欣赏赞美之中，也往往多了一份温馨的家园情怀。

甲午之前台湾较著名的本土诗人，有乾隆时的陈辉、章甫、卓肇昌，嘉庆以来的郑用锡、蔡廷兰、陈肇兴、陈斗南、林占梅、陈维英、施琼芳等。康熙时期，台湾的经济和文教以南部地区较为发达，因此早期的本土诗人如陈辉、章甫等多出自这里。雍正、乾隆之后，北部逐渐得到开发，文教的重心也逐步北移。到了道光末年，北台的淡水、新竹一带诗风大盛，涌现出了许多著名的诗人，其中尤以郑用锡、林占梅、陈维英最有影响。郑用锡是台湾历史上第一位进士，他与林占梅同为新竹富绅和著名诗人，不过二人诗风有很大的不同。郑用锡的诗以写实居多，呈现出一种乐天知命的达观和淡定；林占梅的作品则以抒写性情为主，充满伤感之音。艺术上林占梅比郑用锡胜出一筹。郑用锡晚年在新竹建北郭园，“士大夫之过竹堑者，倾尊酬唱，风靡一时”；（连横《台湾通史》卷三十四“郑用锡传”）林占梅则筑有潜园，“士之出入竹堑者，无不礼焉，文酒之盛冠北台”。（连横《台湾通史》卷三十三“林占梅传”）二人还分别创设了诗社“竹社”和“梅社”、“潜园吟社”。在这些诗社中聚集了一批当地和大陆游台的诗人如郑如兰、郑用鑑、郭襄锦、林汝梅、杨浚、林豪、查小白等，成为台湾一支重要的诗歌创作力量，有力地推动了台湾北部诗歌的发展。陈维英是道光、咸丰间台湾北部知名的文人和教育家，时人称他“执淡北文教之牛耳”。他擅长写作楹联，有口皆碑；至于其诗歌作品，则历来褒贬不一。他的诗常常写得诙谐有趣，不像其他教书先生那样板着面孔一本正经，这从本书所选的《半鸡》诗可见一斑。他的语言也有特色，既有奇崛的一面，又常用当地的方言俚语，有通俗的一面。由于陈维英拥有北台文教首领的特殊地位，因此尽管他的诗歌艺术总体上不及同时代的郑用锡、林占梅等人，但在道、咸间的台湾诗坛上还是有一定影响的。

清朝在甲午战争中的失败，使台湾沦入日本殖民统治长达51年。光绪二十一年（1895年，农历乙未年），当日军侵占台湾时，台湾人民奋起抵抗，与之展开了殊死斗争，上演了中国近代历史上悲壮的一幕。近代台湾许多著名诗人如丘逢甲、许南英、施士洁、洪弃生、谢颂臣等，都是乙未台湾抗战的组织者或积极参与者。这场历史沧桑巨变，也使台湾诗歌的内容和风格发生了明显的变化。自从鸦片战争以来，由于国家日渐衰弱，内忧外患不断，台湾有不少诗人开始意识到，诗歌不仅仅是表达个人情感和交际应酬的工具，而应该用来反映民生疾苦，表达对国家、民族命运的关切，因此描写现实的作品较之以前明显增多。甲午战败和台湾沦陷的巨大创痛，更进一步激发起他们的民族情感和爱国热情。一时间台湾诗坛风起云涌，反对割让台湾，表现抗日军民英勇斗争，揭露日寇侵台暴行，表达念台爱国情怀，成了当时台湾诗歌创作的主要内容，诗风也一变而为慷慨激昂、沉郁悲壮，杜甫、陆游、文天祥等人成为当时很多台湾诗人仰慕和效仿的榜样。

乙未抗日失败后，一些台湾诗人内渡到大陆，并在大陆坚持创作，以诗明志述怀；而众多留在台湾的诗人，也顽强延续着中国古典诗歌的血脉。从台湾沦陷到新文学兴起的这一段时期，台湾的古诗创作不仅未中断过，而且有更加发展的趋势。梁启超曾于1911年到台湾游历，对当时台湾诗社林立，诗人众多的情景留下了深刻印象。他说："沧桑后，遗老侘傺无所适，相率以诗自晦。"（梁启超《台湾杂诗·自注》），随着抗战的失利和日本殖民统治的加强，台湾的士大夫遗民在恢复无望的情况下，其心情由最初的激愤，逐渐陷入了苦闷和彷徨。他们抱负难伸，但又不自甘沉沦，不愿屈从于异族的统治奴役，因此往往佯狂诗酒以自晦自遣，这是当时台湾诗社林立、诗歌繁盛的重要原因。但这只是问题的一面。日本殖民者在初期的武力征服后，为了消除台湾人民的民族意识，实现永久霸占台湾的企图，在岛内大力推行殖民文化，限制乃至扼杀中国文化。面对这种状况，一些有鲜明民族意识和爱国思想的诗人认识到，从事古诗创作，是保存和延续中华文化，抵制异族文化入侵，反抗殖民者同化政策的一种有效方式，因此他们纷纷组织起来开展活动。这是乙未后台湾诗歌创作繁盛的另一个重要原因。他们的努力，也确实在一定程度上起到了积极作用。连横曾经评价说："（台湾）汉学颓衰，至今已极，使非各吟社为之维持，则已不堪设想。"（连横《啜茗集》）不过与此同时，台湾诗坛也出现了"诗钟"盛行，击钵联吟成风的不良现象。"诗钟"（击钵吟）是一种集体性的创作活动，它要求作者在一定的时间内，按照规定的题目、体裁、韵律写作诗歌或联语。这种形式最早可以追溯到南朝时期，近代则首先在福建诗人中兴起，于道光、咸丰年间传到台湾后风靡开来。在种种严格的形式限制下，"诗钟"的参与者往往为应景而写作，其作品大多题材狭窄，内容空洞，形式呆板，只一味追求语言雕饰，带有明显的游戏色彩。可以说，"诗钟"的盛行严重损害了台湾古诗的品质。

甲午战争以来，台湾诗坛可谓人才辈出，其中既有内渡大陆的丘逢甲、许南英、施士洁等，也有在台的林朝崧、洪弃生、王松、胡南溟、林幼春等人。这些诗人各具特色，各领风骚。关于他们的事迹和作品，书中已经作了比较详细的介绍。这里着重提一下几位较有影响的。首先是丘逢甲。他是台湾近代著名的爱国者，同时也是台湾本土出生而具有全国性声誉和影响的杰出诗人。他有深厚的传统文化功底，又接受了新学的熏陶和民主革命的影响，因此他的诗歌古今兼备，新旧相交，洋溢着炽热的爱国情感。林朝崧是日据前期活跃在本岛的最重要的诗人之一，他的诗歌多用比兴，风格蕴藉哀婉。林朝崧的贡献不仅表现在创作上，他还发起创立并领导了台湾当时最重要的诗社

——“栎社”，推动了台湾诗社和诗歌创作的发展，为抵制殖民者的文化同化政策起到了积极作用；“栎社”成员有不少人后来还成为台湾新文化运动和民族抗日运动的中坚。不过林朝崧同时也是“击钵吟”的积极倡导者，虽然其初衷是“特藉是为读书识字之楔子耳”，（林献堂《无闷草堂诗存·序》引林朝崧语）但此举也给台湾诗坛造成了不可忽视的消极影响。洪弃生是日据前期台湾著名的爱国志士。他在台湾沦陷后改名留发，以示不屈于殖民者，并穷其后半生致力于文史写作，以“扬大汉之声光，振民族之浩气”。他的长篇叙事诗如《割地议和纪事》、《台湾沦陷纪哀》等，是甲午、乙未事变的真实形象记录，堪称“诗史”。其诗歌艺术的高超和风格的多样，在当时也堪称出类拔萃。

以上就南明以来近300年间台湾诗歌的历史作了概要的介绍，下面再简单地谈一谈台湾诗歌的特点。

台湾的诗歌是中国古典诗歌的一个组成部分。来自祖国大陆和台湾本土出生的诗人，把深厚的古典诗歌传统与台湾独特的风土民情相结合，创造出了既有中华文明底蕴又有台湾地方特色的诗作。这种特色主要表现在以下三个方面。

首先是它具有鲜明的民族意识和爱国精神。台湾是一个以大陆移民为主体的社会，绝大多数台湾人的祖籍在大陆，它的文化也植根于大陆。尽管台湾在历史上有过特殊的遭遇，但台湾诗人基于“祖籍意识”而生发的民族情感和爱国精神却从未削弱过，对祖国大陆这个母体社会和母体文化始终保持着强烈认同和归属感，而且越是在历史的重要关头，这种情感就越是强烈。我们从明郑和日据时期台湾诗人的作品中就能够明显感受到这一点。明郑遗民诗人作品中怀乡念土的深情，就与民族意识和祖国情结密不可分，而日据时期的台湾诗歌更是充满对异族的强烈抗争和对故国的怀念向往。另一方面，台湾由于其偏于东南海隅的特殊地理位置，从16世纪中叶以来就不断受到西方殖民者的侵扰，明末更被荷兰人强占。郑成功驱逐荷兰殖民者，收复台湾，实现了国家的领土统一，追随他来台湾的诗人也在此时把诗歌带到了台湾，因此台湾诗歌从一开始就与反侵略斗争有着密切的联系。在近代发生的中英、中法和中日甲午战争中，台湾也一直处在反侵略的最前沿。台湾诗歌对郑成功驱荷复台，中英、中法战争都有形象的反映，对乙未抗日更作了全面生动的记述和热情的歌颂。因此可以说，台湾诗歌始终贯穿着鲜明的民族意识和反帝爱国的宝贵传统。

台湾诗歌的第二个特点是它富有浓郁的地方特色，或可称之为“乡土味”、“乡土气息”。这种地方特色主要体现在创作题材和内容上。无论是早期的遗民诗人、宦游诗人，还是后来的本土诗人，他们的作品大多取材于台湾本岛的景物和社会生活。由于地域的特殊性，台湾有着与大陆迥异的海岛风光和丰富多样的热带物产，靠海吃海的生存方式也与大陆内地以农耕为主不同，来自内地的文化和习俗在台湾因此演变出了一些特殊的形态；特别是居住于山区的土著居民，更有着独特的生活方式和风俗习惯，这一切都构成了台湾诗歌特有的表现内容。此外，台湾台风、地震等自然灾害频繁，航海旅行惊险，这些现象也成为台湾诗歌比较独特的题材，大陆古诗就少有这方面的内容。

台湾诗歌的第三个特点，是它具有一种雄阔宏大的气势和昂扬的格调。雍正年间任巡台御史的夏之芳认为："台士之文多旷放，各写胸臆，不能悉就准绳。其间云垂海立，鳌掣鲸吞者，应得山水奇气……"（《海天玉尺编二集序》）他评说的虽然是文章，但这番话同样也适用于诗歌。台湾诗歌特别是描写山海风光景物的作品，往往意境开阔壮丽，蕴含着一股不凡的气势。这一方面固然是因为台湾的自然环境本身具有这样的特点，另一方面也是自然环境对诗人长期熏陶影响的结果。由这种奇异壮丽的山海景观长期熏陶所产生的雄阔宏大气势，与台湾特殊的历史遭遇所激发出来的民族情感相结合，遂形成了近代台湾反帝爱国诗篇中那种慷慨激昂、雄浑悲壮的风格，这种风格在乙未前后的诗歌中表现得尤为突出。

本书选录了73位台湾本土诗人和曾在台湾生活过的大陆诗人有关台湾的180首诗作，每首诗都作了注释和简要的分析说明。既为古诗选，本该以辛亥革命为收录的下限，但考虑到台湾诗歌历史的特殊性，因此书中也酌情选录了少量20世纪初叶的作品。入选的诗作兼顾其思想性和艺术性。也有少数作品艺术性稍差，考虑到它们在台湾诗歌史上有一定的代表性，为了客观真实地反映台湾诗歌的面貌，还是把它们选进来了。祖国大陆目前还没有见到台湾的古诗选本，我们初次尝试做这项工作，疏漏在所难免，不过相信这本书对读者了解台湾诗歌还是会有所帮助的。

目　录

王忠孝

王忠孝（1593—1666），字长孺，号愧两，福建惠安人。明崇祯元年（1628）进士。授户部主事，因弹劾宦官遭廷杖下狱，三年后获得赦免。明亡，福王朱由崧建立弘光政权，任为绍兴知府，迁副都御史。南明隆武元年（清顺治二年，1645），因献光复之计，受到朱聿键的赏识，授光禄寺少卿、左副都御史，协理院事，与郑成功共事朱聿键。次年，率五千多人在惠安、莆田一带举兵抗清，事败后入厦门依郑成功。南明永历四年（清顺治七年，1650），任为兵部右侍郎。康熙三年（1664），与卢若腾同入台湾。在台期间，受到郑成功父子礼遇，与朱术桂、沈光文、徐孚远等人都有往来，两年后卒于台湾。著有《惠安王忠孝全集》十二卷。

东宁友人贻丹荔[1]数十颗有作

海外何从得异果，于今不见已更年。
色香疑自云中落，苞叶宛然旧国[2]迁。
好友寄缄[3]嫌少许，老人开箧[4]喜奇缘。
馀甘分啖惊新候[5]，遥忆上林红杏天[6]。

〖注释〗

1 东宁，台湾的旧称。贻，赠送。丹荔，荔枝。其色红艳，故称。

2 宛然，清晰貌。旧国，故乡。《庄子·则阳》："旧国旧都，望之畅然。"成玄英疏："夫少失本邦，流离他邑，归望桑梓，畅然喜欢。"

3 缄（jiān，兼），封，器物的扎束或封口。

4 箧（qiè，切），小箱子。

5 馀甘，余留香甜的滋味。啖，吃。新候，新季节。

6 上林，即上林苑。秦时营建朝宫于苑中，其前殿即著名的阿房宫。汉武帝时复为宫苑，周围二百多里，内放养禽兽，供皇帝射猎。红杏天，宋词人宋祁《玉楼春》词有“红杏枝头春意闹”之句，这里以红杏天指春天。

〖赏析〗

作者在台诗作多表达对明朝的忠诚，《全台诗》所录十四首诗中仅有这一首是描写台湾风物的。作者看到友人送来的荔枝，在惊叹它的色香，品尝它的美味的同时，联想到的还是美好的故乡。

东宁风土沃美，急需开济，诗勖[1]同人

巨手劈洪蒙[2]，光华[3]暖海东。
耕耘师后稷[4]，弦诵尊姬公[5]。
风俗凭徐化[6]，语音以渐通。
年来喜丰稔[7]，开济藉文翁[8]。

〖注释〗

1 东宁，参见上一首注1。开济，开创并匡济。勖（xù，蓄），勉励。

2 洪蒙，宇宙天地混沌的状态。

3 光华，太阳光辉照耀。

4 后稷（jì，绩），周朝人尊奉的祖先。相

传姜嫄践天帝足迹，怀孕生子，因曾弃而不养，故名之为“弃”。后来虞舜命之为农官，教民耕稼，称为“后稷”。

5 弦诵，古代学校里读诗，用弦乐伴奏，称“弦诵”，后用以指诗礼教化。姬公，即周公，姓姬，名旦，周武王之弟。帮助武王灭商后，为治理国家而制礼作乐，建立典章制度。

6 徐化，慢慢教化。

7 丰稔，丰收。

8 藉，借助。文翁，西汉庐江舒县（今安徽庐江西）人。景帝末为郡守，在成都设学校，入学可免徭役，并以成绩优良者为郡县吏，促进了当地文化的发展。

〖赏析〗

作者把台湾和中原联系起来，注意到台湾极具开发潜力，主张发展教育，把中华文化传播到台湾。

徐孚远

徐孚远（1599—1665），字闇公，晚号复斋，华亭（今上海松江）人。年少时即有文名，时人称为“两脚书厨”。崇祯十五年（1642）举人。曾与陈子龙、夏彝仲、彭宾、李雯、周立勋结几社，反对宦官魏忠贤。又与陈子龙等人合编《皇明经世文编》，力图恢复明初吏治，并将其与传统的儒学价值观结合起来，以振兴明朝统治。

明亡后，与吴易在家乡举兵抗清，支持朱聿键隆武政权。朱聿键失败，他取海路到浙江投鲁王，授左佥都御史。南明永历五年（清顺治八年，1651），随鲁王赴厦门，郑成功待之以礼，迎至金门。又与抗清义士张煌言及卢若腾、沈佺期、曹从龙、陈士京重结几社，号称“海外几社六子”。永历十二年（清顺治十五年，1658），郑成功受封为延平郡王，指派他往云南向桂王朱由榔复命，途经安南（今越南）时，越王要他行臣子之礼，不从，遂返厦门，后随郑成功入台。

徐孚远有《钓璜堂存稿》诗集二十卷，共收入二千七百多首诗，不仅数量上相当可观，艺术上也很值得一提。不过他在台居住时间不长，所作涉台诗歌也不多，今所见仅二十余首。

锄　菜

久居此岛何为乎，恶溪之恶愚公愚。
半亩稻田不可治，畦中种菜三百株。
晨夕桔槔[1]那得濡，沾块[2]之雨昨宵下。
叶里抽茎生意[3]殊，烹菜沽酒卿自慰。
西邻我友亦可呼，只今十载在泥途[4]。
南去杳杳天路逋[5]，我欲往从乏騊駼[6]。

〖注释〗

1　桔槔，亦称吊杆，一种原始的提水工具。用一横木支在木柱上，一端用绳挂一水桶，另一端系重物，使两端上下运动以汲水。

2　块，泥土。

3　生意，生机。

4　泥途，淤泥，喻困苦的境地。

5　逋（bū，晡），逃亡。

6　騊駼（táo tú，逃途），一种马。

〖赏析〗

作者出身华亭望族，虽称不上富甲一方，至少是生活无忧。到台湾后，面对困苦的生活，不得不亲自参加劳动，这首诗就是他这一生活的写照。

到台湾后参加劳动，徐孚远绝不是特例。沈光文在《别洪七峰》中也说：“鹭岛初来便识君，东山又共学耕耘。”可见明朝遗民避居台湾后，面对着同样的遭遇。此诗开头两句中的“何为”、“愚公”表现出对当前处境的不满。接下来四句写田地的贫瘠，农具的简陋，雨水的缺乏，反映了劳作的艰难。后几句写作物抽茎，烹菜沽酒，友邻相呼，自觉颇为自得，只是身在泥途，缺乏騊駼，则又表现出茫然无奈的心情。

桃花

海山春色等闲来，朵朵还如人面[1]开。
千载避秦真此地，问君何必武陵[2]回。

〖注释〗

1 人面，这里是用美女的脸比喻桃花。唐朝崔护于清明日郊游，扣门求饮，一女子送以杯水而独倚桃树，神态殷殷。来年清明，崔又往寻之，门中已无人，遂题诗于门上曰：“去年今日此门中，人面桃花相映红。人面不知何处去，桃花依旧笑春风。”

2 武陵，地名，在今湖南常德市。东晋诗人陶渊明《桃花源记》记武陵渔人乘船从桃花源进入世外之境，其中居民自称祖先为避秦朝时动乱而聚居其间，生活安逸，和谐相处，渔人出来后便不能找到该地。

〖赏析〗

因为在台生活不易，心中又想着重振明朝，这些情绪在心中积淀后，倾吐而出的便是思乡之情。思乡这一主题在作者在台诗作中占了较大的比重。与许多明朝的遗臣一样，作者把台湾当成了反清复明的基地，所以他的“思乡之情”总是交织着“思明之情”。当时的台湾尚未得到很好的开发，还说不上美好安逸，就算台湾真的美好安逸，对这些明朝的遗臣来说，也没有更多的心情去欣赏，更何况诗中的末句“问君何必武陵回”并不是乐不思蜀。他真正思念的是自己的家乡，“何必武陵回”可以看作是诗人无奈之叹，应该理解为“何日武陵回”才对。

卢 若 腾

卢若腾（1600—1664），字闲之，一字海运，号牧洲，晚号留庵，浯洲（今福建金门）人。明崇祯九年（1636）举人。崇祯十三年（1640）进士，授兵部主事，迁本部郎中。因三上疏弹劾定西侯蒋惟禄，外迁浙江布政使司左参议，分司宁、绍巡海兵备道。居官洁己惠民，百姓建祠供奉，有“卢菩萨”之称。南明隆武时，授右副都御史，加兵部尚书。清军南下，力守平阳，腰及手臂皆中剑，幸遇水师救出。清军攻福建，隆武帝被俘，他闻讯后欲投水自尽，被同僚救起。之后辗转回到家乡，专心著述。康熙二年（1663），清军克厦门、金门，他与沈佺期、许吉燝等一起从金门渡海，准备到台湾定居，不料船至澎湖时突然生病，只得在太武山住下，不久病亡。生前嘱咐去世后墓碑上称之为“有明自许先生”，以表明他是明朝的人。著作甚丰，有《浯州节烈传》、《岛居随录》、《方屿互考》、《岛上闲居偶记》等，惜多已佚，现存有1959年于金门鲁王冢发掘的《留庵文集》、《留庵诗集》、《岛噫诗》等。

卢若腾强调创作要有真情实感，切忌为“工”而“工”。《岛噫诗·小引》说：“诗之多，莫今日之岛上若也。忧愁之诗、痛悼之诗、愤怨激烈之诗，无所不有，无所不工。试问其所以工此之故？虽当极愁、极痛、极愤激之时，有不自禁其哑然失笑者，余窃耻之！岛居以来，虽屡有感触吟咏，未尝作诗观，未尝作工诗想；如痛者之呻、哀者之哭，噫气而已。录之赫胹，寄之同志。异日有能谅余者曰：‘此当日岛上之病人哀人也’！余其慰已。”可见他写诗主要是为了“噫”心中之气，并未作“工诗”想。他亲身参加过反清复明的战争，对战争带给百姓的伤害、郑成功军队艰难的处境等都有切身的体验，反映在他的诗歌中，则表现为对现实的关注。陈汉光《岛噫诗·弁言》说他的诗“所咏颇是反映明郑时代戎马倥偬中之社会状况，可作史料读，亦可作文学作品读”。

盆松

吾儿学种松，不取长大干；
植之以盆缶[1]，列之于几案。
手拟才如指，尺高尚歉[2]半；
只此眇小姿，堪作希奇玩。
枝低不畏风，本固不忧旱；
触目翠且苍，会心幽而粲[3]。
昨见移松者，百夫挥雨汗；
高株培厚土，朝夕勤溉灌。
惟恐根柢枯，况望凌霄汉；
用意殊匆忙，安在游泮奂[4]。
儿趣较为优，老夫自赞叹。

〖注释〗

1　缶（fòu，否），大肚子小口的瓦器。

2　歉，不足。

3　粲（càn，灿），鲜明。

4　游泮奂（pàn huàn，判换），悠游闲适自在。《诗·大雅·卷阿》：“伴奂尔游矣，优游尔休矣。”郑玄笺：“伴奂，自纵驰之意也。贤者既来，王以才官秩之，各任其职，女则得伴奂而优游，自休息也。”泮，同“伴”。

〖赏析〗

《岛噫诗》中的古体诗最有特色，这些诗作虽谈不上“工”，但确是用笔写身边事，读来非常生动。这首诗写作者看到自己的孩子学习种松树，虽然植以盆缶，列于几案，只如手指之高，然而“枝低不畏风，本固不忧旱；触目翠且苍，会心幽而粲”。接着将其与成人移栽大松相比，其中似乎包含一些做人的道理，但是作者并没有直说。全诗更多的还是对事件本身的叙述，蕴含的道理让读者自己去体会，这样既富有生活情趣，又不流于浅俗。

抱儿行

健卒径入民家住，鸡犬不存谁敢怒。
三岁幼儿夜啼饥，天明随翁采薯芋。
采未盈筐翁未归，儿先归来与卒遇；
抱儿将鬻[1]远乡去，手持饼饵[2]诱儿哺。
儿掷饼饵呼爹娘，大声哭泣泪如雨；

邻人见之摧肝肠，劝卒抱归还其妪[3]。
妪具酒食为卒谢[4]，食罢咆哮更索赂[5]；
倘惜数金赎儿身，儿身难将铜铁锢[6]。
此语传闻遍诸村，家家相戒谨晨昏；
骨肉难甘生别离，莫遣幼儿乱出门。

〖注释〗

1　鬻（yù，与），卖。

2　饵，糕饼。

3　妪（yù，育），年老女人。

4　具，备。为卒谢，对士卒表示感谢。

5　赂，财物。

6　难将铜铁锢，意即用铜铁禁锢也躲不了。

〖赏析〗

这首诗写官兵强住民房，趁机诱拐贩卖百姓儿童，拐卖未遂，就勒索金钱，以致家家相戒莫让幼儿出门。诗中反映民生民情，充满忧时伤民之情，有白居易“新乐府诗”之风。

田妇泣

海上聚兵岁月长，比来[1]各各置妻房；
去年只苦兵丁暴，今年兼苦兵妇强。
兵妇群行掠蔬谷，田妇泣诉遭挞[2]伤；
更诬田妇相剥夺，责偿簪珥[3]及衣裳。
薄资估尽未肯去，趣[4]具鸡黍通酒浆。
兵妇醉饱方出门，田妇泣对夫壻[5]商：
有田力耕不得食，不如弃去事戎行[6]。

〖注释〗

1 比来，近来。

2 挞（tà，踏），用鞭子或棍子打人。

3 珥（ěr，耳），用珠子或玉石做的耳环。

4 趣，同“促”，催促。

5 夫壻，丈夫。壻，“婿”的异体字。

6 事戎行，从军。戎行，指军队。

〖赏析〗

士兵的霸道是众多诗人关注的题材，但较少有人注意到兵妇的横行，写兵妇的狐假虎威可以说是作者在题材上的一个新颖之处。诗中写她们抢掠农村妇女的蔬谷，把其打伤，勒索簪珥衣裳，还要田妇以鸡粟酒浆相招待。最后两句称得上是“豹尾”，农妇对她丈夫说：既然在家种田也吃不饱，不如你也去当兵好了，言外之意是那时我也可以和这些兵妇一样横行乡里了，这是何等深沉的泣诉！

海东屯卒歌

故乡无粥饘[1]，来垦海东田。
海东野牛未驯习，三人驱之两人牵。
驱之不前牵不直，偾[2]辕破犁跳如织。
使我一锄翻一土，一尺两尺已乏力。
哪知草根数尺深，挥锄终日不得息。
除草一年草不荒，教牛一年牛不狂。
今年成田明年种，明年自不费官粮。
如今官粮不充腹，严令刻期[3]食新谷。
新谷何曾种一茎[4]，饥死海东无人哭。

〖注释〗

1　粥饘（zhān，沾），稀饭。浓厚的粥叫饘，稀薄的称粥。

2　偾（fèn，奋），扑跌。

3　刻期，限定日期。

4　一茎，一棵。

〖赏析〗

这首诗反映了郑成功军队开发台湾的艰难。郑成功刚到台湾时，为解决军粮供应，减轻人民负担，下令实行屯田，全体官兵“有警则荷戈以战，无警则负耒以耕”。官兵们初来乍到，对当地情况不熟悉，牛也驯服不了，锄草都成了费力的事。种田不易，大陆接济的粮食又常常因为台风无法到达，这些都令将士们饥饿难当，有的甚至因此饿死。

沈光文

沈光文（1612—1688），字文开，号斯菴，浙江鄞县人。明崇祯太常博士，迁工部郎。明亡后，与史可法一同抗清，先后尊奉南京福王、浙江鲁王、广东桂王等南明政权，官至太仆少卿。郑成功占据福建、广东沿海抗清，他渡海到金门，后逗留闽中。清军入闽，闽督李率泰投降清朝，“密遣使以书币招之。公焚其书，返其币”。南明永历五年（清顺治八年，1651），他从金门搭船到泉州，准备过“浮家泛宅”的生活，不料路遇台风，船飘到台湾宜兰。永历十五年（清顺治十八年，1661），郑成功收复台湾，得知他在台湾，非常高兴，“令麾下致饩，且以田宅赡之”。

郑成功去世后，其子郑经继位。沈光文因与郑经政见不同，作《台湾赋》讽刺之，险招杀身之祸，只好离开台南，逃往目加溜湾、大岗山、罗汉门等地。郑经死后，明郑恢复了他的待遇。郑克塽归降清朝，闽浙总督姚启圣召之，但被其拒绝。康熙二十四年（1685），与诸罗县令季麒光等共结“东吟诗社”，这是台湾历史上第一个诗社。康熙二十七年（1688）在台辞世。

沈光文寓台近三十年，是将中华文化带到台湾并加以传播的第一人，世称“海东文献初祖”。其著作颇丰，流传下来的有《东吟社序》、《台湾舆图考》、《台湾赋》、《杂记两篇》及诗一百零六首等。

蛙声有序

寓居窄逼，庭草不生，时值秋霖[1]，云深日暝，入夜至更馀，雨声暂歇，残宿于天际，微月出于东方，忽有蛙声出自庭侧，仅仅孤鸣，或断或续，岂呼类而寡朋[2]，抑离群而自咏，攲[3]枕听之，似为有致，不若池塘乱鸣，徒聒噪人，不成梦也。披衣而起，挑灯咏之。

时当默处懒争鸣，夜向空庭独发声；
低逐蛩[4]号音不乱，高随蚓曲[5]气还清。
官私却混今谁问，鼓吹难齐部未成；
雨后竹中空自怨，并无飞羽宿[6]啼更。

〖注释〗

1 秋霖，秋雨连绵。

2 寡朋，缺少同伴。

3 攲（qī，期），斜靠着。

4 蛩（qión，穷），蟋蟀。

5 蚓曲，蚯蚓的叫声。古人称蚯蚓能鸣叫。晋葛洪《抱朴子·博喻》："鳖无耳而善闻，蚓无口而扬声。"

6　飞羽，飞鸟。宿，夜晚。

〖赏析〗

作者到台湾只是意外的一场台风，“宁不怀乡国，并州说暂居”（《陾草戊戌仲冬和韵》第一），原本只打算在台暂居，然而复国无望，暂居成了久住，故乡成为遥远的梦，抒写乡愁便成为他作品的重要主题。当然，他久居台湾，更重要的原因是不愿接受清朝的统治。与他同时代的王坤观（王忠孝侄孙）在1663年至1666年间曾三次往返于大陆与台湾之间，足见当时台湾与大陆间可以自由来往，他自己也承认：“长安难得去，不是为途遥”（《山间》第三）。因此，他抒写的乡愁，不仅仅是一般的思乡之情。除了对家乡的思念外，更多的是对明朝的怀念，期待着有一天能够恢复明朝，重回故里。

此诗以雨后孤鸣的青蛙自喻，以“鸣”为诗眼。开头两句的“懒”字和“独”字及第七句的“怨”字，反映出灰心、孤独及怨恨之情。后面将蛙鸣同蛩的尖号、蚓的低吟、飞羽啼更相比较，表明自己的镇定和清朗。这些叙述和诗序中的秋霖、夜雨、微月及倚枕，构成了极其深邃的意境，表达了作者的亡国之痛、离乡之愁、清高而又无奈的复杂感情。

思归

岁岁思归思不穷，泣歧[1]无路更谁同？
蝉鸣吸露高难饱[2]，鹤去凌霄路自空[3]。
青海涛奔花浪雪[4]，商飙[5]夜动叶梢风。
待看塞雁南飞至，问讯还应过越东[6]。

〖注释〗

1 泣歧，即泣岐路。身临岐路，容易迷失方向，所以伤感而泣。《吕氏春秋·疑似》："墨子见歧道而哭之。"又《淮南子·说林训》："杨子见逵路而哭之，为其可以南，可以北。"逵路，犹歧路。

2 "蝉鸣"句，唐骆宾王《在狱咏蝉》："露重飞难进，风多响易沉。无人信高洁，谁为表予心？"唐李商隐《蝉》："本以高难饱，徒劳恨费声。"这里以鸣蝉自比，说明自己虽然高洁却生活穷困。

3 “鹤去”句，据《世说新语·言语》载：支道林好鹤，人赠与双鹤，翼长欲飞，怜惜而剪其羽根，鹤扦翼反顾有懊丧之意，后让鹤疗养，放其飞去。这里以鹤飞凌霄说明自己志气高远但前途渺茫。

4 花浪雪，浪花如白雪。

5 商飙（biāo，标），秋风。

6 越东，指作者故乡浙江。浙江为古越国之地。

〖赏析〗

此诗写前途迷茫，生活困顿，归乡无路的处境，表达渴望飞越大海回到中原，回到故乡的心情。后四句写台湾青色的大海波涛汹涌，阻隔归途，黑夜秋风吹动叶梢，更激起乡思，只能盼望北方的塞雁飞到南方，越过浙江，带来故乡的问讯。全诗多处用典，除了思乡外，也用“蝉”和“鹤”表达出自己高洁的人品。

番妇

社[1]里朝朝出，同群担负行。
野花头插满，黑齿[2]草涂成。
赛胜[3]缠红锦，新妆挂白珩[4]。
鹿脂搽抹惯，欲与麝兰争[5]。

〖注释〗

1　社，古代称台湾土著居民为番民，社是他们的基层社会组织。

2　黑齿，台湾土著居民有将牙齿涂黑的风俗。

3　赛胜，祭祀酬神的活动。

4　“新妆”句，自注：“项常挂玛瑙珠”。珩（héng，衡），佩玉上面的横玉。

5　“鹿脂”句，自注：“番抹鹿油以为香。”

〖赏析〗

诗中记录了台湾土著妇女以花插头、用黑草涂齿、涂抹鹿脂等生活习惯，表现了她们勤劳、开朗、爱美的精神。其中将牙齿涂黑的习俗不仅仅存在于台湾，世界各地均有，不过，不同民族的人涂黑牙齿的用途不同，不同民族的人染齿的方法也不一样，有的是用植物脂烟自制“颜料”染齿，有的是嚼槟榔染齿，有的是用植物的汁液挤出染齿。诗中的“黑齿草涂成”即是用植物的汁液染齿，阿美族称为liyu的草就可以用来涂黑牙齿，liyu还可用来当菜吃。另外，常被用来作绿篱的七里香，排湾族把它削尖，烤黑来涂牙齿，这便是植物脂烟染齿法。排湾族认为这样讲话才不会露出牙齿，有要求不能多嘴的意思。

在诗的后面，作者注“番抹鹿油以为香”。实际上，台湾土著居民在身上涂抹鹿脂除了化妆外，还有更重要的一个功用——防身。在全身涂上鹿脂后，可以使身上的皮肤变得坚厚，哪怕是赤脚踏在荆棘、茅草中也不会受伤。

高拱乾

高拱乾，字九临，榆林（今属陕西）人。生卒年不详。康熙二十九年（1690）出知福建泉州府，康熙三十一年（1692）升台厦兵备道，兼理学政。在任期间，下令禁止高利贷者重利盘剥平民，严禁奸商猾吏苦累高山族同胞，颇得百姓拥戴。曾主持修纂《台湾府志》。书中首定“台湾八景”，并作题咏。连横《台湾诗乘》谓：“台湾八景之诗，作者甚多，而少佳构。余读旧志，有台厦道高拱乾之作，推为最古。”此外还有《东宁十咏》、《台湾赋》等涉台之作。

台湾八景

（八首选二）

（一）安平[1]晚渡

日脚红彝垒[2]，烟中唤渡声。
一钩新月浅，几幅淡帆轻。
岸阔天迟暝[3]，风微浪不生。
渔樵争去路，总是画图情。

〖注释〗

1 安平，在台湾台南。荷兰殖民者侵入台湾，于台南外海七鲲身（即七个小岛）之一鲲身修建热兰遮城。郑成功收复台湾后，改名安平。

2 日脚，太阳穿过云层缝隙射下来的光线。红彝，犹言“红夷”，指荷兰人。明人称荷兰人为红夷，清代因避讳以“彝”代“夷”。垒，营垒，防护军营的建筑。

3 迟暝，迟暮。

〖赏析〗

安平与赤嵌城之间的台江，当时可泊

船千艘。这首诗描绘了一幅淡雅的安平晚渡的图画：落日映照着红彝荷兰人修建的堡垒，暮烟中传来唤渡的声音。一钩新月淡淡地挂在天际，几片浅淡的船帆轻轻飘零。在辽阔的海岸尽头，天似乎迟迟未暗，微微的风拂过平静的海面，渔夫们争着驾船前进。诗中既不用典故，也无华丽词藻，于平淡中见功力。第一句的“日脚”是从云下斜射到地面的阳光，并不灿烂。杜甫《羌村三首》之一有“峥嵘赤云西，日脚下平地”之句，写的就是傍晚的情景。第二句的“烟”，是黄昏时海上水气蒸腾而成的烟雾，是迷蒙的。后两联写的是浅淡的月牙，而非皓月，加上淡淡的帆，微微的风，平静的海，暮霭下这多种多样的景物，统一成为朦胧的美，构成一幅清淡的水墨画。

（二）鸡笼[1]积雪

北去二千里，寒峰天外横。
长年绀雪[2]在，半夜碧鸡[3]鸣。
翠共峨眉积[4]，炎消瘴海清[5]。
丹炉和石炼，漫拟玉梯行[6]。

〖注释〗

1 鸡笼，基隆的旧称。基隆在台湾北岸，因其地群山拱抱，外窄内宽，形似鸡笼而得名。这里指基隆雪山。

2 绀（gān，干）雪，绀指天的青色，绀雪形容白雪在青天的映照下显现的独特的迷人色彩。

3 碧鸡，云南昆明有碧鸡山，相传古时有凤鸣其上，故名。这里用以形容鸡笼雪山。

4 “翠共”句，山上翠绿的草木跟峨眉山一样繁茂。峨眉，峨眉山，在四川。

5 “炎消”句，山上的皑皑白雪消退了东南海域的炎热，带来清凉的感觉。瘴海，指炎热的南方海域。

6 “丹炉”两句，这是说诗人将携丹炉和石炼，登上鸡笼雪山，去寻找仙人。丹炉，炼丹的炉灶。石炼，烧炼的丹石。漫，聊，姑且。拟，准备，打算。玉梯，犹玉楼，传说中仙人的居所。

〖赏析〗

诗歌开头两句写鸡笼山的广与高，先是写它的丘陵绵延“二千里”，极尽夸张；又以“天外横”三字简洁地刻画出其主峰之高大。三四两句描摹鸡笼雪山的情态，一静一动，意趣横生。末尾两句则为鸡笼雪山增添了某些神秘的色彩。

东宁[1]十咏
（十首选一）

天险悠悠海上山[2]，东南半壁倚台湾。
敬宣帝泽安群岛[3]，愧乏边才控百蛮[4]。
瘴雾扫开新气宇[5]，风沙吹改旧容颜。
敢辞远迹烟波外，博望曾经万里还[6]。

〖注释〗

1　东宁，参见王忠孝《东宁友人贻丹荔数十颗有作》注1。

2　海上山，指台湾。台湾四面环海，中有中央山脉高耸，远望如海上之山。

3　“敬宣”句，这是说作者奉朝廷之命治理台湾。宣，传播。帝泽，皇帝的恩泽。

4　“愧乏”句，这是自谦之词。边才，治理边疆的才能。百蛮，对台湾少数民族的称呼。古代统称南方少数民族为“蛮”。

5　“瘴雾”句，这是颂扬清朝开创了台湾的新局面。瘴雾，南方山林中有毒的烟气。这里指台湾的旧气象。新，更新。气宇，气概，气象。

6　“敢辞”两句，意为自己不敢因台湾条件艰苦而推辞使命，希望能像西汉博望侯张骞那样为朝廷建功立业。敢，岂敢。远迹，远涉。烟波，云雾迷茫的水面。博望，指西汉博望侯张骞（？—前114年），西汉汉中成固（今陕西成固）人。武帝建元二年（前139年）奉命出使大月氏，历经大宛、康居、大夏等地，途中曾被匈奴扣留十一年，十三年后始归汉。武帝元狩四年（前119年）又出使乌孙。张骞两度出使，历尽艰辛，为加强中原与西域的联系作出了重要贡献。

〖赏析〗

此诗写台湾的重要战略地位，颂扬清朝统一台湾的功绩，并以博望侯张骞的功业自勉。诗中写出了台湾的地理特点，如海上山、群岛、瘴雾等，表达了加强治理祖国宝岛台湾的愿望。

阮蔡文

阮蔡文（1666—1715），字子章，号鹳石，福建漳浦人。康熙二十九年（1690）举人。康熙五十一年（1712），因招降海贼陈尚义有功，得康熙帝召见，咨询沿海诸事宜，授云南陆凉知州。大学士李光地奏称其有谋略，又熟悉海务，改授厦门水师中营参将，任上以化解外商市舶与当地人民的冲突而为人称道。康熙五十四年（1715）调台湾北路营参将。在台数年间，常自带干粮，游遍南北番社，并前往瘴雾磺气弥漫的南崁、淡水一带巡视，招抚土著居民。途中详记当地的山川、风候、土俗。后改任福州城守副将，赴京述职途中病逝。阮蔡文志于经世致用事业，著作不多，但一生手不释卷，马背吟诗，仍然留下有价值的作品《淡水记行诗》一卷。

大甲溪[1]

崩山万壑争流潝[2]，溪石团团马蹄絷[3]。
大者如鼓小如拳，溪面谁填递疏密。
水挟沙流石动移，大石小石藞摩涩[4]。
海风横刮入溪寒，故纵溪流作髫鬣[5]。
水方没胫[6]已难行，水至拦腰命呼吸[7]。
夏秋之间势益狂，弥漫五里无舟楫。
往来溺此不知谁，征魂夜夜溪旁泣。
山崩岩壑深复深，此中定有蛟龙蛰[8]。

〖注释〗

1 大甲溪，在台湾西部，源出南湖大山，西流经台中以北入台湾海峡，长一百二十多公里，上游坡陡水急。

2 流潝（xī，希），流淌。

3 絷（zhí，执），用绳索拴住马足。这里意为绊住。

4 藞摩，摩擦。涩，不滑利。

5 髫鬣（tiáo liè，条烈），马鬃。

6 胫（jìng，径），小腿。

7 命呼吸，生命在呼吸之间，形容危在

旦夕。

8 蛰，动物冬眠，躲藏不食。这里意为隐藏。

〖赏析〗

作者身居军职，且经历险山恶水，因此他笔下的台湾山水气势磅礴，扣人心弦，具有军人的豪放情调。这首诗不但气势奔放，而且比喻独特，团团溪石如鼓如拳，海风横刮溪流如髻鬣迎风飘荡，这样的描写，形象逼真，字里行间透露出军旅的刚烈气息。

后垄[1]

去县日以远，风俗日以变。
顾此后垄番，北至中港[2]限。
音语止一方，他处不能辨。
头发顶上垂，当额前后剪。
发厚压光头，其形类覆碗。
亦有一二人，公然戴高冕[3]。
黑丝及红绒，缠之百千转。

大有古人风，所惜双足跣[4]。
男女八九岁，牙前两齿划。
长大手自牵，另居无拘管。
父固免肯堂[5]，翁亦无甥馆[6]。
是处两三间，村庄何萧散[7]。
高廪[8]置平原，黍稷有余挽[9]。
所虑湿气蒸，驾木如连栈。
巨匏老而坚，行汲络藤瓣[10]。
溪水涨连旬，利涉身焉绾[11]。
丰年百礼偕，疾病颠危[12]罕。
饮酒即高歌，其乐何衎衎[13]。

[注释]

1 后垄，又名“后龙”，番社名，在台湾苗栗。

2 中港，番社名，在台湾苗栗。

3 冕，古代贵族的礼帽。这里指帽子。

5 跣（xiǎn，显），赤脚。

4 “父固免”句，“肯堂”意为营造房屋。古代儿子结婚，父辈通常须为其营造房屋。而台湾土著居民长大后男赴女家，自行成婚同居，无须其父筑屋，故言“免肯堂”。

6 “翁亦无”句，意为岳父也不必为女

婿建造住处。翁，指岳父。甥馆，《孟子·万章下》："舜尚见帝。帝馆甥于贰室。"赵岐注："贰室，副宫也……《礼》谓妻父曰外舅。谓我舅者，吾谓之甥。尧以女妻舜，故谓舜甥。"后因以甥馆指赘婿的住处或女婿家。

7 萧散，萧条。

8 廪，米仓。

9 "黍稷"句，意为牵拉着装余粮的车。

10 "巨匏"两句，这是说土著居民用老而坚硬的大葫芦打水，葫芦上还缠绕着藤蔓。匏（pǎo，跑），一种葫芦，晒干后可用以汲水。行汲，汲水，打水。络，缠绕。藤瓣，藤蔓。

11 利涉身焉绾，意为用绳系住身子更好涉河。绾（wǎn，晚），系。

12 颠危，困苦危险。

13 衎(kàn，看)衎，和乐貌。

〖赏析〗

这首诗全面生动地描述了土著居民的独特风情，包括特殊的语言、发式、装束，凿齿、自由婚姻独自成家的风俗，以及生产黍稷，驾木构屋防湿，用匏汲水，绾绳涉河，互相以礼相待，少有重病，饮酒高歌，自得其乐等情况。可以看出作者虽身为军人，却不乏委婉细心的一面，能体察民情。诗中充溢着平静祥和的情调，与上一首的奔放气势形成对比。

王　璋

王璋，台湾县（今台湾台南）人，明代遗老王忠孝之孙。生卒年不详。康熙三十二年（1693）举人。曾分修《台湾府志》，后出任云南宜良县令，累迁至监察御史，卒于官。

他存世的诗作有《东港》及《台湾八景》。所咏《台湾八景》，与高拱乾同，而艺术成就则稍逊于高拱乾所作。

台湾八景

（八首选一·安平[1]晚渡）

问津当重镇[2]，薄暮泛长空。
流尽三春[3]水，飘然一叶风[4]。
乱山浮远翠，落日浴残红。
谈笑天垂幕，车声月色中。

〖注释〗

1　安平，参见高拱乾《台湾八景·安平晚渡》注 1

2　“问津”句，安平既是大港，又是重要的集镇。

3　三春，指春天。因春天有三个月，故称。

4　“飘然”句，落叶之风飘然而至，形容风的高爽。

〖赏析〗

诗题《安平晚渡》，但只写暮空、春水、风叶、远山、落日，而不写航船，这是此诗独到之处。其次，作者重视炼字。如第三句的“飘”字，不直接写风，而是由叶子的飘荡来显示风，还透露出一些凉意；又如第四句的“浮”字，以动写静，在暮霭中翠绿的远山蒙蒙胧胧，似在浮动。最后两句既有景色，也有人的活动，表现出了安平暮色的时空变化。

郁永河

郁永河，字沧浪，浙江仁和（今杭州）人。生卒年不详。诸生。康熙三十年(1691)春从浙江来福建。康熙三十五年（1696）冬，福州火药库遇灾爆炸，五十余万斤火药全部被毁，朝廷责令福建自行赔偿。当时台湾基隆、淡水一带盛产制火药的硫磺，但因过于危险，无人愿往。他主动要求去台，于康熙三十六年（1697）农历二月十六日从厦门渡海到台南，辗转至北投筑屋煮硫磺，同年十月十二日返回福州。在台期间历尽艰险，沿途记录亲见亲闻，写成《裨海纪游》、《伪郑逸事》、《海上记略》、《番境补遗》等书，详细记载台湾的山川景观和番俗民情。同时作诗五十余首，其中《台湾竹枝词》十二首、《土番竹枝词》二十四首，真实描写了台湾的地理人文状况。他的诗文是了解十七世纪末台湾地理历史弥足珍贵的文献资料。

台湾竹枝词[1]

（十二首选一）

肩披鬓发耳垂珰[2]，粉面红唇似女郎。
妈祖宫[3]前锣鼓闹，侏离唱出下南腔[4]。

〖注释〗

1 竹枝词，简称“竹枝”，乐府《近代曲》名。本为巴渝（今重庆）一带民歌。唐刘禹锡任夔州刺史时，根据民歌改作新词，内容主要吟咏三峡风光和男女恋情，后为历代诗人所仿效，逐渐成为一种新的诗体。竹枝词形式上都是七言绝句，语言通俗，节奏轻快。台湾古代竹枝词创作颇盛，许多作品真实反映了当时台湾的风貌。此诗自注：“梨园子弟，垂髻穴耳，傅粉施朱，俨然女子。土人称天妃神曰妈祖，称庙曰宫。天妃庙近赤嵌城，海船多于此演戏酬愿。闽以漳泉二郡为下南，下南腔亦闽中声律之一种也。”

2 珰（dāng，当），妇女的耳饰。

3 妈祖，亦称“天妃”、“天后”，俗称“妈祖婆”，传说中掌管海上航运的女神。相传她是宋代兴化府（今福建莆田）人氏，姓林名默，其父母梦观音菩萨赐药而生。宋雍熙四年（987）盛装升天为神。宋以来历代均有褒封，清代封为“天上圣母”。当地人于康熙年间为其立庙奉祀，其庙称“妈祖庙”或“天后宫”。福建、台湾两地对妈祖信仰尤甚。

4 侏（zhū，朱）离，形容方言或少数民族语言怪异难懂。下南腔，系闽台地方戏曲梨园戏的一个声腔。梨园戏是在民间歌舞和南音的基础上产生的，分为大梨园（成年演员的班社）和小梨园（儿童演员的班社，也称“家班”）两种。大梨园俗称“老戏”，又分为下南戏和上路戏两支。元代各省设“路”，泉州人把福建以北称做“上路”，而“下南”指的是泉州。上路戏就是指从浙江、江西等地来的剧种，下南戏就是本地戏。相较而言，上路戏比较古老，下南戏富有生活气息，唱白保持着浓郁的本土特色和乡土味，插科打诨比较多，声腔粗放。小梨园则以生、旦戏见长。后来，上路戏、下南戏和小梨园逐渐融合，形成了以“下南腔”（也称“泉腔”）为主体、以泉州音为正宗的梨园戏。

〖赏析〗

这首诗写的是台湾居民在妈祖宫前演戏酬愿的情景。戏中男演员反串女角，“肩披鬟发耳垂珰，粉面红唇似女郎”，在妈祖宫前敲锣打鼓，用作者听不懂的方言唱着下南腔。诗作颇有生活气息，反映出台湾居民信仰妈祖，演唱梨园戏，与福建风俗无异。

施 世 榜

施世榜，字文标，亦称寅舍，台湾县（今台湾台南）人。生卒年不详。康熙三十六年（1697）拔贡。以军功授都司，后转由寿宁教谕署漳州教授，复转任兵马副指挥。任上乐善好施，兴筑水圳，农民受益。

晚渡安平[1]

别浦津头[2]渡，轻舟漾晚风。
波寒鸥出没，舵转岸西东。
衡宇苍烟[3]外，牛羊落照中。
禽言花欲暮[4]，云去岛俱空。
平濑沙倾斗[5]，危樯月系弓[6]。
剧怜[7]沧海望，惆怅意何穷[8]！

〖注释〗

1　安平，参见高拱乾《台湾八景·安平晚渡》注1。

2　别浦，河流汇入江海之处。津头，渡口。

3　衡宇，横木作门的房屋，代指简陋的房舍。苍烟，苍茫的云雾。

4　“禽言”句，飞鸟在即将凋谢的花丛中鸣唱。禽言，指鸟鸣。暮，迟暮，此指花凋零。

5　“平濑”句，受到地上急流的冲刷，沙子就像从斗中倾倒而出。濑，湍急的水流。

6　“危樯”句，一轮明月犹如弯弓挂在高高的桅杆上。危，高。樯，船上的桅杆。

7 剧怜，极爱，非常喜爱。

8 何穷，如何穷尽。

〖赏析〗

诗歌描写乘舟晚渡安平港时所见的景色：鸥鸟在寒波中出没，房舍隐现于苍烟之间，夕阳的金光照着牛羊，鸟儿在将谢的花间鸣唱，桅杆上挂着像弓一样的月亮，为我们描绘了一幅油画般美丽的图景。寒波、苍烟、落照、暮花，这些意象使美丽的景色透露出淡淡的愁绪。作者触景生情，不禁在结尾发出“惆怅意何穷”的感叹。全诗情景交融，具有较高的艺术性。

蓝鼎元

蓝鼎元（1680—1733），字玉霖，别字任庵，号鹿洲，福建漳浦人。畲族。十岁而孤，读书刻苦。康熙六十年（1721）随族人蓝廷珍入台镇压朱一贵起义。他针对清朝统一台湾以来施政的得失，提出一系列治台主张和建议，对清廷治理台湾产生了积极影响，被誉为“筹台之宗匠”。离台后曾参与纂修《大清一统志》，后升任广州知府。著作有《蓝鹿洲集》、《东征集》、《平台纪略》等。

蓝鼎元最重要的诗作是《台湾近咏十首呈巡使黄玉圃先生》，其特点是以论入诗，以诗论政。谢金銮《续修台湾县志》说：“蓝鹿洲呈黄玉圃数篇，在此地为经济绝作，乃台湾之治经，不可仅以诗目之矣。”这组诗包括了政治、经济、教化、国防诸方面治理台湾的主张。有些主张有一定的进步意义，又以诗歌的形式表达出来，读起来富有节奏感，比起单纯的政论，显得生动而有影响力。

然而既以论入诗，自然难免议论有余而形象不足。

台湾近咏十首呈巡使黄玉圃[1]先生

（十首选一）

台地一年耕，可余七年食。
寇乱继风灾，民间更萧索[2]。
今岁大有秋[3]，仓储补云亟[4]。
谷贵虑民饥，谷贱农亦恻[5]。
厉禁久不弛[6]，乃利於奸墨[7]。
徒有遏籴[8]名，其实竟何益。
估客[9]既空归，褰足此寥寂[10]。
何如撙节[11]之，一艘一百石。
穷年移不尽[12]，农商惠我德[13]。
幸与诸当途[14]，从长一筹画[15]。

〖注释〗

1 黄玉圃：黄叔璥(1662—1721)，字玉圃，号笃斋，顺天大兴（今北京）人。进士，历官至御史。康熙时曾奉旨巡视台湾，撰有《台海使槎录》。

2 萧索，萧条。

3 大有秋，秋季大丰收。

4 “仓储”句，赶紧得补建粮仓。亟，急切。

5　恻，同“恻”，悲伤。

6　弛，放松。

7　奸墨，奸商和贪官。

8　遏粜（dí，笛），禁购粮食。粜，买进粮食。

9　估客，商人。估，同“贾”。

10　寥寂，寂寞，冷清。

11　撙（zǔn）节，抑制。

12　“穷年”句，指商贩终年把台湾多余的粮食转运到大陆去。

13　惠我德，以朝廷之德为恩惠。

14　当途，犹言当道，指掌权者。

15　筹画，筹划。

〖赏析〗

这首诗就台湾的粮食问题提出自己的主张。作者指出“台地一年耕，可余七年食”、“縠贵虑民饥，縠贱农亦恻”，应该从长筹划，做好仓储；同时他认为与其一味厉禁粮食流通买卖，束缚商人的积极性，不如实行节制政策，限定一艘船只能载一百石，这样就能“穷年移不尽，农商惠我德”。

孙元衡

孙元衡，字湘南，桐城（今属安徽）人。生卒年不详。以贡生为四川汉州同知。康熙四十四年（1705）出任台湾海防同知，兼管商船赴台贸易诸事。在任时恰遇旱灾，令商船运米赈灾，多则赏，否则罚，于是米船云集，米价顿减，灾情得以控制。为人性情温厚，秉直刚正，不屈权势。在台湾三年间，为政便民，兴利除弊，修文庙，兴义学，创置学田，资助贫士，同时严缉匪盗，保持地方安定，史称他“慈惠爱民”。任满迁山东东昌知府，台湾士民建坊立碑以示纪念。他在台时作有《赤嵌集》四卷，诗三百六十篇，全面深刻反映了台湾的风土人情，具有很高的艺术性。清初著名诗人王士祯（王渔洋）甚至认为他的诗风格近于苏韩，题材奇险高妙，在诗史上别具一格。

大武郡[1]登高

过海重行五百里，到山更上一层台[2]。
地留归路还非客[3]，秋在中原不用哀[4]。
霜叶似花[5]何处有？瘴云泼墨[6]几时开？
固应未落诗人手，判却鸿荒待后来[7]。

〖注释〗

1　大武郡，山名，在台湾彰化东南。

2　台，高而平的建筑，供游览眺望用。

3　“地留”句，这是说对归途已经很熟悉了，所以回还的时候不像生客。

4　“秋在中原”句，古人有所谓悲秋之说，但台湾地处东南沿海，气候温暖，四季差别不明显，登高见不到秋意，自然亦无悲秋之感，所以作者这样说。

5　霜叶似花，唐杜牧《山行》：“停车坐爱枫林晚，霜叶红于二月花。”

6　瘴云泼墨，这是形容乌云密布，瘴气浓重。

7　判，剖开。这里意为开辟。却，语助词。鸿荒，边远荒僻之地。唐李白《明堂赋》：“点翠彩于鸿荒，洞清阴于群山。”王琦

注：“鸿荒，大荒也，谓旷远之地也。”后来，后来者。

〖赏析〗

这首诗写登大武郡山时的所见所感。时值秋天，本是秋风萧瑟，一般人容易触景生情，发出哀叹；或秋高气爽，红叶漫山，让人觉得灿烂辉煌。然而台湾的气候不同于大陆中原，秋天并无萧瑟景象，也无绚丽红叶，却云雾弥漫。诗人以“不用哀”、“何处有”、“几时开”，既写了台湾物候的特色，又蕴含自己的感慨，还能引起读者的联想。最后一句表达了开辟台湾的愿望，使诗歌进入新的境界。

咏荔枝

味含仙意空南国[1]，姿近天然是美人。
丹罽潜胎珠玓瓅[2]，脂肤满绽玉精神。
不受盐欺与蜜侵[3]，骚人新摘自沉吟[4]。
轻红照肉白凝齿[5]，芳气袭魂寒沁心[6]。
笑后左车生小愠，望中飞骑更相寻[7]。

〖注释〗

1　味含仙意，荔枝有神仙之味。形容荔枝味美，令人神往。空南国，这是说南国虽然多佳果，但荔枝之味无与伦比。

2　“丹罽”句，形容荔枝红色的外壳下，包藏着像珍珠一样晶莹剔透的果肉。丹罽(jì，计)，罽是毛织物，这里以丹罽形容荔枝红色的外壳如红色的毛织物。潜胎，珍珠孕育于蚌中，故称。玓瓅（dì lì，的力），珠发光貌。

3　“不受”句，荔枝不像其它一些鲜果，不必用盐腌制或蜜浸，天然味美。欺、侵，浸渍之意。

4　骚人，诗人。沉吟，低声吟唱。

5　轻红，指荔枝果肉外一层淡红色的轻薄果衣。白凝齿，形容果肉莹白。

6　寒沁心，形容荔枝汁液清凉沁人心脾。

7　“笑后”两句，自注：“山谷题杨妃病齿图，多食侧生，损其左车。”杨贵妃喜荔枝，所食皆唐玄宗特派专人从南方远道运来，途中飞骑传递，劳民伤财。据说她因贪吃荔枝，曾损坏左边的一颗牙，但仍乐此不疲。车，牙床，这里指牙齿。愠（yùn，运），生气。

〖赏析〗

这首诗以各种优美词语极写台湾荔枝的形、色和美味。开头以“仙意”和“美人”两词，总写荔枝的神味和美姿。接下来几句写荔枝毛织物般的外壳、淡红的果衣、珍珠般的果肉、沁人的香气、天然的美味，以及激起诗人沉吟的吸引力。最后作者笔锋一转，联想到杨贵妃吃荔枝的历史故事：荔枝的美味使杨贵妃贪吃得牙齿都受伤了，虽然有点生气，却还盼望从皇帝派的飞骑中寻找荔枝呢，以历史典故进一步突出了荔枝不可抵御的诱惑力。

野望

晓起望墟落[1]，他乡幻转妍[2]。
露浓疑宿雨[3]，沙暖出疏烟。
蛮嶂[4]光侵海，骤潮声在天。
田田[5]甘蔗绿，叶叶刺桐燃[6]。
分廨[7]围丛竹，安禅就谷泉[8]。
徘徊问心迹[9]，身世总萧然[10]。

〖注释〗

1 墟落，村落。

2 幻转，转变。妍，美。

3 宿雨，经夜之雨。

4 蛮嶂，南方险峻之山。这里指台湾的山峦。

5 田田，鲜碧貌。南朝梁江淹《水上神女赋》："野田田而虚翠，水湛湛而空碧。"

6 叶叶，片片。刺桐，树名。其花呈蝶形，深红色，十分娇艳。燃，形容花色红艳。

7 廨（xiè，谢），官署。

8 安禅，静思修心。谷泉，山谷中流出的泉水。

9 心迹，犹心事。

10 萧然，空寂，萧条。

〖赏析〗

这是一首描写台湾田园风光的优美诗篇。诗中有露浓似雨，沙暖生烟，蛮障倒影，潮声震天，甘蔗碧绿，刺桐红艳，丛竹围屋，谷泉静心，绘声绘色地展现了一幅富有特色的乡野风景画。最后两句表达出空寂的心态。作者作为游宦诗人，虽面对人间美景，但毕竟身在异乡，不免惆怅，也许正是这美好的他乡景色反而引起作者的“萧然”之感吧。

全诗不用典故，只写现实野景，行文流畅，清新自然。诗中的对偶修辞手法用得相当好，对仗工整贴切。如三四句，“露浓”对“沙暖”，一在空中，一在地上，都是动宾结构，其声调一是仄平，一是平仄。第五六句，“蛮障”对“骤潮”，“光”对“声”，“海”对“天”，其词性、结构、平仄大都工整对仗。这些都显示了诗人的艺术功力。

宋永清

宋永清，山东莱阳人。生卒年不详。康熙四十三年（1704）以汉军正红旗监生出任台湾凤山知县。康熙五十一年(1712)秩满，升延庆知府。知凤山期间，体察民情，为官清廉，重视文化教育，建学宫，创义塾。任上恰遇大旱，发谷千石以赈灾，同时减轻土地贫瘠地方的田赋，还在莲花潭筑起一千三百余丈的长堤，以利灌溉。喜吟咏，长于诗，有《翁溪诗草》。

番　社[1]

百里长征山径纡[2]，溪边竹里走番奴。
蛮音杂沓闻鶗鴂[3]，茅屋参差入画图。
裸体威仪存幅布[4]，缠头修饰喜生刍[5]。
有时客至呼兄弟，一笑频斟打喇酥[6]。

〖注释〗

1　番社，指台湾土著居民的聚居群落。

2　纡（yū，于），盘曲。

3　"蛮音"句，这是说土著居民的方音不易听懂，如闻鶗鴂声。杂沓，纷杂貌。鶗鴂(tí jué，题决)，又作"鹈鴂"，即子规、杜鹃。

4　幅布，土著居民下身围一块布遮羞。

5　生刍（chū，初），青草。刍，饲草。

6　打喇（lá，拉）酥，土著居民酿制的一种酒。

〖赏析〗

诗歌反映台湾土著居民的居住、服饰、语言、饮食情况，以及平等相待、热情好客的纯朴风俗，写得流畅生动，且具史料价值，同时也可看出作者不辞辛劳，深入体察民情的作风。作者视茅屋为画图，以裸体为威仪，以正面积极的语调叙述土著居民相对比较落后的生活习俗，并无讥笑轻蔑之意，这也是难得的。

过罗山[1]，有设县安营建兴学校之举，书以记事

晓色寒侵露未晞[2]，黄沙漠漠[3]扑征衣。
劳人[4]几度图兴建，大地千年护翠微[5]。
丘壑欲开桃李径[6]，田畴渐觉稻粱肥。
海邦形胜雄东顾[7]，立马罗山日落晖。

〖注释〗

1 罗山，诸罗山的简称。在台湾嘉义。

2 晞（xī，西），晒干。

3 漠漠，迷蒙貌。

4 劳人，辛劳之人。

5 “大地”句，此句既是写景，也是隐喻兴建学校是培育人才，一语双关。翠微，形容山色青葱翠绿，这里指青葱翠绿的林木。

6 “丘壑”句，此句亦一语双关，喻指在山区兴建学校培养学生。桃李，《韩诗外传》卷七：“夫春树桃李，夏得阴其下，

秋得食其实。”后以“桃李”比喻师长所栽培的晚辈或门生。

7 “海邦”句，台湾山川壮美，巍然屹立于祖国东方。

〖赏析〗

台湾在郑经统治时，就已由陈永华主持建文庙立学堂。清朝治台后，在各县设官学。康熙四十三年（1703）作者代理诸罗县令，因县署移至诸罗山而建议在这里建庙兴学。此后孙元衡共襄此举，建成大成殿、棂星门；宋永清继筑启圣祠。后学校遭飓风破坏，县令周侯重建大成殿、启圣祠，又加建明伦祠、文昌祠和围墙。继任诸罗县令周锺瑄又曾予以大规模扩充。此诗应作于作者在诸罗兴学之后，是他为官重文教的真实写照。诗歌叙述作者在罗山兴建学校的辛劳，两处采用双关语，既切合时令，有巧妙地表达了对建设台湾文化教育事业的信心。

郑 应 球

郑应球，字桐君，台湾凤山人。生卒年不详。康熙五十二年（1713）恩贡生。性情耿介，崇尚气节。掌凤山书院教席十余年，有益地方文教颇多，年近八十而逝。

移　家

淡泊无营意[1]自宽，移家东郭[2]近林峦。
鸟吟白日春前树，人整青山竹外冠[3]。
张老已知成室美[4]，渊明但取敝庐[5]完。
由来物理[6]难齐论，聊借鹪鹩信所安[7]。

〖注释〗

1　营，求。意，内心。

2　东郭，城东边。

3　“人整”句，意为人在青山竹林之处居处生活。

4　“张老”句，张老系春秋晋国大夫张孟的别称。相传晋国大夫献文子筑室，张孟因其华丽奢侈，歌以讽之。《礼记·檀弓下》：“晋献文子成室，晋大夫发焉，张老曰：‘美哉轮焉！美哉奂焉！歌于斯，哭于斯，聚族于斯！’”

5　敝庐，破旧的房舍。

6　物理，事物之理。

7　“聊借”句，意为像鹪鹩一样能有栖身之所就感到满足。鹪鹩（jiáo liáo，交聊），鸟名。《庄子·逍遥游》：“鷦鷯巢于深林，不过一枝。”晋张华《鷦鷯赋》序：“鷦鷯，小鸟也，生于蒿莱之间，长于藩篱之下，翔集寻常之内，而生生之理足矣。”

〖赏析〗

开头两句直抒自己志趣淡泊心自宽坦，因此远离闹市尘嚣，迁居于城东山林边。颔联写耳闻春树鸟吟，满目青山竹林，何等闲适。后四句借用春秋晋大夫张孟歌讽献文子建筑豪宅和陶潜安乐于敝庐的历史典故，并以鷦鷯只取深林一枝筑巢为喻，进一步表明恬淡的心志。

李钦文

李钦文，字世勋，台湾府治东安坊（今属台湾台南）人。生卒年不详。康熙六十年（1721）岁贡生，曾任福建南靖训导。分订《重修台湾府志》，并分修诸罗、凤山、台湾三县志。

九日北香湖[1]观荷

（二首选一）

湖上秋光老，君子意何迟。
似有东篱约[2]，来吟招隐诗[3]。
绿叶浓寒露，红衣淡水湄[4]。
山高不可登，斯会宁易期[5]？

〖注释〗

1 九日，农历九月初九，重阳节。北香湖，在台湾嘉义城北，离城里许。因湖中遍植荷花，香闻数里，故名。系嘉义八景之一。

2 东篱约，谓与高洁之士有约。晋陶渊明《饮酒》诗之五：“采菊东篱下，悠然见南山。”

3 招隐诗，古代以招人归隐为题的诗歌。晋人左思、陆机皆有《招隐》诗。

4 湄，岸边水草相接之处。

5 斯会，此次会面。宁，难道。

〖赏析〗

因为气候关系，北香湖的花事一直要到十二月才会结束。作者是在重阳节这一天与友人陈梦林、林秀民一起游览北香湖的，因此还能看到荷花盈湖的景象。作者在描写北香湖荷花美景的同时，也寄托了归隐的志向。

郑大枢

郑大枢，台湾县（今台湾台南）人。生卒年不详。康熙六十年（1721）例贡。

风物吟

（十二首选二）

（一）

宜雨宜晴三月三[1]，糖浆草粿列先龛[2]。
凤头龙尾衣衫摆，踏遍郊坰[3]酒已酣。

〖注释〗

1　三月三，旧时节日，又称上巳节。汉代以前，人们于农历三月上旬之巳日（即“上巳”），到水边祭祀招魂，后又演变为在流水处洗濯，以祓除疾疢不祥。《后汉书·礼仪志上》：“是月上巳，官民皆絜于东流水上，曰洗濯祓除去宿垢疢为大絜。”三国魏以后改为三月三日，一般不再用上巳日。晋代起，文人也将这一天作为修禊踏青的日子。

2　草粿（guǒ，裹），一种用可食之草绞出的汁和在米粉中蒸成的食物。龛（kān，刊），供奉佛像神像或祖先牌位等的小阁子。

3　郊坰（jiōng），郊外。

（二）

香烟缥缈绕盂兰[1]，果号菩提[2]佛顶盘。
普度无遮[3]观自在，纸灯夜静散波澜[4]。

〖注释〗

1 盂兰，盂兰盆的省称。旧时农历七月十五中元节用于超度亡人的一种供器。宋孟元老《东京梦华录·中元节》："又以竹竿斫成三脚，高三五尺，上织灯窝之状，谓之盂兰盆，挂搭衣服冥钱，在上焚之。"

2 菩提，指菩提树的果实，可作佛教徒念佛的数珠。

3 普度，佛教谓广施法力使众生普遍得到解脱为普度，亦作"普渡"。旧时中元节为超度亡人而举行的盂兰盆会亦称普度大会。做普度在闽台一带很流行。无遮，佛教语。指宽容一切，解脱诸恶，所有人一律平等看待，没有遮隔。佛教徒以布施为主要内容的法会也称作无遮大会。

4 散波澜，在波涛中流散开。

〖赏析〗

《风物吟》共有十二首，分别写了十二个传统节日，即春节、上元节、三月节、端午节、半年节、七夕节、中元节、中秋节、重阳节、冬至、祭灶和除夕。这里选录其中的第三和第七两首，分别是描写三月节和中元节的。作品反映了台湾的风俗民情，也说明了台湾文化与大陆文化的渊源关系。

钱 琦

钱琦（1704—？），字相人，一字湘纯，号玙沙、述堂，晚号耕石老人，浙江仁和（今杭州）人。乾隆二年（1737）进士，授编修。历官河南道御史、江苏按察史、福建布政使。乾隆十六年（1751）二月任巡台御史。生平好吟咏，与著名诗人袁枚相交五十年。著有《澄碧斋诗抄》十二卷、《别集》一卷。袁枚为其诗集作序，称他“立朝有风节，任外多惠政，虽官尊，雅好为诗，其神清，其韵幽，曲致而不晦于深，直言而不坠于浅。”又为作墓志铭，言其海外诸诗尤为雄伟（《晚清簃诗汇》）。

泛海

娲皇断鳌足[1]，元气泄混茫[2]。散作长波涾瀜沓[3]，不知其几千万里，荡摇大地天为盲[4]。有时飓母胎长长鲸[5]怒，星眸电齿云车雷鼓风轮森开张[6]。尘沙飞扬人鬼哭，往往白昼惨冽如幽荒[7]。往时读海赋，尤疑近荒唐。竭来鹭门一怅望[8]，大叫绝奇狂夫狂。柁楼打鼓长鱼[9]立，船头挂席[10]西风凉。是时郁仪[11]忽走匿，但见天光水色一气摩硠硠[12]。大嶝[13]路最近，小憩古禅房。彼岸倏[14]不见，一叶[15]随波扬。南人自夸乘船惯，不比坐马颠踣[16]难收缰。岂知波恬[17]风静浪息时，起势一落犹有千丈强。长吉心肝尽呕出，但无好句归锦囊[18]。忽然桃浪[19]暖，红影落星光。须臾墨云卷，四顾失青苍。出海与亚班[20]，神色俱仓皇[21]。飞身上桅杪[22]，指南凭针芒[23]。谓言渡海此最险，呵嗽下有咬鼍[24]藏。去年太守误落漈[25]，鹬如飞凫[26]失侣天外周翱翔。今年将军复遭毒，有如曹兵百万赤壁遇周郎。罗经巽已偶错位，北去弱水东扶桑[27]。我闻此语了无怖，俗子所见皆粃糠[28]。男儿桑弧悬矢[29]志四方，径须腰悬斗印提干将[30]。出入玉门[31]赴沙场，直探虎穴扫欃枪[32]。名勒钟鼎勋旂常[33]，回手抉汉分天章[34]。不然翻身跳出尘坱[35]外，跨鳌骑鹤骖鸾凰[36]。朝游碧落暮沧溟[37]，须弥大界随相羊[38]。谁能瑟瑟缩缩如寒螿。坐令颜髩[39]凋秋霜。况闻蓬莱方丈咫尺尘隔断，世乏仙骨谁梯航[40]。因风误到更可喜，底用[41]祸福先周详。台阳一番岛[42]，宛在水中央。古称昆舍耶[43]，或云婆娑洋。自从归入版图后，穿胸儋耳[44]咸循良。我来衔命持羽节[45]，要将帝德勤宣扬。兼恐奇才遗海外，一一搜采贡明堂[46]。水程志更更十一，蠡窥管测[47]毕竟绳尺难参量。何奇不有怪不储，且复耳目恣探详。兹游之奇平生冠，东坡快事吾能偿[48]。舟师喘定笑绝倒，喜色转露眉间黄。天鸡一声晓色白，百怪照影争逃亡。不见澎湖见飞鸟，鸟飞多处山云长。三十六岛郁[49]相望，渔庄蟹舍纷低昂[50]。收篷暂寄泊，呼童满引觞。尔雅[51]颓然不知身与世，恍忽栩栩瞬息历九州遍八极[52]，徜徉于无何有之乡[53]。

〖注释〗

1 “娲皇”句，娲皇即女娲氏，相传她曾断鳌之足以立地之四极。《列子·汤问》：“然则天地亦物也，物有不足，故昔者女娲氏炼五色石，以补其阙；断鳌之足，以立四极。”鳌，一种巨龟。

2 混茫，又作“混芒”，混沌蒙昧，指上古未开化的状态。

3 沓沲(tà tuó，踏妥)，水波重叠。杳，深广。

4 天为盲，指天空昏暗。

5 飓母，预兆飓风将至的云晕，其形似虹霓。有时亦指飓风。长鲸，大鲸。

6 星眸，形容星星闪亮。电齿，闪电如利齿。云车，形容云彩飞动如车。森，阴森。开张，展开。

7 惨冽，寒风凛冽。幽荒，荒远之地。

8 朅(qiè，切)来，犹言来，来到。《文选·陆机〈吊魏武帝文〉》：“咏归途以反旆，登崤渑而且朅来。”吕延济注：“朅来，言归去来也。”鹭门，厦门的旧称。怅望，惆怅地看。

9 柁楼，船上操舵之室，因其高起如楼房，故称。长鱼，大鱼。

10 挂席，犹言挂帆，扬帆。《文选·谢灵运〈游赤石进帆海〉诗》:“扬帆采石华,挂席拾海月。”李善注:“扬帆,挂席,其义一也。”

11 郁仪,又称“郁华”,中国古代传说中的太阳神。

12 硠(láng,朗)硠,形容物体相击。

13 大嶝(dèng,瞪),岛名,今属福建厦门。

14 倏,忽然间。

15 一叶,指一艘船。

16 颠踣(bó,拨),颠簸。

17 波恬,波浪平息。恬,安静。

18 “长吉”两句,相传唐代著名诗人李贺(字长吉)出门每骑弱马,背锦囊,得佳句先投其中,归家后足成完篇。其母郑夫人常谓:“是儿要当呕出心乃已尔。”

19 桃浪,桃花浪的省称,即春汛。仲春时节冰雪消融雨水连绵,江河湖水暴涨,此时正值桃花盛开,故谓之桃花浪或桃花汛。这里用以形容海浪。

20 亚班,帆船上爬上桅杆观测风向的人。《台湾文献丛刊》记载:“有占风望向者,缘篷桅绳而上,登眺盘旋,了无怖畏;名曰‘亚班’。”“南北通商,每船出海一名,即船主。柁工一名、亚班一名、大缭一名、头碇一名、司杉板船一名、总铺一名、水手二十余名或十余名。通贩外国,船主一名。财副一名，司货物钱财。”

21 仓皇，匆忙急迫。

22 杪（miǎo，秒），末梢，顶端。

23 指南凭针芒，凭借指南针辨别方向。

24 呵嗽(xù，叙)，不明貌。鼍（tuó，妥），一种鳄鱼，俗称“猪婆龙”。

25 漈（jì，计），海底深陷之处。

26 鹬(yù，玉)，水鸟名。凫(fú，扶)，野鸭。

27 “罗经”两句，这是说罗盘如果偶然指错了方向，船就会驶往北方的弱水之处或东方的扶桑。罗经，即罗盘，船上用的指南针。巽(xùn，训)，东南方。《易·说卦》：“巽，东南也。”弱水，由于水道水浅或当地人民不习惯造船而不通舟楫的地方，古人往往认为是因为水弱无力不能载舟的缘故，故称之为弱水。扶桑，指日本国。

28 秕(bǐ，比）糠，谷糠，比喻无价值不值得重视。

29 桑弧悬矢，古代男子出生，以桑木作弓，蓬草为矢，射天地四方，以象征男儿应志在四方。《礼记·内则》：“国君世子生，告于君，接以太牢，宰掌具，三日，卜士负之，吉者宿齐（同“斋”），朝服寝门外，诗负之，射人以桑孤蓬矢六，射天地四方。”后用以指人应有大志。

30 干将，古宝剑名。

31 玉门，玉门关，故址在今甘肃敦煌西北。汉武帝时置，系汉代通往西域各地的重要门户。

32 欃（chán，禅）枪，彗星的别称。《尔雅·释天》：“彗星为欃枪。”古人认为彗星是凶星，故又用以比喻邪恶势力。

33 勒，刻。钟鼎，古代铜制的钟和鼎，其上往往铭刻文字，或记事或表彰功德。勋旂（qí，其）常，功勋等同于王侯。勋旂，古代王侯的两重旗帜，旂画交龙，常画日月。《周礼·春官·司常》：“日月为常，交龙为旂……王建大常，诸侯建旂。”后以代指王侯。

34 抉（jué，决），拨开。汉，银河。天章，犹言天文，指天空的日月星辰等。

35 尘坱（yǎng，养），犹言尘埃，指尘世。

36 骖鸾凰，用鸾凰驾车。骖（cān，参），古代一架马车由三或四匹马驾车，中间的马称辕马，辕马边上的马称作骖。鸾凰，鸾鸟与凤凰。

37 碧落，犹言碧空。沧溟，高远幽深的天空。

38 须弥，古印度梵语，又译作“修弥卢”、“苏弥卢”等。原为古印度山名，后为佛教所采用，指一个小世界的中心。据说山顶为帝释天所居，山腰为十大天王所居，周围有七山八海，四大部洲。大界，天界。相羊，又作“相佯”、“相徉”，盘桓，徘徊。

39 髩，同“鬓”。

40 梯航，梯山航海的省称，即登山渡海。

41 底用，何用，哪里用得着。

42 台阳，台湾的旧称。

43 昆舍耶，台湾的旧称。昆舍耶本为古印度梵语，唐宋人用以称呼台湾。昆谓地宜稻谷，舍耶意为庄严。

44 穿胸，儋（dān，单）耳，皆古族名。《淮南子·坠形训》：“自西南至东南方有……交股民、不死民、穿胸民、反舌民。”高诱注：“穿胸，胸前穿孔达背。”又《山海经·大荒北经》：“有儋耳之国，任姓。”郭璞注：“其人耳大，下儋垂在肩上。”这里用以代指台湾土著居民。

45 衔命，接受使命。羽节，装饰着羽旄的符节。

46 明堂，古代天子议事之处，代指朝廷。

47 蠡窥管测，比喻以浅陋之见揣度事物。

48 “兹游”两句，北宋诗人苏东坡晚年曾渡海远谪儋州（今海南），作者以航海为人生快事，将自己赴台比作苏东坡渡海到海南。

49 三十六岛，指澎湖列岛的三十六岛屿。郁，聚集。

50 低昂，高低起伏。

51 尔雅，文雅。

52 恍忽，同“恍惚”，迷离，难以捉摸。栩栩，形容如在梦境中欢喜自得的样子。《庄子·齐物论》：“昔者庄周梦为蝴蝶，栩栩然蝴蝶也。”成玄英疏：“栩栩，忻畅貌也。”八极，八方极远之地。

53 无何有之乡，指空无所有之处。《庄子·逍遥游》：“今子有大树，患其无用，何不树之于无何有之乡，广莫之野？”这里代指虚幻的梦境。

〖赏析〗

此诗系作者的代表作。这首九十句的长诗，开头描绘大海风浪之狂，接着写乘船者感受风浪变幻、神情仓皇，然后笔锋一转，抒发了不畏艰险、建功立业的雄心壮志和避开尘世、遨游大界的磊落胸怀。至于衔命持节来台，目的是要宣扬帝德、探奇储怪。诗的最后表现出作者经历了一场海上风浪的惊险之后，望见台湾陆地，收蓬暂泊，引觞自醉，酣然入梦的陶然之情。诗中用了不少高格调的比喻，如用“星眸电齿云车雷鼓风轮”来比喻狂风巨浪；用飞凫失侣翱翔天外和曹兵赤壁遇周郎来比喻处境的惊险；用腰悬斗印提干将、出入沙场、直探虎穴、名勒钟鼎，来直抒建功立业的壮志；用“跨鳌骑鹤骖鸾凰”说明自己超尘脱俗的高风，确是气势雄奇不凡，足见袁枚称作者的诗“曲致而不晦于深，直言而不坠于浅”，并非溢美之词。

台阳八景

（八首选一·鲫潭[1]霁月）

宿雨初收夜气妍，空灵色相[2]妙难诠。
澄来止水壶中月[3]，洗净浮云水底天。
鲛女静开霜匣照，骊龙冷抱宝珠眠[4]。
冰心彻底谁怜取，留得清光在海边[5]。

〖注释〗

1 台阳，台湾的旧称。鲫潭，在台湾县（今台湾台南）永康里，延汇三十余里，大如湖泊。乾隆间，鲫潭霁月系著名的台湾八景之一，今已淤。

2 色相，佛教语，指万物的形貌。

3 壶中月，《云笈七签》卷二八引《云台治中录》：“施存，鲁人，夫子弟子，学大丹之道……常悬一壶如五升器大，变化为天地，中有日月，如世间。”这里以“壶中月”形容月亮之澄明，犹如仙境。

4 “鲛女”两句，这是说月光皎洁，引得水中的美人鱼打开镜匣映照容颜，骊龙抱着宝珠在潭中沉睡。鲛女，又称“鲛人”，神话传说中的美人鱼。晋张华《博物志》卷九：“南海外有鲛人，水居如鱼，不废织绩……”霜匣，本指剑匣。《西京杂记》卷一：“高祖斩白蛇剑，剑上有七彩珠、九华玉以为饰，杂厕五色琉璃为剑匣。剑在室中，光景犹照于外，与挺剑不殊。十二年一加磨莹，刃上常若霜雪。开匣拔鞘，辄有风气，光彩射人。”这里用以指光洁的镜匣。骊龙，黑龙。《尸子》卷下：“玉渊之中，骊龙蟠焉，颔下有珠。”五代谭用之《赠索处士》诗：“玄豹夜寒和露隐，骊龙春暖抱珠眠。”

5 “冰心”两句，这两句既是赞美海边月光的澄明皎洁，也隐喻作者有高洁情怀。冰心，纯净高洁之心。彻底，通透无所掩留。清光，月亮清亮的光辉，隐喻高风亮节。

〖赏析〗

《台阳八景》诗系作者的名篇，由《鹿耳连帆》、《鲲身集网》、《赤嵌夕照》、《金鸡晓霞》、《鲫潭霁月》、《雁门烟雨》、《香洋春耨》、《旗尾秋搜》八首组成，其中以《鲫潭霁月》最为可读。诗中描写雨后的鲫潭映月，清新淡雅，宁静空灵，与《泛海》的雄奇奔放迥然不同。所以有人评论说："自来咏八景者，多作村语，玙沙殊不尔，亦可为台阳生色也。"（彭国栋《广台湾诗乘》）

六十七

六十七，号居鲁，满洲镶红旗人。生卒年不详。乾隆九年（1744）以户科给事中奉命巡视台湾。在任三年，留心当地风俗，珍视海东文献，与范咸共同编纂《重修台湾府志》，著有《台海采风图考》、《番社采风图考》、《海东选荟图》等。他还有诗文集《使署闲情》四卷。该书除辞赋和文章外，共收录诗歌二百五十余首。范咸为作序说："公本于使署之余，作诗歌以适闲情，因有是集一卷……"可见他作诗只是公务之余的消遣。他的诗也以写台湾风物为主，但往往充满士大夫的田园牧歌情调，借此以歌颂清朝圣德。

即事偶成二律

（二首选一）

微茫[1]岛屿片云孤，物产民风事事殊。
绝好饔餐红脚早[2]，天然篱落绿珊瑚[3]。
花无寒燠随时发，酒长琼浆不用沽[4]。
最是良畴耕凿易，欣然醉饱乐唐虞[5]。

〖注释〗

1 微茫，隐约模糊貌。

2 饔（yóng，庸）餐，饭食。红脚早，自注："稻名"。当是台湾本地早稻良种。

3 绿珊瑚，指绿玉树。

4 "酒长"句，这是说椰子汁作酒饮，随处可取，味美而不费钱。

5 唐虞，唐尧与虞舜，这里指尧舜盛世。

〖赏析〗

诗中赞美台湾土地丰饶，花开四季，吃有美味稻米，饮有椰子琼浆，居家绿玉树为篱，形象地反映出了台湾特殊而优越的自然条件。

范　咸

范咸，字贞吉，号九池，又号浣浦，浙江仁和（今杭州）人。生卒年不详。雍正元年（1723）进士，入翰林院。乾隆十年（1745）四月任巡台御史，兼理学政，两年后被罢免。在台期间，与六十七一起编纂《重修台湾府志》，又著有《婆娑洋集》、《浣浦诗抄》。范咸的涉台诗歌也以写台湾风物为主。不过与其他宦游诗人相比，他对台湾风物的描述比较详细，较为真实可信，这得益于他科学认真的态度。但他的诗歌也有明显不足，就是以理入诗，以诗明理，因此往往理胜于情。

木兰花歌

台之草木，土人多以臆名之[1]。如梨子茇檨子[2]之属，或无其解，或并无其字。而士大夫之自中土至者，又率先存一索隐志怪之心，不深察物之情状，雅意[3]附会。真若琪树[4]之花可接，而若木之枝可攀也。余阅《使槎录》[5]载："木兰花如粟，淡黄，芳似珠兰[6]。亦名树兰"。考《群芳谱》[7]："木兰一名木莲、一名黄心，其香如兰、其状如莲"。白氏《长庆集》[8]云："木莲身如青杨，有白纹。叶如桂而厚大，无脊。花似辛夷，内白外紫"。则与《使槎录》所云花如粟淡黄者迥异矣。盖树兰，自又一种。余所见者，花细碎如黍米。正与《使槎录》同，而不得谓之木兰也。又《使槎录》载贝多罗[9]花云："大如酒杯，瓣皆左纽，白色。近蕊则黄"。《采风图考》[10]亦云："花外微紫内白，近心甚黄。土人但称为番花，不知为贝多罗也"。考《拾遗记》[11]："贝多叶长一尺五六寸，阔五寸，形似琵琶而厚大"。《寰宇志》[12]："贝多结实如椰子"。今所见番花，叶酷似枇杷。其长与阔，皆不及《拾遗记》之半，且有花无实。其非贝多明甚。而所云花大如酒杯，则木兰之似辛夷也。所云外微紫内白，则木兰之内白外紫也。余细察其榦（同“干”），有斑痕如眼，则木兰之如青杨有白纹也。试截其枝，中有黄晕，则木兰之一名黄心也。至叶如桂而厚大，则更无可疑矣。然则树兰非木兰也，番花非贝多也。既真知其为木兰也，不可不纪之以歌。

诗人赋物善言理，不似庭前格竹子[13]。
当知多识即是学，废目任耳非为美。
我来蓬瀛[14]大海东，探奇直欲穷苍穹。
周诹询度[15]百不厌，肯教过眼烟云空？
采辑郡志二十卷，遗书掇拾行将遍。
犹惭臆断恐失真，订误考疑敢云倦。
贝多罗花诗已讹，琵琶形似终如何。
就中无实难伪託，佛经欲写空槎那。
因阅《长庆》忽顿悟，辛夷恍与木兰遇。
内白外紫状如莲，点点青杨虫食蠹。
昔人几度上芳舟，不识征帆逐远游。
今日模糊才认得，新翻乐府[16]却风流。

〖注释〗

1 以臆名之，根据主观想像揣测为之命名。

2 茇（bá，拔），一种草。槎（shē，奢）子，即芒果。

3 雅意，风雅的情趣。

4 琪（qí，其）树，仙境中的玉树，其花称琪花。

5 《使槎录》，即《台海使槎录》，清黄叔璥撰，记述台湾地理气候风物等。

6 珠兰，真珠兰的省称，又名金粟兰，以其蓓蕾如珠而得名。

7 《群芳谱》，植物学著作，明王晋象撰。

8 白氏《长庆集》，唐白居易诗集。

9 贝多罗，树名。原产印度。

10 《采风图考》，即《台海采风图考》，六十七撰，主要记述台湾风物民俗。

11 《拾遗记》，志怪小说集，东晋王嘉撰。

12 《寰宇志》，即《太平寰宇志》，北宋地理总志，乐史编著。

13 格竹子，指明代理学家王守仁面对竹子推究事物原理。明钱德洪《王文成公年谱》："二十一岁在越……是年为宋儒格物之学，先生始侍龙山公于京师，偏求考亭遗书读之。一日，思先儒谓众物必有表里精粗，一草一木皆涵至理。官署中多竹，即取竹格之，沉想其理不得，遂遇疾。先生自委圣贤有分，乃随世就辞章之学。”格，推究，研究。

14 蓬瀛，蓬莱和瀛洲，均为传说中的仙山，这里代指台湾。

15 周诹询度，咨询揣摩。诹（zōu，邹），询问。

16 翻，谱写。乐府，指诗歌。自注：“词有木兰花慢”。

〖赏析〗

此诗及序言不仅对木兰花作了描述，而且将古代群书中关于木兰花的不同记载及关于贝多罗花的各种说法，与自己观察所见加以比较，最后得出“树兰非木兰也，番花非贝多也”的结论。作者还借考订木兰花，说明对事物应博闻多识，深入探究，周密咨询，持科学认真的态度，反对随便臆断牵强附会。

台江[1]杂咏

（十二首选一）

占风小草宛如蓂[2]，官廨粗营有绿厅[3]。
园地惯收百日赤[4]，林间无改四时青。
声呼晴雨笼中鸟[5]，语学咮嚀海上伶[6]。
最怪香灯夸七夕，三家村里祀奎星[7]。

〖注释〗

1　台江，清代台江在台湾台南安平镇与赤嵌城之间。

2　“占风”句，根据像蓂那样的小草可以预测风的情况。自注：“风草初生无节，则周岁无台（台风）。每一节，主台（台风）一次。”占，占卜。这里意为预测。蓂（míng，明），传说中尧时的一种瑞草，亦称“历荚”。

3　官廨（xiè，谢），官署。自注：“社番有公廨。”营，建造。厅，指官署中听事断案之处。

4　百日赤，稻米名。自注：“稻种于园者，名埔占，谷白，米赤。六、七月种，十月熟。”

5　“声呼”句，自注：“白鸠知晴雨。”

6 咮嚟(zhū lí，朱离)，形容言语难懂。伶，伶人，歌舞表演者。

7 “最怪”两句，自注：“七夕，士子俱祀魁星。”七夕，七月初七。香灯，闺房中的灯火。三家村，偏僻的小乡村。奎星，星宿名。二十八宿之一，为西方白虎七宿的第一宿，共有十六颗星，因其形似胯而得名。

〖赏析〗

仅一首诗中就写了能预告台风的小草、番社办公的绿厅、百日赤稻米、四季常青的林木、能知晴雨的白鸠鸟、能唱特殊腔调伶人、士人七夕祭祀奎星等七种台湾的特殊风物，既反映出作者的诗多以台湾风物为题材，也说明他有较强的艺术概括力。

张　湄

张湄，字鹭州，号南漪，又号柳渔，浙江钱塘（今杭州）人。生卒年不详。雍正十一年（1733）进士。曾任《大清一统志》编修。乾隆六年（1741）由翰林院迁巡台御史，兼理提督学政。任中革除科场流弊，特别严查冒籍，并与满族御史书山奏请阻止台湾大米外流，以平抑米价。重文教，创海东书院。其书法俊秀，殿试时无人能出其右。又工于诗，作品有《瀛壖百咏》及《柳渔诗钞》十二卷，前者专咏台湾风物。他的诗重意境，有韵致，连横称赞他“蜚声艺苑，诗多可诵”（《台湾诗乘》卷二）。

弥陀寺[1]

宦迹重溟[2]外，游情半日閒。
妙香禅室静，灌木鸟音蛮[3]。
种叶常书偈[4]，留云早闭关[5]。
稍闻烹水[6]法，容我坐苔斑[7]

〖注释〗

1　弥陀寺，在台南东安坊。郑成功时所建。

2　重溟，重重大海。

3　鸟音蛮，鸟叫也作蛮语声。

4　偈（jié，揭），佛经中的唱颂词，亦指佛教徒隽永的诗作。

5　“留云”句，山寺早早关门，此时天色未暗，所以说把云彩都关在门里了。

6　烹水，煮茶。

7　苔斑，指苔藓斑驳的地方。

〖赏析〗

此诗以清简的语言营造了深山寺院幽静的意境，给人一种安祥恬适的感觉。领联动静相生，“鸟音蛮”不仅更衬托出周围的幽静，熟悉的鸟音居然也变得陌生了，巧妙地暗示这是身处台湾。

喜雨有作

龙潭[1]一勺水，散作四郊雨。
雷声殷[2]海天，冯夷助伐鼓[3]。
良苗浡然[4]兴，生意各栩栩[5]。
累月忧心焚，望云首恒举。
念彼垄上氓[6]，沾涂[7]愿作苦。
赤日灼秧针[8]，泣视龟坼[9]土。
妇子相睢盱[10]，辍耕待官府。
官不为请命，曷以称众父。
飞牒投神宫[11]，藉达天帝听。
步祷[12]初归来，盆翻雨如许。
甘澍[13]绿盈畴，积水可浮牯[14]。
我将共番黎[15]，欢歌醉其侣。

〖注释〗

1　龙潭，蛟龙所居深水。

2　殷，形容雷声响。《诗·召南·殷其雷》："殷其雷，在南山之阳。"

3　"冯夷"句，雷声轰鸣，如河神冯夷伐鼓相助。冯夷，传说中的黄河之神，即河伯。《庄子·大宗师》："冯夷得之，以游大川。"成玄英疏："姓冯名夷，弘农华阴潼乡堤首人也。服八石，得水仙。大川，黄河也。天帝锡冯夷为河伯，故游处盟津大川之中也。"三国魏曹植《洛神赋》："于是屏翳收风，川后静波，冯夷鸣鼓，女娲清歌。"

4 浡(bó，勃）然，旺盛貌。

5 生意，生机。栩栩，形容活泼有生气。

6 垄上氓，田野中的百姓。

7 沾涂，沾上泥土。

8 秧针，即秧苗。其形如针，故称。

9 龟坼（chè，彻），裂开。

10 睢盱（suī xū，虽虚），睁眼仰视貌。

11 "飞牒"句，赶紧写祈雨之文向天帝祷告。飞牒（dié，迭），迅速投递文书。神官，神庙。

12 步祷，禹步祷告。旧时巫师、道士向上天祷告祈雨时，行一种特殊步法，称"禹步"。

13 甘澍（shù，树），及时的甘露。

14 牯（gū，估），公牛。

15 番黎，指土著居民。

〖赏析〗

诗歌开头六句写雷雨带给大地的生机，然后回溯因久旱无雨，赤日灼秧，田土龟裂，农民忧心如焚，翘首盼雨，等待官府救助的情景，接下来的六句描述向天帝祈雨，大雨倾盆，田地得到灌溉，作物得以复苏的情形。诗中不但通过久旱盼雨的描写以表达对农民的同情，而且夹叙夹议，直接抒情，指出“官不为请命，曷以称众父”、“我将共番黎，欢歌醉其侣”，反映了作者与民同忧共乐之情。

再泊澎湖

横风北来阻归棹[1]，海水起立鱼龙啸。
澎湖浮屿出海涛，留我重宿来时澳[2]。
一过再过岂所期，人生去住殊难料。
六代山川江以南，峰堪结屋矶堪钓[3]。
欲置闲身入画图，如箭风帆虚远眺。
此处青天沦白波，鲸眼摇光日无曜[4]。
稀微烟火几渔家，寸草不生人罕到。
前年寄碇[5]西屿头，旱气虫虫[6]沙石燥。

今年复此枕潮声，墨云秃秃[7]风雨暴。
往来行路只艰难，我实不德躬自悼[8]。
万里君亲旅梦残[9]，水禽格磔[10]啼神庙。
明朝天意复何若，霁月忽从舷际[11]照。
孱躯纵使得生还，一夜惊愁发为皓[12]。

〖注释〗

1 棹（zhào，照），船桨，代指船。

2 澳，海湾可停船的地方。

3 “峰堪”句，意为浪峰高耸如大屋，大石突出于海边，可供垂钓。矶（jī，机），水边突出的大石。

4 “鲸眼”句，意为巨鲸在水面上，眼睛闪闪发光，连太阳也失去光芒。曜（yao，耀），日光。

5 碇（dìng，定），船停泊时沉落水中以稳定船身的石块，其作用如铁锚。

6 虫（tóng，童）虫，形容大旱气蒸灼热。《诗·大雅·云汉》：“旱既大甚，蕴隆虫虫。”毛传：“虫虫而热。”

7 秃秃，风暴。

8 悼，悲伤。

9 “万里”句，离家万里，残梦中常见君王父母。

10 格磔（zhé，哲），鸟鸣声。

11 舷际，船边。

12 皓，白。

〖赏析〗

这首诗落笔于由澎湖的惊涛骇浪变幻莫测而产生的人生感悟。诗中描写海上的狂风巨浪，形象生动，富有气势。尤其是“海水起立鱼龙啸”、“如箭风帆虚远眺。此处青天沦白波，鲸眼摇光日无曜”等句，写到浪涛好像站立起来上下翻腾，连青天都沉入海里，海浪把巨鲸托上水面，其眼睛闪闪发光，连太阳也失去了光芒，景象十分壮观。在这惊涛骇浪万般危急中，作者百感交集，发出了人生无常甚至宦海浮沉的慨叹。

气 候

少寒多燠[1]不霜天，木叶长青花久妍。
真个四时皆似夏，荷花渡腊菊迎年。

〖注释〗

1　燠（yù，预），温暖。

〖赏析〗

诗歌选择最有代表性的气候和花木，寥寥四句就概括了台湾气候温暖，四季似夏，花木常青久妍的特点，被公认为物候诗的名篇。

黄　佺

黄佺，字半偓。史志称他是台湾县（今台湾台南）人，但他的诗集名为《东宁游草》，集中的《东宁春兴》诗又有“庭树鸟啼廻旅梦，故园花发为谁人”之类的句子，似乎不像是出生在台湾的样子，所以连横怀疑他“似漳（州）、泉（州）而寄籍台湾者”（《台湾诗乘》卷二）。生卒年不详。雍正十二年（1734）拔贡。乾隆间尝与举人陈邦贤分修《台湾府志》。素好诗，除《东宁游草》一卷外，尚有《草庐诗草》二卷，皆已佚，今所存诗仅《东宁春兴》及《登冈山》等数首。

东宁[1]春兴

（六首选一）

海角偏惊物候[2]新，江城如画草如茵。
黄开映日林头檨[3]，绿长迎风水面萍。
庭树鸟啼廻旅梦[4]，故园花发为谁人？
登楼在处堪成赋，何必江陵独怆神[5]！

〖注释〗

1　东宁，台湾的旧称。

2　海角，台湾远在东南海外，故称其海角。物候，随季节气候而变化的景物。

3　林，连横《台湾诗乘》卷二作“村”。檨（shē，奢），芒果。芒果开花在三月，花呈黄色。

4　廻，同“回”，掉转，这里意为唤醒。旅梦，旅者思乡之梦。

5　“登楼”两句，江陵即今湖北荆州一带。三国魏文学家王粲于东汉末年遭逢董卓之乱，由长安避居荆州，尝作《登楼赋》，以抒发思乡之忧。作者用此典，是引王粲为同调。在处，处处，到处。在，连横《台湾诗乘》卷二作“此”。怆神，伤心。

〖赏析〗

这一篇抒写官游生涯中的思乡怀土情怀。开头两联极力描画台湾春天鲜活秀美的景物，为下面的抒情作了充分铺垫。接着作者笔锋一转，说自己从思乡梦中被庭院树上的啼鸟唤醒，于是引发心中感慨，转折过渡巧妙自然，手法圆熟。惜尾联直白了些，失颈联隽永之味。

陈　辉

陈辉，字旭初，号明之，台湾县（今台湾台南）人。生卒年不详。乾隆三年（1738）举人。乾隆五年（1740年）应分巡台湾道按案使司副使刘良璧之邀重修《台湾县志》，任分辑，乾隆十七年（1752年,）参与台湾知县鲁鼎梅重修《台湾县志》，又曾与廪生方达圣、生员卢九围等合撰《续修台湾府志》。

他是台湾诗歌史上较早的一位有影响的本土诗人，“夙耽风雅，诗文并茂”。（《台湾省通志稿》）可惜作品多已散佚。连横从各处搜罗，得其诗作三十七首，编为《陈旭初诗集》，刊于《台湾诗荟》。《台湾省通志稿》中收有其诗作三十六首，外加一篇《台海赋》。此外，《台南市志》、《续修台湾县志》、《重修台湾县志》等史志亦录有他的一些作品。他的诗有较强的艺术性，讲究谋篇炼字，“清隐完构，颇堪吟诵”（《台湾省通志稿》）。

买　米

市米三百钱，皑皑[1]才一斗。
聚困思渔利，乘此夸其有[2]。
台人不皆贫，亦岂尽富厚。
菜色叹时艰，枵腹绝薪槱[3]。
官司榜平粜[4]，人趋唯恐后。
一丁米三升，鞭扑[5]惊且走。
攒簇拥吏胥，蒙怒不厌丑[6]。
公庭[7]散未了，挈稚且扶叟。
谁谓台阳[8]地，盈阡更累亩[9]；
名为产米乡，亦有饥人否？
闻道昔先民，余三在耕九[10]。
贮粟预为计，丰储多聚朽[11]。
今人何不然，岁歉辄搔首[12]。
谓是俗纷华[13]，虚縻费已久。
所以无盈余，饥来罄瓦缶[14]。
穷庐有寒士，捉襟常见肘。
米贱扬糠秕[15]，米贵悬杵臼[16]。
三炊虽举火，茹草兼饭糗[17]。
一闻米价高，叹息谋莱妇[18]。
高堂有老亲，幼子尚黄口[19]。

仰事与俯畜[20]，诗书非琼玖[21]。
欲卖不值钱，换米只取咎[22]。
洋洋泌水清，乐饥且自守[23]。
海口升扶桑[24]，光华照户牖[25]。
春色不我靳[26]，绿到门前柳。
颇爱陶潜[27]节，慷慨莫相负。
抗志[28]养其真，士行不可苟[29]。
五斗懒折腰，三升岂轻受[30]。
甘贫本素心[31]，肉食匪吾偶[32]。

〖注释〗

1　皑皑，本指霜雪洁白，这里形容大米洁白。

2　“聚囷”两句，这是说商贩乘荒年囤积居奇，抬高粮价。

3　“枵腹”句，这是说穷人无米下炊，忍饥挨饿。枵（xiāo，消），空虚。薪槱，木柴。

4　“官司”句，官府张贴告示，出售平价粮食。官司，官府。榜，张贴告示。平粜（tiào，跳），古代官府在荒年时将所存储的粮食平价出售。

5　鞭扑，鞭击，鞭打。

6　“攒簇”两句，这是说饥民围着卖米的官吏，即使遭到呵斥也不觉得丢脸。攒（zǎn）簇，聚集。吏胥，官吏。

7 公庭，公堂。这里指官府卖米的地方。

8 台阳，台湾的旧称。

9 盈阡、累亩，形容天地多。

10 “余三”句在，意为耕种九年，可积余三年的粮食。《礼记·王制》：“三年耕，必有一年之食；九年耕，必有三年之食。”又汉桓宽《盐铁论·力耕》：“故三年耕而余一年之蓄，九年耕有三年之蓄。”

11 “丰储”句，意为储存的粮食十分丰富，竟到了朽烂的程度。

12 搔首，以手搔头，表示焦虑。

13 纷华，繁华。承接前后几句，意思是粮食丰收时就奢华浪费，以致歉收时搔首无策。

14 罄，空。瓦缶（foǔ，否），陶制的盛器。

15 “米贱”句，米不值钱时像糠秕一样丢弃。秕（bǐ，比），不饱满的谷粒。

16 悬杵臼，把杵臼悬起来，表示闲置无用。杵臼，舂米的棒槌和石臼。

17 茹，吃。饭糗（qiǔ），以糗为饭食。糗，炒熟的米、麦等谷物。

18 莱妇，指春秋楚国老莱子之妻。据西汉刘向《列女传·贤明》载，莱子避世耕于蒙山之阳，楚王遣使聘其出仕，其妻曰：“妾闻之，可食以酒肉者，可随以鞭捶；可授以官禄者，可随以鈇钺。今先生食人酒肉，受人官禄，为人所制也，能免于患乎？妾不能为人所制。”遂去，至江南而止。老莱子乃随其妻而居之。后因以“莱妇（莱妻）”作为贤妇的代称。

19 黄口，指年幼。

20 “仰事”句，指侍奉父母，畜养妻子儿女。《孟子·梁惠王上》：“是故明君制民之产，必使仰足以事父母，俯足以畜妻子。”

21 琼玖，指美玉。《诗·卫风·木瓜》：“投我以木瓜，报之以琼玖。”毛传：“琼、玖，玉名。”

22 取咎，遭到责怪。

23 “洋洋”两句，《诗·陈风·衡门》：“泌之洋洋，可以乐饥。”意为看着清澈的泉水喷涌而出，可以使人乐而忘饥。洋洋，形容水盛大。泌（bì，必），喷涌的泉水。

24 扶桑，神话中的一种树木。传说日出于扶桑，故又用以代指太阳。

25 光华，太阳的光辉。户牖（yoǔ，有），门窗。牖，窗户。

26 不我靳，对我并不吝啬。靳，吝啬。

27 陶潜，东晋诗人陶渊明，名潜。

28 抗志，高尚其志。

29 苟，苟且，不严肃。

30 “五斗”两句，这是说陶渊明不为五斗米折腰，自己岂能因官府施舍一点粮食而失节。

31 素心，一向的心愿。

32 “肉食”句，意为做官当权者不是自己的同道。肉食，泛指做官当权的人。《左传·庄公十年》：“肉食者鄙，未能远谋。”杜预注：“肉食，在位者。”匪，同“非”。偶，同伴。

〖赏析〗

这是一首关注民生的力作。诗歌开头叙述台湾米价猛涨，一斗三百钱，富者囤积居奇，贫者面有菜色，空腹绝薪的现实。接着回顾台湾本为盈阡累亩的产米之乡，先民耕九余三，丰年贮粟的历史。又进一步叙述穷庐寒士，米贵悬杵臼，茹草兼饭粮，老亲幼子不得养，竟至欲以诗书换米的悲惨处境。最后表达了甘贫乐饥，不为五斗米折腰的志节。这样的诗歌基于对台湾社会情况的深入了解和对贫苦百姓的同情而作，在士大夫中是罕见而难能可贵的。

小 斋

僻处[1]心常静，幽栖[2]意自闲。
种花分隙地[3]，闭户似深山。
日映浓华[4]里，风摇积翠[5]间。
不须寻酒伴，独坐亦开颜。

〖注释〗

1　僻处，居处于僻静之地。

2　幽栖，隐居。

3　隙地，空地。

4　浓华，艳丽的花朵。

5　积翠，繁茂的草木。

〖赏析〗

此诗写作者独坐雅室的感受。开头两句写隐居僻处，“静”和“闲”两字既是其生存状态，也点出其心态。“闭户似深山”一句含意颇深，表明作者有丰富的内心世界，就像大山那样的深沉。尾联与前面几句相联系，内心平静，内心世界丰富，又有浓花积翠的美景作伴，自然独坐也开颜了。诗歌反映出作者谋篇炼字的艺术匠心。

王 宾

王宾，字利尚，台湾凤山人。生卒年不详。乾隆三年（1738）举人。

凤山八景

（八首选一·琅峤[1]潮声）

水阔烟生雨，涛高浪作声。
震翻琅主峤，环拱凤山城。
不藉冯夷[2]力，能教海若[3]惊。
乘秋长一望，绝胜广陵情[4]。

〖注释〗

1　琅峤，地名。在台湾凤山。

2　藉（jiè，借），凭借。冯夷，传说中的黄河之神，即河伯。参见张湄《喜雨有作》注3。

3　海若，传说中的海神。《楚辞·远游》："使湘灵鼓瑟兮，令海若舞冯夷。"王逸注："海若，海神名也。"洪兴祖补注："海若，庄子所称北海若也。"

4　广陵情，广陵（今江苏扬州）观涛之豪情。据传汉时广陵曲江潮水气势浩大，蔚为壮观。汉枚乘《七发》："将以八月之望，与诸侯远方交游兄弟，并往观涛乎广陵之曲江。"此一景象自唐代大历后不见。

〖赏析〗

台湾风景秀丽独特，为诗人提供了丰富的诗料。这首诗写凤山琅峤的海潮，水阔浪高，不必借助神力，似要震翻高山，能惊动大海，胜过广陵的曲江潮。全诗气势壮阔，表现了台湾独特的风光。

蔡庄鹰

蔡庄鹰，台湾县（今台湾台南）人。生卒年不详。乾隆四年（1739）武进士，殿试二甲第十一名，授御前正黄旗蓝翎侍卫，卒于官。

东郊晚步

残暑风袪淡若秋，苍茫向晚步优游[1]。
东皋[2]远火飞疏树，南浦[3]归云拥渡舟。
拓落[4]不嫌冰是骨，腾骧或望角生头[5]。
康庄[6]自听从容赴，捷径多应逊一筹。

〖注释〗

1　优游，悠闲自得貌。

2　东皋，原野。

3　南浦，南面的水边。

4　拓落，亦作“落拓”，失意，不得志。冰是骨，以冰为骨，形容节操高洁。

5　腾骧（xiāng，乡），飞腾。这里指仕途得意，地位上升。角生头，形容优胜，出众。

6　康庄，四通八达的道路。这里喻仕途。

〖赏析〗

这首诗写傍晚散步时的所见所感。作者从平常的漫步和眼前的景物中联想到了官场的沉浮。开头两句写残暑若秋的天气，晚步优游的自得，同末尾两句相呼应，表达出从容应对宦海波澜的态度。

陈 正 春

陈正春，字汝中，台湾凤山人。生卒年不详。乾隆十二年（1747）例贡。

红毛城[1]

红毛回棹[2]剩孤城，一隶皇图海宇[3]清。
映日蜃楼开宿雾[4]，乘风雀舫泛沧瀛[5]。
涛翻鹿耳[6]千层碧，波涨鲲身[7]半夜声。
壁垒森严凭锁鑰[8]，金汤[9]巩固颂安平。

〖注释〗

1　红毛城，指荷兰殖民者在台南一鲲身岛所筑热兰遮城，郑成功收复台湾后改名为王城。故址在今台南市安平镇。

2　红毛回棹，指荷兰人离开台湾。

3　皇图，指清朝的版图。海宇，海内。

4　“映日”句，大海上现出海市蜃楼，雾开日出，蜃楼消失。

5　雀舫(fǎng，访)，一种形似鸟状的游船。沧瀛，大海。

6　鹿耳，地名。在今台南安平港北，系旧日台南海道出入口，内有浅水海湾，以水道迂回险阻著称，今已淤废。

7　鲲身，清代台南外海的小岛，共有七个，故又称七鲲身。

8　锁鑰，防守的意思。

9　金汤，金城汤池的省称。金属建造的城墙，沸水流淌的护城河，形容城池险要坚固。

〖赏析〗

诗歌首先回顾了荷兰殖民者被驱逐和清朝统一台湾的历史，接着描绘海上海市蜃楼，雾开日出，雀舫泛海和鹿耳门涛翻，七鲲身波涨的优美壮观景象，末尾宣扬安平城防守的坚固。全诗的主题是歌颂清朝统一台湾后的新局面，写得颇有气势。

卓 肇 昌

卓肇昌，字思克，台湾凤山人。生卒年不详。少颖异，好为古文辞。论世知人，见解独到，得老师宿儒器重。乾隆十五年(1750年)举人，拣选知县，辞不就，长期担任书院主讲。乾隆二十八年(1763)应凤山知县王英曾之聘，参与重修《凤山县志》。有《栖碧堂全集》。

鹿耳门[1]泛舟

小棹轻摇鹿耳隈[2]，征人万里赋归来[2]。
潮依草岸痕初落[4]，风度蒲帆影半开[5]。
残日海门寒蚌蜃[6]，隔江烟树[7]起楼台。
重重锁鑰[8]真天险，淡漫迴澜[9]亦壮哉！

〖注释〗

1 鹿耳门，参见陈正春《红毛城》注 6。

2 棹，船桨。隈（wēi，威），水流弯曲处。

3 “征人”句，自注：“时京邸回。”赋，诵诗。

4 “潮依”句，潮水刚刚退去，岸边的草滩上留下了潮水浸泡的痕迹。

5 “风度”句，这是说海风吹过，帆影半侧。影半开就是帆影只看到一半，未能见其全貌。度，风吹过之意。蒲帆，用蒲草编织的帆。

6 海门，入海口，江河通达大海之处。寒，使……寒冷。蚌蜃，蚌与蛤，但古代诗文多混用以称蚌。

7 烟树，云雾缭绕的树木或丛林。起，耸立着。

8 锁鑰（yuè，月），锁，比喻军事重地，出入要道。

9 泼（tàn，炭）漫，水广远貌。洄澜，回旋的波涛。洄，同“回”。

〖赏析〗

第二句自注“时京邸回”，表明这首诗是作者从京城回台湾，乘船进入鹿耳门时之所见所感。鹿耳门是进入台湾岛的海道入口，内有浅水海湾，以水道迂回险阻而称著，为兵家必争之地，当年郑成功就是从这里登陆而收复台湾的。作者面对水道迂回如重重铁锁铜关，水势汗漫洄澜，漫无边际，波浪回旋的景象，不禁发出“壮哉”的感叹，表达了对家乡山河的热爱之情。这首诗用词比较凝练，如第三句“潮依草岸痕初落”，写潮水涨落在生草的海岸上留下水痕，寥寥数语就写出了潮、草、岸和它们之间的联系。

朱仕玠

朱仕玠（1712—？）字璧丰、璧峰，号筠园，福建建宁人。乾隆十八年（1753）拔贡生。通经史百家书，有文名，然屡试不第。曾渡黄河，游太学，历古吴、楚、越、宋、齐、鲁等地。乾隆二十八年（1763）六月由德化教谕调任台湾凤山教谕。次年八月因丁母忧回籍，授徒里中，后升内黄知县，未任而卒。著作有《小琉球漫志》、《筠园诗稿》三卷、《和陶》三卷、《谿音》十卷、《音别》四卷、《龙山漫录》二十卷等。《小琉球漫志》是朱仕玠在凤山教谕任内所著，编为《泛海纪程》、《东海纪胜》、《瀛涯渔唱》、《海东剩语》、《海东月令》、《下淡水寄语》共十卷，主要描写台湾的奇异山川风物，也有寄情之作。

尸位学署，岑寂无聊，泛泛随流，迹近渔父，每有闻见，辄宣讴咏，因名瀛涯[1]渔唱（一百首选二）

（一）

漫讶[2]飞霜暑路中，舳舻货殖倍三农[3]。
海东千亩饶甘蔗，何啻人间千户封[4]！

〖注释〗

1 尸位，居官位而无所作为。岑寂，寂静。讴咏，吟咏，歌唱。瀛涯，海滨。

2 漫，休，莫。讶，惊奇，诧异。飞霜暑路，形容天气多变。

3 舳舻（zhú lú，竹卢），船舶。货殖，经商。三农，本指居住在平地、山区、水泽三类地区的农民。《周礼·天官·大宰》："一曰三农，生九谷。"郑玄注引郑司农云："三农，平地、山、泽也。"后泛指农民。

4 何啻（chì，赤），何止。千户封，被封为千户。千户，官名。金朝初置，后代沿袭。明朝设千户所，驻重要府州，统兵1120人，千户为一所的长官。

（二）

隆冬单袷[1]汗仍流，微雨才零[2]便似秋。
谁信飓风[3]三日作，炎方六月御[4]羊裘。

〖注释〗

1 单袷（qiā，掐），单衣。

2 零，飘落。

3 飓风，十二级风力的风，即热带海洋风暴。

4 御，衣服加于身。

〖赏析〗

“瀛涯渔唱”一百首是作者的重要作品，记录平时在台见闻，其中写到台湾许多奇异的事物，如三脚鳖（药名）、五鸣鸡（大如鹌鹑，夜晚一更一鸣）、麻虱目（鱼名）、四腮鲈、七弦竹（皮间凸起七条线如弦）、鹰爪花、消息花、七里香花、虎子花、雪鸳鸯（一名月下香，花洁白，夜开时蒂必双出）、龙船花（五月龙舟竞渡时盛开如火)、四眉鸟、鸡爪兰、暹罗兰、四英花、鸭蹄黍、三宝萋、娑罗树、斗大蟳、九头柑、番绣球等。这些诗语言较平实，不刻意雕凿，颇可吟诵，也有助于人们了解台湾的奇异风物。

第一首是由蔗糖联想到台湾贫富的差别。因为气候温暖，台湾盛产甘蔗，但经营蔗糖生意的人收入大大超过农民，这些商人的财富，何止当上大官千户长呢!

第二首反映了台湾天气的多变。台湾总体上气候温暖，但受地形、降水、海洋等因素的影响，局部天气会发生急剧变化。诗中写到当大陆隆冬季节时，台湾却很暖和，穿单衣仍然流汗，但落点小雨却又像秋天了。而一到六月，刮了三天飓风，又要穿起羊皮袄。这首诗一是体现了作者观察事物的细致。他在台湾才一年，从事公务的同时，不忘仔细观察当地的自然和社会，这得益于他早年游历江河南北各地养成的习惯。二是选取的角度带有典型性。从穿衣这个角度来写台湾天气的多变，显得生动而有说服力。

谢其仁

谢其仁，台湾凤山人。生卒年不详。乾隆十八年（1753）举人。

淡溪[1]秋月

荡漾深溪一镜生，天光霞彩共分明。
琼楼[2]泻影含波净，金阙[3]流辉浴水莹。
逐浪锦鳞吞月色，宿沙鸥鸟惊秋声[4]。
渊渊参透真消息[5]，莫负当前景物清。

〖注释〗

1　淡溪，溪名，在台湾凤山。

2　琼楼，神话传说中月宫里的楼台。

3　金阙，道家指天帝或仙人所居之处。

4　“逐浪”两句，写水中的鱼和岸边的鸟的活动。锦鳞，鱼的美称。范仲淹《岳阳楼记》：“沙鸥翔集，锦鳞游泳。”惊秋声，鸥鸟因秋风而受惊飞起。

5　渊渊，形容水深广。消息，奥妙，真谛。

〖赏析〗

“淡溪秋月”与王宾的“琅峤潮声”一样，也是凤山八景之一（其余六景为“凤岫春雨”、“泮水荷香”、“冈山树色”、“翠屏夕照”、“舟渡晴帆”和“球屿晓霞”）。此诗用一连串的比喻写出了淡溪秋月的明亮和秋景的优美。

杨廷理

杨廷理（1747—1813），字清和，一字半缘，号双梧，晚号更生，马平（今广西柳州）人。乾隆四十二年（1777）拔贡，次年知福建侯官。于乾隆五十二年（1787）、嘉庆十二年（1807）、嘉庆十四年（1809）三度至台，先后担任台湾府海防兼南路理番同知、台湾知府、护理福建分巡台湾兵备道兼提督学政、台湾府淡水抚民同知、噶玛兰通判等职，称得上是清代治台官员中最熟悉台湾事务的。他是历史上第一个明确提出开发台湾东北部噶玛兰地区(今台湾宜兰)的人，任内还完成了噶玛兰厅的设置。因其在台政绩突出，被称为“开台名宦”。嘉庆十八年(1813)病逝于台湾。主要著作有《东瀛纪事》一卷、《议开后噶玛兰节略》一卷、《叙刊年谱》及诗集九种(包括《西来草》、《东归草》、《南还草》、《北上草》、《再来草》、《双梧轩诗草》、《东游草》等)。其诗歌内容大抵有三大类:一是经历纪事,二是人生感赋,三是噶玛兰题咏。

后垄驿舍阻雨[1]

淫雨经旬不肯晴，前溪水涨驻行旌[2]。
烧残败舍伤鸿[3]集，看罢哀词怒剑横[4]。
救弊无方孤熟手[5]，弹冠再起累虚声[6]。
矢[7]将一片诚求念，愿请萑苻[8]息斗争。

〖注释〗

1　后垄驿舍阻雨，自注："时以公事赴淡（水）北，三月初二日经此地。"后垄，参见阮蔡文《后垄》注1。

2　行旌，官员在外临时办公的地方叫行营，行营外树旌旗为门，叫行旌。

3　伤鸿，受伤的大雁，这里喻指受伤的民众。

4　"看罢"句，自注："蔡牵三至沪尾，朱濆乘之，漳、泉民复构衅斗杀，田庐残毁。予至，庄民赴诉者以百计。"哀词，系指民众倾诉受害情况。作者曾经击退海盗蔡牵和朱濆的侵扰，又平息漳州、泉州两地移民的械斗。

5　"救弊"句，自注："丙寅（1806）召见时，予奏林逆军务始终其事，奉上谕以廷理为熟手。”“林逆”指台湾农民起义领袖林爽文。乾隆五十二年（1787），作者第一次来台，适逢林爽文起义，因招兵守城有功，后蒙乾隆召见，称赞他是“熟手”。

6 “弹冠”句，自注：“台士民闻予至，多喜悦。”累虚声，因虚名而成为负担。

7 矢，发誓。

8 萑苻（huán fú，还扶），泽名。《左传·二十年》：“郑国多盗，取人于萑苻之泽。”杜预注：“萑苻，泽名，于泽中劫人。”后用以指盗贼出没之处。

〖赏析〗

作者三度宦台，北谪伊犁，南驻闽中，一生奔波于仕途，浮沉于宦海，出没于哈仔难瘴疠之地，周旋于人民的械斗之间，沐皇恩而又历险阻。凡此种种，不能不发为心声，咏叹成篇。这首诗写平息械斗的所见所感。头两句写十来天连续大雨，溪水上涨，作者被迫驻于行营。淫雨经旬，造成阴沉苍凉的气氛，为后面械斗后的残破景象作了铺垫。领联先写残败的房舍和受难的民众，使读者面对一片残破凄惨的场面，自然联想到海盗的猖獗和械斗的惨烈；作者听罢受害民众的控诉，不禁怒火万状。“伤鸿集”、“怒剑横”形象地表现了作者的沉痛和愤慨。颈联是自责：作者曾经因善于处置事件而受皇帝表扬，民众也寄予厚望，现在却无法救助百姓于危难，算什么“熟手”，徒有虚名罢了。最后两句表达了平息动乱、安抚百姓的心声。

黄 清 泰

黄清泰（？—1822），字淡川，一字承伯，台湾凤山人，后移居淡水。幼年好学，以擅长科举诗文而得名。乾隆五十一年（1786）抗击林爽文起义，以功赏六品官衔。后累任军职，官至彰化都司。道光二年（1822），海盗林乌兴进扰淡水，他在巡海时与其遭遇，苦战七日，身负炮伤，不久擢长福营参将，未及赴任而逝。

黄清泰虽戎马生活三十余年，而手不释卷，口不辍吟，有儒将风度。他的诗“浑厚雄伟，极富古音”（王国璠、邱胜安《三百年来台湾作家与作品》）。如《大甲溪》：“赴海水性急，截流山势横。忽然穿峡出，终古作雷声。翻石沙俱下，危船鬼欲争。谁能任巨济，用此愧平生。”写得很有气势，表现出山水的惊险和壮美。

观岸里社踏歌[1]

耳不垂肩不威仪[2]，直竹横木与撑支[3]。
齿不缺角不丰姿，轻锤细凿为琢治[4]。
番人奇嗜诸类此[5]，黔者为妍皙者媸[6]。
獉獉而游狉狉处[7]，半耕半猎贪娱嬉。
冬月兽肥新酿[8]熟，合社饮酒社鬼祠[9]。
酒半角技[10]呈百戏，琴用口弹箫鼻吹。
雄者作健试身手，雌者流媚[11]夸腰肢。
距跃曲踊皆三百[12]，鸡冠断落鸦鬓攲[13]。
舞罢连臂更踏歌[14]，歌声诡异杂欢悲。
乍闻春林弄莺燕，忽然秋冢鸣狐狸[15]。
酒缸不空歌不歇，落月已挂西南枝。
我抚[16]此景转叹息，此辈蠢愚忠义知。
昔曾随我砍贼阵，惯打死仗心不移。
朝廷设屯有至计[17]，莫听奸民鱼肉[18]之。

〖注释〗

1　岸里社，村社名，在台湾中部，是台湾土著居民中的一支。踏歌，亦作“蹋歌”，手拉手唱歌，脚踏地为节拍。

2　不，无，没有。威仪，庄重的仪容。

3 “直竹”句，耳朵戴着饰物下垂，故用竹木支撑。撑支，支撑。

4 琢治，犹言雕琢。

5 奇嗜，奇特的爱好。诸类此，诸如此类。

6 黔者，皮肤黑的人。妍，漂亮。皙者，皮肤白的人。媸（chī，吃），丑陋。

7 “狉狉”句，这是说土著居民还处于原始的生活状态。狉（zhēn，真）狉，同“榛榛”，形容草木丛杂。狉（pī，批）狉，形容野兽成群走动的样子。

8 新酿，新酒。

9 社鬼祠，旧时称土地神为社公，又称社鬼，社鬼祠即土地庙。

10 角技，比技艺。

11 流媚，犹言柔媚。

12 “距跃”句，这是写跳舞的动作。《左传·僖公二十八年》：“距跃三百，曲踊三百。”距跃、曲踊都是跳跃，前者是原地向上跳，后者是前后跳动。

13 鸡冠，指土著妇女头上像鸡冠一样的饰物。鸦鬟，色黑如乌鸦的丫形发髻。攲（qī，期），倾斜。

14 连臂，挽着手臂。

15 “乍闻”两句，这是形容歌声忽喜忽悲。

16 抚，抵临，面临。

17 至计，高明的计策。

18 鱼肉，比喻侵害，欺压。

〖赏析〗

诗歌写台湾土著居民的奇风异俗，如贯耳、凿齿、口弹琴、鼻吹箫等，又表现其舞蹈和踏歌的热闹场面：先是疯狂舞蹈，因为跳舞的幅度过大，以致头上饰物倾斜断落；接着连臂踏歌，歌声诡异，忽而如春林莺啭燕鸣，忽而像秋冢狐哭狸叫，有声有色，极为生动，展示了一幅土著居民的风情画卷。诗中的描述基本客观，同时还赞扬了土著居民知道忠义、坚定杀敌的精神。不过“此辈蠢愚忠义知”这样的句子还是反映出作者有大汉族观念。末句肯定朝廷设屯安抚的决策，显示出作者的武将身份。

章　甫

章甫（1755—1816？），字申友，一字文明，号半崧，原籍福建泉州，乾隆五十一年（1786）赴台，定居于台湾府治（今台湾台南）。嘉庆二年（1797。一说为嘉庆四年）贡生。嗣后曾三次赴福州乡试，不第。因为晕船厉害，不能适应海上航行，此后即不再西渡，只在里中设帐授徒，培育人才。举人郭绍芳、陈霞林，诗人施鈺等皆出其门下。著有《半崧集》六卷，其中诗五卷，文一卷。《自序》称自己“少耽诗歌，长多题咏，老不废吟”，“生平兴怀寄托一系之于诗”，对诗歌可谓一往情深。但他写过了也就不再挂心，“所有缘情写景，一任弃去”。门生担心这样下去他的作品将丧失殆尽，于是加以收集，编成了一部《半崧集》。虽仅“检得一二”，居然也还有四百余首。就是这样一本“抢救性”编辑的书，却吸引了众人的目光，奠定了他作为乾隆年间台湾最出色诗人的地位。

章甫毕生以文教为业，生活圈子较窄，加上阅历有限，连他自己也“每以足迹不出闽中为憾”（《半崧集·自序》），因此诗歌的题材不广，多为游赏、述怀、酬答、送别、悼亡等传统内容，但才学和对诗歌艺术的执著爱好弥补了阅历不足的缺憾。友人梁上春称赞他“性嗜古，天分最高，凡经书子史百家，无不采其精华而酝酿之。而于诗学之源流正变间，尤必极心研究，辨其淄渑，故不特工于文，而尤工于诗”（《半崧集·梁序》）。由于他希古而又能加以涵泳蕴藉，因此作诗法度谨严，风格苍朴浑厚，气韵高古。他尤其喜欢并擅长写景，“有佳山水，无不收入怀中”（《半崧集·黄序》），福建沿海及台湾一带的名胜，他多有题咏。台湾独特的山海景观造就了台湾景物诗的繁荣，而他的写景之作在同时期众多同类诗作中又出类拔萃，单是一篇《望玉山歌》就足以显示出他深厚的艺术功力。

望玉山歌[1]

天苍苍，海茫茫[2]；武峦后，沙连旁[3]；半空浮白[4]，万岛开张[5]；非冰非水，非雪非霜[6]。老翁认得真面目[7]，云是玉山发异光[8]。山上宝光山下照，万丈清高万丈长。晴云展拓三峰立，一峰独耸镇中央[9]。须臾变幻千万状，晶莹摩盪[10]异寻常。四时多隐三冬见[11]，如练如瀑如截肪[12]。骇目惊人不一足，莫辨璧圆与圭方[13]。我闻辉山知韫玉[14]，又闻采玉出崑岗[15]。可求犹是人间宝，争[16]似此山空瞻望。当时有客痴山凿[17]，自恃雄心豪力强。岂知愈入愈深处，归于无何有之乡[18]。嗟乎！玉山顾望几曾见，我今何幸顾为偿[19]！偿来顾望亦造化[20]，多谢山灵不可忘。山灵归去将谁说[21]？依旧囊纱而篆香[22]。大璞[23]自然天地秘，未知韫匵[24]何处藏？且将一片馀光[25]好，袖来宝贵入诗囊[26]。

〖注释〗

1　玉山，在台湾嘉义东北，是台湾南部一座著名的山峰。自秋及春，山头积雪，莹白似玉，故称玉山。诗题下自注："《志》云：'大武峦山后障，三峰并列，终岁雪封，如纱笼香篆。冬日晴明乃得见，顷刻云雾复合。'又陈梦林《记》云：'山北与水沙连内山错。'"《志》，指范咸等人合纂的《重修台湾府志》。该书《山川》"玉山"条："玉山在县治东北，大武峦山之后障也，人迹罕至。三峰并列，终岁雪封，如纱笼香篆。冬日晴明乃得见，有顷则云雾复合矣。见时非风即雨，甚验。"自注所引与范志原文稍有出入。陈梦林，字少林。福建漳浦人。康熙间应诸罗知县周锺瑄之聘赴台修《诸罗县志》。尝作《望玉山记》，自注所引即出于该文。

2 "天苍苍"两句，北朝民歌《敕勒川》："天苍苍，野茫茫，风吹草低见牛羊"。苍苍，深蓝色。

3 "武峦后"两句，说明玉山的地理位置。武峦，大武峦山，在台南。《诸罗县志·山川》："大武峦山，则邑治之主山也。三峰并列，远护众山，奇幻莹澈。高出大武峦之背者为玉山，是邑主山之后障。"沙连，水沙连山，在彰化。

4 半空浮白，意为玉山耸入白云，山头仿

佛浮在海面。

5　万岛，形容玉山周围漂浮于云海间的其它高峰，犹如大海上的无数岛屿。开张，展开。

6　“非冰非水”两句，形容玉山像玉石一样晶莹剔透。

7　老翁，指熟知玉山故事的当地老者。

8　“云是”句，意为老者说玉山得名，是因为它能发出奇异的光芒。

9　展拓，铺展。陈梦林《望玉山记》：“山庄严瑰伟，三峰并列……中峰尤耸，旁二峰若翼乎其左右。”

10　摩盪，指高耸的山峰与云彩相互摩擦振荡。

11　“四时”句，《重修台湾府志》谓玉山“冬日晴明乃得见，顷刻云雾复合”。又陈梦林《望玉山记》：“山之见恒于冬日，数刻而止。”三冬，指冬季，因冬季有三个月，故言。

12　“如练”句，陈梦林《望玉山记》：“腊月既望，馆人奔告玉山见矣！时旁午，风静无尘，四宇清澈。日与山射，晶莹耀目，如雪如冰，如飞瀑，如铺练，如截肪。”练，白色的熟绢。截肪，切开的脂肪，喻色质莹白温润。曹丕《与锺大理书》：“窃见玉书，称美玉白如截肪，黑譬纯漆。”

13　璧圆，玉器之平而圆，中心有孔者为璧，故谓“璧圆”。圭（guī，归）方，玉器之上圆（或上尖）下方者为圭，故谓“圭方”。

14 辉山知韫（yùn，蕴）玉，山露光辉而知其蕴藏着玉。晋陆机《文赋》：“石韫玉而山辉，水怀珠而川湄。”

15 崑岗，即昆仑山。传说昆仑山多美玉，晋潘尼《赠侍御史王元贶》：“崑山积琼玉，广厦构众材。”

16 争，同“怎”，怎么，哪里。

17 山凿，凿山，指开山采玉。

18 无何有之乡，指空洞虚幻之境。

19 何幸，多么有幸。

20 造化，幸运，福份。

21 谁说，说给谁听。

22 囊纱而篆香，囊纱即纱囊，用纱制成的袋子。纱以丝织成，稀疏而轻薄，这里用以形容云雾缭绕之状。篆香，即盘香，呈盘旋状的线香。这里指盘香的烟缕，用以形容云气缥缈。

23 璞，含玉的石头。

24 韫匵(dú，读)，藏在柜子里，这里意为保持不失。《论语·子罕》：“有美玉于斯，韫匵而藏诸？求善贾而沽诸？”匵，“椟”的异体字。

25 馀光，明亮的光辉。

26 诗囊，存放诗稿的袋子。

〖赏析〗

台湾自古以来有关玉山的诗文很多，一般都围绕两方面内容来写：一是描绘玉山的雄伟和冰清玉洁的景致，二是渲染玉山的神秘。这也是玉山不同于其它名山的两个主要特点。作者的这首诗生发于前人史志的记述和陈梦林《望玉山记》、《玉山歌》等作品，内容无大的创意，但以意境开阔，气魄宏大而别开生面。诗歌开头四句交代玉山的背景和地理位置，化用了《敕勒川》"天苍苍，野茫茫"和起首的"敕勒川，阴山下"两句，不仅饶有新意，而且甫落笔气势就不同凡响。在此铺垫下，玉山给人一种横空出世之感。中间用如椽巨笔描绘了玉山的英姿及其变幻万千的气象，又将之与著名的昆仑山作比，不仅凸现出玉山的壮阔雄奇，也使诗作有一种动人心魄的力量。而语言的浑朴奔放、生动流畅，更增添了诗歌壮阔宏大的气势。此诗的另一个重要特点是写景与抒情完美结合。作品前半部分描写景物，后半部分触景兴感，作者如愿以偿得以一睹玉山芳容，又因它的可望而不可即而发出深深感喟，所兴之感紧紧扣住了赞美向往玉山这个主题，因此使作品真正达到了情景相应。

台邑[1]八景

（八首选一·雁门[2]煙雨）

濛濛洒落雁门前，几度风吹断复连。
好景居然[3]山水画，一重雨意一重煙。

〖注释〗

1 台邑，台湾县（今台湾台南）。

2 雁门，在台南内门乡内东村西南。此处群峰罗列，春天烟雨濛濛，富有诗意，“雁门煙雨”因此成为台邑八景之一。

3 居然，竟然。

〖赏析〗

空濛的烟雨是春天常见的景象。写烟雨不奇，妙处是作者捕捉住了风吹雨断复连的瞬间。有了这细致的一笔，平常的雨景顿时变得活泛生动了。

望芦川早发

三更残月五更鸡，叠促[1]晨装上马蹄。
掩映[2]酒旗茅店北，微茫[3]田舍石桥西。
风声动柳闻中觉，雪意藏梅望里迷[4]。
毕竟[5]芦川何处是？还须买渡[6]问前溪。

〖注释〗

1　叠促，反复催促。

2　掩映，时隐时现。酒旗，酒店的标帜。

3　微茫，隐约模糊貌。

4　“风声”两句，意为听到了柳树发出声响，才察觉有风；雪覆盖在梅树上，辨不清哪是雪花哪是梅。

5　毕竟，到底，究竟。

6　买渡，雇乘渡船。

〖赏析〗

写早行的诗，著名者如唐代温庭筠《商山早行》的“鸡声茅店月，人迹板桥霜”两句，又宋人刘克庄《早行》中间两联写道："山头云似雪，陌上树如人。渐觉高星少，才分远烧新。"都是借景物来表现出行之"早"，传达旅行者的辛苦。这一首也不例外，领联对温诗还有所借鉴。但它也有自己的特点，就是着力从作者主观感受的角度来写。酒旗掩映，田舍微茫，以及风闻中觉，梅望里迷，都是作者被人催醒，匆匆上路那一刻对周边景物的感觉和印象。颈联写得尤其形象：风本了无踪迹，只因为吹动柳梢发出细微的声响而被作者察觉了；梅原有物可寻，却由于落雪而变得难以辨认。这两句真切细致地传达出了早行者的共同感受：意识清醒，所以听觉灵敏，而视觉还很模糊，说明天色尚早。

放　洋[1]

鹿岛[2]驶飞航，横冲大小洋。
耳闻催发棹[3]，背指[4]远离乡。
风便[5]波无力，潮平月有章[6]。
澎峰奇六六[7]，画[8]界水中央。

〖注释〗

1 放洋，船只离港经海洋远航。诗题下自注："台、厦水程，大小两洋俱横流。自鹿耳门抵澎为小洋，属台界；由澎抵厦为大洋，属厦界。环澎有三十六屿。"

2 鹿岛，即鹿耳门。参见陈正春《红毛城》注5。

3 棹（zhào，照），船桨，这里代指船。

4 背指，转身向后指画。

5 风便，犹言顺风。

6 有章，有所显现。章，同"彰"。

7 "澎峰"句，澎峰即澎湖列岛，地处台湾以西的台湾海峡中，由众多岛屿组成，其中主要岛屿有三十六个，六六即指三十六岛之数。

8 画，划分。

〖赏析〗

台湾海峡海流汹涌，横渡海峡在当时是很危险的事，加上作者又是不耐海上航行的人，"航海登舟，呕逆辄甚"（《半崧集·自序》）。不过这一次横渡海峡的感受则不同，虽然大小洋天险阻隔，但航船却乘风破浪，轻快如飞，大有“千里江陵一日还”、“轻舟已过万重山”的气势，因而诗中也流露出一种轻松愉快的心情。

台郡[1]八景

（八首选一·安平[2]晚渡）

江干[3]多是老渔翁，欸乃[4]声声晚渡东。
落日流光知海阔，馀霞倒影觉天空。
浮槎未上津头月，鼓棹齐回午后风[5]。
到岸争先停夜泊，糊糢雉堞[6]暮烟中。

〖注释〗

1　台郡，台湾府（治今台湾台南）。

2　安平，参见高拱乾《台湾八景·安平晚渡》注1。

3　干（gān），岸边。

4　欸（āi，哀）乃，摇橹声。

5　“浮槎”两句，意为渡口天色未暗，木船趁着晚风齐归来。浮槎（chá，查），木船。津头，渡口。鼓棹，划桨。

6　糊糢，同“模糊”。雉堞（dié，迭），城上呈齿状的矮墙。

〖赏析〗

读这首诗，仿佛在看一部短片电影。先是一个近距离的特写，映出片子的主角——一群老渔翁。然后镜头迅速向后推开，画面上闪现的是意境旷远苍茫的海阔天空和流光溢彩的落日晚霞。接着镜头又徐徐拉近，这时展现在我们面前的是一个激动人心的场面：壮阔的水天之间，千帆竞渡，百舸争流，航行者趁着夜色未临之际，奋力向前进发。镜头最后定格在远处的港湾上：渔船终于靠岸了，但此时夜幕已经悄悄围合，连远处的城墙看起来也有些模糊不清了，只觉得码头上人头攒动，一派繁杂喧闹。这一连串的画面，长中短镜头结合，远景近景相衬，将繁忙的世俗场景和壮丽的自然景色融为一体，渲染出晚渡的热闹气氛，给人以气象万千的感觉。

登鹿耳门[1]远眺

孤悬一岛水中央，极目烟波[2]万顷长。

沙外数条将断线[3]，云间几幅未归航[4]。

〖注释〗

1　鹿耳门，参见陈正春《红毛城》注5。

2　极目，纵目远望。烟波，烟雾蒸腾的水面。

3　“沙外”句，沙滩外的海面上，向前涌动的层层水波，像丝线一样似断复连。这是远望海水荡漾的印象。

4　“云间”句，天边几艘未回港的帆船就像行驶在彩云之间。这也是描写远望的感觉。幅，量词，用于布帛纸张等。船帆是用布帛做的，所以也用幅作为单位。航，船。

〖赏析〗

此诗境界开阔，风格疏淡。后两句写远眺大海所见景物，十分细腻逼真。

姚 莹

姚莹（1785—1853），字石甫，号明叔，晚号展和，桐城（今属安徽）人。嘉庆十三年（1808）进士，廿四年（1819）调台湾海防同知，任职三年。道光十五年（1835）出任台湾道。在任期间，适逢鸦片战争爆发，英军数度犯台，他与总兵达洪阿等人积极组织防御，成功击退英军，俘敌数百人，取得清朝在鸦片战争中唯一的一场胜利，因功赏云骑尉、加二品顶戴。治台期间，于政经文教各项设施亦多有建树。鸦片战争结束后，英方以姚莹处置俘虏不当为由，要求清廷严惩；福建当道官员忌其功，亦加以构陷，他因此而被革职下狱，幸得当时海内外众多人士为其鸣冤，未及于刑，贬谪四川。咸丰初平反。后官至湖南按察使。

他是清代桐城派古文大家姚鼐的侄孙，家学渊源深厚，擅长诗古文辞。著有《中复堂全集》九十八卷。其文长于议论，体用兼备，不尚空谈。“诗自明七子入，而以盛唐为宗”。(姚浚昌《姚莹年谱》) 其特点是以深厚学养为根基，多用典实，风格宏阔朗畅。由于他宦台时间长达十余年，故涉及台湾的著述很多，《东槎纪略》、《东溟奏稿》、《东溟文集》、《后湘诗集》等都属于此类。其中《后湘诗集》收录了他有关台湾的诗作，内容以抒写个人情怀为主，足以反映出他在台湾和离台前后一段时间的经历和心境。

题刘芑川孝廉(家谋)《外丁卯桥诗集》[1]

(四首选二)

(一)

身世艰难百感多，刘琨何事击壶歌[2]。
故人西在阳关外，白发秋风夜渡河[3]。

〖注释〗

1 刘芑川孝廉，刘家谋，一字芑川。参见刘家谋一节事迹介绍。《外丁卯桥诗集》，刘家谋的诗集。

2 “刘琨”句，这是隐喻自己蒙受不白之冤，刘家谋为其鸣不平。刘琨(271—318)，字越石。西晋将领、诗人，与名将祖逖为朋友。祖逖(266—321)，字士稚。西晋末率亲党数百家南迁，晋元帝时任为豫州刺史，率部北伐，收复了黄河以南大片土地。后因东晋内部矛盾纠纷，对他不加支持，最终忧愤而死。这里作者自比祖逖，以刘琨比刘家谋。何事，为何，何故。击壶歌，击壶歌唱。《晋书·王敦传》：“（王敦）每酒后辄咏魏武帝乐府歌曰：‘老骥伏枥，志在千里；烈士暮年，壮心不已。’以如意打唾壶为节，壶边尽缺。”后人以“击唾壶”或“击壶”指对文学作品极度赞赏，又指抒发壮怀或不平之气，这里用后一义。

3 “故人”两句，自注：“芑川感怀诗有‘少穆旧师及台湾’。”这两句的意思是说坚定抗英的林则徐（字元抚，一字少穆）蒙冤被贬谪关外（林则徐鸦片战争后被充军新疆，后起用为陕西巡抚，均在关外。），虽年事已高，但仍不忘保家卫国的使命。作者是借林则徐来表白自己的情怀。

（二）

海云高接阵云屯[1]，不斩长蛟愧七鲲[2]。
但使功成有卫霍，失期李广敢衔冤[3]？

〖注释〗

1 “海云”句，战场硝烟弥漫，与大海上空的云彩连成一片。这是形容当年驻台清军与入侵英军的激战情形。鸦片战争期间，英军侵犯台湾，作者率守军奋起抵抗，与英舰交战于基隆、淡水一带海上。阵云，战场的烟云。

2 “不斩”句，不消灭入侵英军，将愧对台湾人民。这是表白自己坚决抵抗侵略，保卫国土的决心。长蛟，大蛟龙，喻英军舰队。七鲲，七鲲身的简称，清代台湾府治（今台湾台南市）外海的七个小岛。荷兰人侵占台湾时，最早在此地筑城；郑成功收复台湾，亦曾在此设指挥中心，因此习惯上以七鲲身（鲲身）代指台湾。

3 “但使”两句，自注谓：“芑川感怀诗有‘对簿谁知李广冤’。”西汉名将李广（？—前119）在汉文帝至武帝时期曾多次参与抗击匈奴攻掠的战争，一生骁勇善战，功勋卓著而不得封侯。武帝元狩四年（前119年）随大将军卫青出击匈奴，因迷路延误军期而自杀。这两句表面上是说自己像李广一样，不敢称有冤屈，实际上暗含不平之慨。卫，卫青（？—前106），字仲卿。汉武帝卫皇后之弟，官至大将军。霍，霍去病（前140—前117）。卫皇后姊之子，官至骠骑将军。

元狩四年，二人分兵出击匈奴，因功皆封侯。失期，延误军期。敢，岂敢。

〖赏析〗

组诗《题刘艺川孝廉（家谋）〈外丁卯桥诗集〉》系据刘家谋为作者鸣不平之作有感而发。第一首表白自己虽蒙受不白之冤，但保家卫国的雄心壮志不泯。第二首接住刘家谋将他比作李广的话头，含蓄表达了心中的抑郁不平。由这两首诗可以看出作者的英雄怀抱和爱国精神。诗歌格调沉雄，气势恢弘，用典贴切有深意。

卓云鸿

卓云鸿，台湾凤山人。秀才。生卒年不详。今所存诗仅《春登鼓山》、《莲潭夜泛》二首，皆游赏之作。

莲潭[1]夜泛

碧渚漪涟逸兴[2]豪，招招[3]舟子落轻篙。
一泓水涨鹭花白[4]，半夜风微月岭高。
芦荻横空迷雪舫[5]，鱼鲕戏唼湿青袍[6]。
我身不碍真如业[7]，对酒胡卢笑学陶[8]。

〖注释〗

1 莲潭，即莲池潭，在今台湾高雄市左营东面，南临龟山，北接半屏山，湖畔庙宇集聚，系当地风景胜地。

2 碧渚，碧绿的湖中小洲。逸兴，超逸豪放的兴致。

3 招招，形容撑船人招呼渡客的样子。《诗·邶风·匏有苦叶》："招招舟子，人涉卬否。"毛传："招招，号召之貌。"郑玄笺："舟人之子号召当渡者。"

4 鹭花白，形容白鹭如花浮于水上。

5 芦荻，芦与荻，两种多年生禾本科植物，均生于水边。雪舫（fǎng，仿），白色的船。

6 鱼鲕，泛指鱼。鲕（ér，而），小鱼。唼（shà，霎），鱼吞食食物。青袍，又称"青衿”，明清秀才的常服。

7　真如，佛教语，指永恒存在的实体、实性，亦即宇宙万有的本体。业，一作“叶”。

8　胡卢，同“葫芦”。陶，指陶渊明。

〖赏析〗

月夜中的莲潭静谧而又活泛，迷离而又真切，让作者充分领到大自然的美好和生命的可爱，并由此对人生产生了新的感悟。

陈斗南

陈斗南，台湾台南人。生卒年不详。道光间（一说乾隆年间）诸生。据连横《台湾通史》记载，他著有诗集《东宁自娱集》一卷，但有目无书，唯《府志》存诗数首。其作品以写景居多，有较高的艺术成就。

溪　上

一湾春水绕人家，两岸余波溅碧沙。
咫尺烟津虚过客[1]，浮沉古木[2]欲栖鸦。
云封远岫[3]千层渺，草长荒田一望赊[4]。
共访仙源何处是，隔溪依约有桃花[5]。

〖注释〗

1 “咫尺”句，渡口虽近在咫尺，但因水气迷茫，所以渡客看不真切。烟津，烟水迷濛的渡口。

2 浮沉古木，古树被飘浮的烟气包围，所以这样说。

3 岫（xiù，秀），山峦。

4 赊，遥远。

5 “共访”句，借用陶潜《桃花源记》的典故。依约，隐约。

〖赏析〗

诗中以春水、碧沙、人家、古木、远岫等，描绘出台湾秀美的山水，最后两句用桃花源作比，抒发对家乡的热爱之情。诗中的“烟”“云”两字是整首诗的诗眼。

因为烟云迷茫，所以路上过客的形象就飘渺而不清晰，古木也浮沉而时隐时现，再加上远山苍莽，荒野渺茫，这一切不禁使人怀疑自己到了仙境，于是引出桃花源的联想。整首诗意境飘逸，结构严谨，词淡而意浓，的确是台湾风景诗中的佳作。

走珠庄

不到山庄又隔年，近来双岸[1]集人烟。
芦花缺处疑为路，沟水流时足灌田。
岁晏歌钟崇腊祭[2]，天寒老稚负朝妍[3]。
行程莫厌沙洲远，山叠溪头系钓船。

〖注释〗

1　双岸：溪流两岸。

2　岁晏，岁末。歌钟，即“编钟”，古代铜制打击乐器。宋·苏轼《石钟山记》：“窾坎镗鞳者，魏庄子之歌钟也。”腊祭，岁末的祭祀。用猎获的物品和生产的果实酬神，感谢诸神一年来的赐予，并祈求来年的丰收和保佑，同时还有驱邪禳灾的仪式和共享丰收果实的欢庆场面。

3　妍：美好。

〖赏析〗

这首诗表现了台湾山乡的进步：人烟集两岸，沟水足灌田，歌锺腊祭，老幼相恃，一片兴旺安定的田园景象，表达了作者的喜悦心情。

槟　榔[1]

台湾槟榔何最美，萧笼鸡心[2]称无比。
乍啮面红发轩汗[3]，鲮鱶风前如饮酏[4]。
人传此果有奇功，内能疏通外养齿。
犹胜波罗[5]与椰子，多食令人厌鄙俚[6]。
人今已客久成家[7]，不似初来畏染指。
有时食鮆苦羶腥[8]，也须细嚼净口舐。
海南太守苏夫子，日啖一粒未为侈[9]。
红潮登颊看婆娑[10]，未必膏粱[11]能胜此。

〖注释〗

1　槟榔，一种热带药用果实，生长于中南半岛、南洋群岛及我国台湾、海南岛等地。

2　萧笼，地名。在今台南县佳里乡。鸡心，槟榔的一种。

3　啮，咬。轩汗，大汗。

4 鵔鸃（jùn yì，俊义），锦鸡。酏（yì，谊），酒。

5 波罗，同“菠萝”。

6 鄙俚，粗野，庸俗。

7 客久成家，做客已久，长期定居。

8 鮆（jì，记），鱼名。古代又称“鮤”或“鱴”。吻圆钝，口大，腹部有棱鳞。《山海经·南山经》：“苕水出于其阴，北流注于具区，其中多鮆鱼。”郭璞注：“鮆鱼狭薄而长头，大者尺余，太湖中今饶之。”膻（shān，山）腥，指鱼的腥气。

9 “海南”两句，海南太守苏夫子即苏轼。苏轼曾任儋州（今属海南）太守，作有《食槟榔》诗。侈，过度。

10 婆娑，醉态蹒跚貌。宋范成大《庆充自黄山归》诗：“鸣驺如电马如雷，知是婆娑醉尉廻。”

11 膏粱，精美的食物。自注：“东坡《食槟榔诗》云：‘先生失膏粱，便腹委败鼓。日啖过一粒，肠胃为所侮’。”

〖赏析〗

早在东汉时，岭南一带已有食槟榔的习惯。东汉岭南人杨孚《异物志》载：“古贲灰，牡蛎灰也。与扶留、槟榔合食然后善也。”槟榔有三种，一为中国所产的“大腹槟榔”，扁圆形，味涩，皮可入药，称为“大腹皮”；一为越南所产的“尖槟榔”，用为消闲食品，属槟榔中的下品；一为“鸡心槟榔”，切开后有美丽的花纹，味道鲜美，为槟榔中的上品。槟榔在医疗上有着很好的用途，特别是对于瘴气较多的南方，槟榔有健脾开胃、消除虫积之功，还能治疗疟疾，抵御瘴气，所以古代南方人有嚼槟榔的习惯，宋代时泉州人还有“槟榔代茶”的风俗。刚吃槟榔的人会感到面颊和身体发热，脸颊变红，好像喝醉酒一样，正如诗中提到的：“乍啮面红发轩汗，鵔鸃风前如饮酏。”苏东坡也曾说：“两颊红潮增妩媚，谁知侬是醉槟榔。”读完这首诗，对槟榔的特性、吃法、药用功效等都能有所了解。

郑用锡

郑用锡（1788—1858），名蕃，字在中，号祉亭，台湾淡水厅竹堑（今台湾新竹）人。道光三年（1823）进士。以台湾籍殿试成功名的，他是第一人，所以被誉为“开台进士”。道光二十年（1840），鸦片战争爆发，英军侵犯台湾中部大安口，他招募义军协助海防，守卫国土，因功赏戴花翎。后又以捕获土地港草洋匪，加授四品衔。晚年建北郭园，常吟咏于其间。士大夫过竹堑者，皆得其殷勤接待。

他五十岁始致力于诗，可谓大器晚成。著有《北郭园全集》。其诗作题材多样，有自我抒怀的，有劝诫儿孙的，亦有描写景物的、关注民情的，风格以清淡、写实为主。

感　事

剥啄[1]声何急，官书一纸来。
催科[2]真不拙，避债已无台[3]。
筹饷难稽日，宣威[4]似震雷。
青衿[5]者谁子，举室正呼哀。

〖注释〗

1　剥啄，又作“剥琢”，敲门声。

2　催科，催收租税。科，法律条文。租税有科调法规，故称“科”。

3　“避债”句，意为无处逃债。《汉书·诸侯王表序》：“有逃债之台。”颜师古注引服虔曰：“周赧王负责，无以归之，主迫责急，乃逃于此台，后人因以名之。”

4　宣威，宣扬官府的威风。

5　青衿（jīn，今），青色交领的长衫，系古代学子和明清两代秀才的常服。这里代指学子、年轻书生。

〖赏析〗

诗中揭露了官吏的残酷及百姓的无

助。急切的敲门声、威吓的怒喝声、无奈的哀嚎声连成一片，将官府催债的急迫及百姓避债的无奈完整生动地传达出来。整首诗就像白居易《三吏》的缩影。

北郭园[1]即景

北郭郊原地，家园正落成。
避嚣仍近市，卜筑[2]恰当城。
雉堞[3]门前拱，鸦锄[4]陇上耕。
畦通环带绕，山远列屏横。
花木先春发，楼台待月明。
窗虚[5]风气爽，院静竹阴清。
积石峰能耸，穿[6]池水自盈。
此间消受乐，坐听读书声。

〖注释〗

1　北郭园，在台湾新竹，系作者所建著名园林。

2　卜筑，择地建造。

3　雉堞（díe，跌），城墙。

4　鸦锄，鸦嘴锄，一种形似鸦嘴的轻便小锄。

5　虚，空，这里是敞开的意思。

6　穿，开凿。

〖赏析〗

这首诗写北郭园闹中取静的地理位置、优美的环境。最后一句揭示了全诗的主题，园子虽然漂亮清幽，但不是用来享乐的，而是用来读书学习的。

施　鈺

施鈺（1789—1850），字少相，一字霄上，号石房居士，原籍福建晋江，嘉庆八年(1803)赴台，寄籍于淡水厅竹堑(今台湾新竹)。道光四年（1824）岁贡，不仕，长期在乡里设帐课徒。道光廿二年（1842）年西渡，卒于泉州北山别业。著有《台湾别录》二卷（今仅存一卷）、《石房樵唱》四卷。

他是章甫的弟子，道光间淡水一带的著名诗人。鸦片战争爆发时，台湾守军成功击退来犯之敌，为此他曾创作过《御夷报捷》、《夷犯厦岛，水师击退之》等诗，记录英军入侵及清军克敌制胜的情景，表现出鲜明的爱国精神。不过从他现存的作品看，其内容主要还是抒写个人性情，也有一些是吟咏台湾风物的。他擅长体物，连横曾称其咏月下香的联语“楼台水浸春无迹，枕箪风生梦有香”为“细腻妥贴，可称名手”。(《台湾诗乘》卷三)。诗歌中也可以找到类似的例子，比如《雁来红》诗写雁来红花“恰似童颜方醉月，酒痕依约上红潮”，比喻也堪称贴切新颖。他的诗不立异矜奇、刻意雕琢，风格呈简淡清秀之态。

重度七夕[1]

(三首选一)

乞巧邻闺盛绮筵[2]，穿针少妇拜神仙。
劝侬莫学天孙[3]巧，巧似天孙见隔年。

〖注释〗

1　七夕，农历七月初七之夜。民间传说每年的这一夜牛郎织女在天河相会。

2　乞巧，旧时风俗，妇女于农历七月七日夜（或七月六日夜）在庭院设香案祭拜，向织女星乞求智巧。南朝梁宗懔《荆楚岁时记》："七月七日为牵牛织女聚会之夜。是夕，人家妇女结彩缕，穿七孔针，或以金银鍮石为针，陈瓜果于庭中以乞巧……"盛，大摆。绮筵（yǎn，演），华丽丰盛的宴席。

3　侬（nóng，农），第三人称，她们。天孙，天之孙，即织女。《史记·天官书》："婺女，其北织女。织女，天女孙也。"

〖赏析〗

智巧是每个妇女都向往的，但如果

变成了织女，隔年才能见夫君一面，那代价就未免太大了。诗歌用风趣的语言，说明夫妻恩爱相守最可贵。

辛丑再过除夜[1]
（五首选一）

案列黄橙佛手柑[2]，花开绿萼水仙[3]含。
村斋度岁无长物[4]，书味也从淡处参[5]。

〖注释〗

1 辛丑，农历辛丑即公元1841年。再过除夜，这组诗的第一首写道："一年将尽夜如何，又向声声爆竹过。惟有离愁消不得，今年更比去年多。"又诗中有"村斋度岁"之语，可见作者写作此诗时，当是离家客居。此前一年他曾在该地过年，这是第二次，故言"再过"。

2 佛手柑，水果名。芸香科植物佛手的果实，香气浓郁，可观赏，亦可制作蜜饯，或入药当茶。作者有《佛手柑》诗二首。

3 水仙，花名。闽南台湾一带过年时多供此为岁花。

4 村斋，乡村的屋舍。长（zhàng，丈）物，多余之物。

5 参，琢磨，玩味。

〖赏析〗

作者在乡下过年，物质匮乏，因此过得清淡，但他旋即自我安慰：读书不也是要从平淡之处玩味吗？虽是自慰之辞，却也道出了一个如何读书的方法。

雨村插田
（二首选一）

密雨如丝散晓庄[1]，新秧插水[2]趁春忙。
天工[3]从此多成就，好看田衣绿锦张[4]。

〖注释〗

1 晓庄，清晨的村庄。
2 插水，在水田中插秧。
3 天工，大自然的工夫。
4 "好看"句，这既可以理解为老天欣赏自己的杰作，也是人间的观感。张，铺展。

〖赏析〗

雨中插秧，新绿铺展，作者把它比作是老天爷用细密的雨丝在田野上织出的绿色锦衣。此诗想像丰富，意境优美。

黄 本 渊

黄本渊，字虚谷，台湾县（今台湾台南）人。生卒年不详。嘉庆十八年（1813）优贡。道光元年（1821）举方正孝廉，授长汀县学教谕，擢福州府学教授。以军功，奉旨以知县优先录用，辞不受。归籍后隐居乡里。擅书法，亦工诗，著有《中隐斋集》，已佚。

台江[1]晚眺

宛转[2]江流一派秋，白沙如雪合江流。
鲲身[3]更在沙痕外，一叶渔舟几点鸥。

〔注释〕

1　台江，在台湾台南，清代道光后逐渐淤积为陆地。

2　宛转，又作“婉转”，曲折。

3　鲲身，参见陈正春《红毛城》注6。台南七鲲身中的二鲲身、三鲲身昔日都是台江西岸的沙洲。

〔赏析〕

此诗写秋天台江内海黄昏所见景色。全诗宛如一幅意境开阔，笔触疏淡清雅的水墨画，读之令人意远。

曹士桂

曹士桂（1800—1848），字丹年，号馥堂，文山（今云南蒙自）人。道光二年（1822）举人。历任新安、会昌等县知事。道光二十五年（1845）升鹿港（今台湾彰化西）同知，越二年始莅任，旋署淡水厅事。在任期间，消弥械斗，缉拿盗贼，栽培士人，有佐治才，受闽浙总督刘韵珂赏识，密保道衔，擢升台湾知府。甫到任，即因积劳成疾而卒。诰授奉政大夫，祀德政祠。有《宦海日记》传世，记录其在台任职事迹，其中有诗歌数首。

道上行

（四首选一）

双双小鸟弄春晴，上下翻飞得意鸣。
却怪东皋[1]农事急，不闻布谷[2]向催耕。

〖注释〗

1　怪，感到奇怪。东皋，田野。

2　布谷，学名四声杜鹃，因其叫声谐音“布谷”，又是春耕时节出现于田野，故农人以其叫声为催耕的信号。

〖赏析〗

组诗《道上行》记录作者春天在出巡路上的见闻。第一首写道：“漫向台阳夸富庶，萧条满眼欲唏嘘。”又第四首谓：“沿村遍市尽舆夫，聚赌开场作本图。”由此可以看出当时台湾一些地方农村景象萧条。这一首写春天却不闻布谷催耕的叫声，借物讽人，暗示农民的懈怠，含蓄委婉，而作者担忧农事、关切民生的焦急心情表露无遗。

黄骧云

黄骧云，榜名龙光，字雨生，号童光，淡水头份庄（今属台湾苗栗）人。黄清泰次子。生卒年不详。少时肄业于福州鳌峰书院。道光九年（1829）进士，签分工部营缮司主事及国史馆校对官。道光十二年（1832）九月，嘉义张丙起事，黄骧云适省亲在籍，台湾道平庆令其劝谕闽粤庄民勿滋事，又捐买谷石，救助贫民。事平，补都水司主事，荐升营缮司员外部。道光十七年（1837）分校京闱。有《彰化八景》诗，虽无乃翁诗作之雄伟气魄，但淡远有致，亦别有特色。

彰化八景

（八首选一·碧山[1]曙色）

碧山碧色重复重，九十九尖[2]峰间峰。
天鸡唤醒金乌鸟[3]，玉女擎出青芙蓉[4]。
混沌初开早世界，盘古四顾无人踪。
我来扶杖入烟翠[5]，口嚼飞霞如酒浓。

〖注释〗

1　碧山，碧山寺，在彰化八卦山东面。始建于清乾隆间，因其周围茂树丛生，四季环翠浓荫而得名。

2　九十九尖，又称九十九峰、火焰山，在彰化东。《彰化县志·封域志·山川》：“火焰山，在县治东五十里，夾猫罗、猫雾二山为之左右，峰尖莫数，秀插云霄，状若火焰，树林茂密，上多松柏，其下为乌溪之流所经……山上有池，周围数丈，虽大旱水终不涸……其峰尖锐若削，曙色初开，霞光灿烂。《郡志》谓：‘焰峰朝霞’，即邑治旧八景之一。《諸志》所云九十九尖，亦指此山也。”

3 天鸡，神话中天上的鸣鸡。南朝梁任昉《述异记》卷下："东南有桃都山，上有大树，名曰'桃都'，枝相去三千里。上有天鸡，日初出，照此木，天鸡则鸣，天下鸡皆随之鸣。"金乌乌，神话传说太阳中有三足乌，后因以金乌代称太阳。

4 "玉女"句，形容太阳初升，宛如天上仙女举起明镜。玉女，仙女。芙蓉，指芙蓉镜，一种背面铸有芙蓉花纹的铜镜，亦泛指明镜。

5 烟翠，青蒙蒙的云雾。

〖赏析〗

彰化八景诗，历来作者甚多。此诗颔联以神话传说中的意象表现太阳初升、曙光乍现时的绚烂，颈联两句则用盘古混沌初开的状态比喻碧山拂晓时分的清幽，想像丰富，比喻新奇，别具一格。

蔡廷兰

蔡廷兰（1802—1859），字香祖，号秋园，台湾澎湖人。少慧好学，十三岁补弟子员入泮。道光十二年（1832），澎湖风灾致饥荒，兴泉永道（一说汀漳龙道）周凯（字仲礼，号芸皋。浙江富阳人。嘉庆十六年进士。）自厦门来澎湖赈灾，蔡廷兰作《急赈歌》以进，得周凯器重，并传授读书方法一卷，题作《香祖笔谈》。后周凯督学台、澎，荐选他为拔贡。道光二十四年（1844）成为澎湖历史上第一位进士，历任江西峡江知县、南昌水利同知、丰城知县等职，在任有政声。于丰城知县任上病故。著作有《惕园遗诗》、《遗文》，惜已失传。现存有诗百余首及《海南杂著》。蔡廷兰于道光十五年（1835）参加秋试后，乘船返回澎湖途中，遭飓风吹至越南。当地多有闽粤移民，国王又重儒学，于是备受礼遇，《海南杂著》即为在越南的见闻录。连横评其诗文说："于文工骈体，于诗尤工古体，才力雄健，卓越自成家数。"（《台湾诗乘》卷四）

请急赈歌

昔读宝俭箴[1]，贵粟贱金帛。
昔闻袁道宗，蠲赈上六策[2]。
又闻林希元[3]，荒政[4]从言摘。
三便与三权，六急从所择。
自古以为然，周赒[5]救艰厄。
况兹斥卤[6]区，民贫土更瘠。
年来遭旱灾，满地变焦赤。
又被咸雨伤，狂飚起沙碛。
海枯梁[7]无鱼，山穷野无麦。
老稚尽尪羸[8]，半登饿鬼籍。
丁男散流离，死徒无踪迹。
所赖别贺[9]仁，捐廉先施借。
向来失预防，社穀只虚额。
乾隆十六年，官捐二百石。
移归台邑仓，陈腐实可惜。
何不拨数千，存贮常平积。
平粜假便宜[10]，采运收补益。
兹法如堪行，从长一筹画。

炊烟卓午[11]飞，乞火闻邻妇。
涕泪谓予言，恨死乃独后[12]。

居有屋数椽，种无田半亩。
夫婿去年秋，东渡糊其口。
高堂留衰翁，穷饿苦相守。
夫亡讣忽传，翁老愁难受。
一夕归黄泉，半文索乌有[13]。
嫁女来丧[14]夫，鬻儿来葬舅[15]。
家口余零丁，幼儿尚襁负[16]。
吞声抚遗孤，饮泣谋升斗[17]。
朝朝掇海菜，采采不盈手[18]。
菜少煮加汤，菜熟儿呼母。
儿饱母忍饥，母死儿不久。
尔惨竟至斯，谁为任其咎[19]。
可怜一方民，如此计八九。
恩赈曾几多，可能活命否？

救荒如救饥，急须援以手。
试问登山无，莫讶从井有。
譬诸过涉凶[20]，灭顶濡[21]其首。
万灶冷无烟，环村空覆臼[22]。
二鬴[23]不供餐，三星常在罶[24]。
移粜开武仓，官惠亦云厚。
定价三百钱，准粜米一斗。
转眼给[25]已空，枵腹[26]那能久。
求死缓须臾，望救争先后。
明日天开晴，星缆到浦口[27]。

绝处忽逢生，欢声呼父母。
睹此应伤心，加恩谁掣肘。
翻作哀鸿[28]吟，从旁商可否。
乞为汉韩韶[29]，休笑晋冯妇[30]。

救荒如救灾，祸比燃眉蹙[31]。
杯水投车薪，燎原势难扑。
叹息此时情，鸟焚巢已覆。
告急书交驰，请帑[32]派施穀。
连月风怒号，滔天浪不伏。
劳公百战身，悬民千里目[33]。
愁无山鞠穷，疾奈河鱼腹[34]。
藜藿杂秕糠[35]，终餐不一掬[36]。
哀肠日九回[37]，何处求半菽[38]。
见公如得父，幸免填沟渎[39]。
去时编户口，稽查费往复。
积困苏[40]难迟，倒悬解宜速。
我亦翳桑人[41]，不食黔敖粥[42]。
曼倩饥何妨，长歌以当哭[43]。
安得劝发棠[44]，加赈一万斛[45]。
康济[46]大臣心，补助生民福。
会看达九重[47]，褒嘉锡命服[48]

〖注释〗

1 箴（zhēn，真），用来劝诫的文体。

2 “蠲赈”两句，袁道宗（1560—1600）字伯修，湖广公安（今属湖北）人。明万历进士，官右庶子。曾上书提出减免租税和赈济灾民的主张。蠲（juān，捐），减免。

3 林希元，同安（今属福建）人。明武宗正德进士，授大理评事，因敢于言事而多次遭到打击。

4 荒政，古代朝廷救济灾荒以稳定政权的措施。

5 赒（zhōu，周），救济，

6 斥卤，澎湖土地多含盐碱成分，不宜耕种。

7 梁，水中筑堰像桥梁一样的捕鱼设置。

8 尪羸（wāng léi，汪雷），病弱。

9 别驾，官名，即通判。清代通判掌管粮运及农田水利事务。这里指当时澎湖通判蒋镛。

10 平粜（tiào，跳），平价卖出粮食。便宜，便利。

11 卓午，正午。

12 “恨死”句，遗憾自己死在后面。

13 乌有，无有。

14 丧，办丧事。

15 鬻（yù，玉），卖。舅，指丈夫的父亲。

16 襁负，背在襁褓中。

17 升斗，指口粮。

18 采采，采了又采。盈，满。

19 任其咎，承担其罪责。

20 涉凶，意为过河遇险。

21 濡，湿，这里意为淹没。

22 覆臼，臼是舂米用的石器。覆臼即无米可舂，石臼翻过来闲置着。

23 釜(fǔ，斧)，古代的一种锅。

24 三星，指一宿。罶（liǔ，柳），捕鱼的竹笼。。

25 给（jǐ，几），指供应的粮食。

26 枵（xiāo，消）腹，空腹。

27 星缆，连夜乘船。浦口，小河流如江之处。

28 哀鸿，《诗·小雅·鸿雁》："鸿雁于飞，哀鸣嗷嗷。"《序》云："《鸿雁》，美宣王也。万民离散，不安其居，而能劳来还定，安集之。"后以"哀鸿"比喻流离失所的人。

29 韩昭，字仲黄，东汉舞阳（今属河南）人。任瀛县县令时，流民大量涌入县界，韩昭同情之，开仓赈济。

30 冯妇，《孟子·尽心下》载，晋国有冯妇者，善搏虎。一次在野外遇见众人驱虎，虎负隅顽抗，遂下车攘臂相助。众人高兴，但却有士人讥笑他不知止手而重操旧业。

31 蹙（cù，促），紧迫。

32 帑（tǎng，倘），国库里的钱。

33 悬民，可怜无依之民。千里目，眼望千里之外。

34 “愁无”两句，意为连草药鞠藭也不长，百姓患病不得医，如河鱼烂腹。鞠穷，一种草药。穷，一作藭。

35 藜（lí，离）藿，藜和藿，代指粗劣的饭食。秕（bǐ，比）糠，谷糠。

36 掬，一捧。

37 “哀肠”句，形容极其伤心。

38 菽（shū，书），豆类的通称。

39 填沟渎，死亡。

40 苏，苏醒。这里指灾难缓解。

41 “我亦”句，意为不忘救命之恩。翳（yì，易）桑人，指绝粮的饥民。《左传·宣公二年》载，春秋时晋国有个叫灵辄的人，饿于翳桑，赵盾赐以食。后灵辄为晋灵公甲士，晋灵公欲杀赵盾，灵辄倒戈相救。

42 “不食”句，意为宁可饿死，不食嗟来之食。黔敖粥，指嗟来之食。春秋时齐国大饥，黔敖作粥于路，轻蔑地呼饥民：

"嗟，来食"。有人不甘受辱，不食而死。

43 "曼倩"句，这是表示自己为民请命，但饥无妨。曼倩，西汉文学家东方朔的字。长歌以当哭，以歌代哭，指用诗文倾吐悲愤。

44 发棠，棠是地名，在今山东即墨县南之甘棠社。孟子曾劝齐王发棠邑之仓以赈饥民。这里意为开仓赈民。

45 斛（hú，湖），量器名。十斗为一斛。

46 康济，安抚救助。

47 九重，指皇帝。

48 褒嘉，褒奖。锡命服，犹言赐给官爵。锡，同"赐"。命服，古代官员按其等级所穿的礼服。这里代指官爵。

〖赏析〗

道光十二年（1832），澎湖夏旱，秋天又起大风，下咸雨，颗粒无收，虽然有通判蒋镛筹款捐钱救灾，还是无法避免地出现了大灾荒。兴泉永道（一说汀漳龙道）周凯奉命从厦门来澎湖赈灾，作者即写了此诗详述严重灾情和灾民惨状，请求赈济。周凯读后大为赞赏感动，作者也因此声名远播。

这首长诗共四部分。第一部分描写澎湖灾情：澎湖地多盐碱贫瘠，旱灾咸雨狂风，水无鱼野无麦。老稚病死过半，丁男流离无踪迹。第二部分，作者借邻居妇女的回答说明灾民的凄惨：家里田无半亩，丈夫东渡做工，留下衰翁幼儿，穷饥苦苦相守。传来夫亡噩耗，翁老忧愁而亡，因为半文无有，只好卖儿葬舅。自己采摘海菜，“儿饱母忍饥，母死儿不久。”这个妇女的处境是一个典型，“可怜一方民，如此十八九。”第三部分呼吁紧急救灾：“救荒如救灾，祸比燃眉蹙。杯水投车薪，燎原势难扑。”第四部分请求官府采取紧急措施，以免百姓死填沟洫。并自比“翳桑人”，宁可饿死，不食嗟来之食，表示自己为民请命的决心。全诗形象反映天灾惨状，深切同情灾民，“字字自肺腑出”。周凯读后作《抚恤六首答蔡生》、《再答蔡生》等诗以酬答，诗中有“蔡生澎湖秀，作歌以当哭。上言民凶荒，下言民茕独。加赈乞万斛，悲哉蔡生言”和“海外英才今见之，如君始可与言诗”等语，对蔡廷兰及其诗歌给予很高的评价。一个封建士大夫对百姓能有如此同情心，确实难能可贵。艺术上，这首诗气势急迫，感情炽热，铿锵有力，动人心魄，具有一种震撼人心的力量。

查元鼎

查元鼎（1804—1886?），字小白（一作少白），浙江海宁人。以岁贡屡试秋闱不第。道光、咸丰间游幕来台，为诸大府上客，后定居新竹。性耿介，淡名利。精于金石篆刻，亦工诗，与新竹诗人陈维英、郑如松等人多有交往。所作诗文宏富，但多数遗佚于战乱中。晚年检拾诗歌剩稿，编成《草草草堂吟草》四卷，未刊，今仅存其中部分作品。所作诗以吟咏台湾风物，抒写客居情怀为主，风格清雅。

杂　咏
（二十首选一）

白傅谪江州，琵琶泣同调[1]。
我亦有乡亲，钱塘苏小小[2]。

〖注释〗

1 “白傅”两句，这是说唐代诗人白居易贬谪江州时，在浔阳江上遇琵琶女，闻其琴声，感其不幸而作《琵琶行》。白傅，白居易晚年官太子少傅，故称。江州，今江西九江。泣同调，因遭遇、命运相同而伤感流泪。《琵琶行》有“我闻琵琶已叹息，又闻此语重唧唧。同是天涯沦落人，相逢何必曾相识”、“座中泣下谁最多，江州司马青衫湿”之句。

2 “我亦”两句，唐韩翃《送王少府归杭州》诗：“吴郡陆机称地主，钱塘苏小是乡亲。”此处用其意。钱塘，今浙江杭州。苏小小，南朝齐钱塘著名歌妓，亦省称苏小。历代吟咏她的诗作很多，《乐府诗集》有《苏小小歌》，唐代诗人李贺、罗隐均作有《苏小小墓》诗。作者祖籍浙江海宁，故引苏小小为同乡。

〖赏析〗

感叹身世飘零，思念故土亲人，是在台宦游诗人作品中常见的主题之一，这一首却写得与众不同，虽则语言简白，但意味隽永。白居易同情琵琶女的遭遇，借以抒发自己的天涯沦落之恨，作者说他也有一个像琵琶女一样的同乡苏小小，言下之意是他与白居易一样也是天涯沦落人；诗中又特别点明苏小小是“乡亲”，流露出他对家乡的深沉思念。从诗歌平静的语调中，不难感受到作者流落异乡索寞凄凉的心境。

澎湖竹枝词

（八首选二）

（一）

乌云[1]乱挽影婆娑，生小渔家惯踏波[2]。
浓粉轻脂浑[3]不识，鬓边扑得浪花多。

〖注释〗

1 乌云，指黑发。婆娑（suō，梭），形容头发盘旋的样子。

2 生小，幼小。踏波，踩踏着波浪，指驾船航行。

3 浑，全。

〖赏析〗

渔家姑娘没有浓妆艳抹的娇态，却是大海的骄子。寥寥数笔，朴素勤劳、勇敢能干的渔家女形象跃然纸上。

（二）

一笑低头倚钓篷，阿侬[1]家住屿西东。
往来何必乘风便，潮信朝朝暮暮通[2]。

〖注释〗

1 阿侬，古代吴人的自称，多用于女性。

2 “往来”两句，这是说你来往我家不必等到顺风的时候，潮水不是天天涨落吗，你可以趁着潮汐乘船来。潮信，潮水，因其涨落有固定时间，故称。

〖赏析〗

诗歌写渔家女对爱情的大胆追求，生动表现出了渔家女的率真性格，富有地方特色。

林树梅

林树梅（1808—1851），字实夫，号歗云，又自称瘦云，浯洲（今福建金门）后埔人。本姓陈，后过继给金门千总林廷福。道光四年（1824）林廷福调台湾水师副总兵，道光六年（1826）调署澎湖左营游击，他两次皆随继父赴台。道光十六年（1836）再度东渡，任凤山县令曹谨幕客，助其兴修水利。林树梅出身将门（其生父陈春圃系金门营百总，亦行伍出身。），故少负奇气，怀韬略，留心经世事务，厌弃制艺之学。鸦片战争期间，曾就海防御侮事宜先后向两任闽浙总督邓廷桢、颜伯焘积极建言献策，又团练乡勇保卫家乡。道光廿九年（1849），林则徐告病返回福州，期间筹划海防，他也曾密参其帷幕。

他曾师从著名古文家周凯（字仲礼，

号芸皋。浙江富阳人。嘉庆十六年进士。官兴泉永道。)、高澍然(字时埜，号甘谷，福建光泽人。嘉庆六年举人，官内阁中书。《福建通志》总纂。)二人习诗古文辞，又善篆刻，能画，多才多艺。著有《鷇云文钞》、《鷇云诗钞》、《诗文续钞》、《鷇云铁笔》、《文章宝筏》、《云影集》等。其文以严整简洁、切于时务著称，卓然成家。诗名虽略逊于文名，但在当时闽台两地仍广受瞩目。高澍然《鷇云诗钞序》称其诗“多奇气”，“悲壮苍凉”，准确地概括了其诗歌风格的特点。

题蔡香祖孝廉《海南杂著》[1]

一夜神风为送行，炎方景物纪归程[2]。
天教边海开文运[3]，我已输君得远名。
客路共流千载泪[4]，师门重话十年情[5]。
他时更忆鸿泥迹[6]，语到惊人梦亦惊。

〖注释〗

1　蔡香祖，蔡廷兰（1802—1859），字香祖，台湾澎湖人。进士。道光十五年（1835）他赴福州参加乡试，返乡时路遇强台风，随船漂流至越南，四个月后始由陆路回国，后来据此番经历见闻写成《海南杂著》一书。书中记载其海上遇险和在越南受到礼遇的情形，描述异域风情，保留了很多珍贵史料。该书曾被译介到西方。参见本书蔡廷兰一节作者介绍。

2　炎方，南方炎热地区，这里指越南。《海南杂著》卷上第二篇名“炎方纪程”。据史料记载，蔡廷兰原著为《越南纪略》、《炎方纪程》，《海南杂著》系此二书加上其他内容编成的。

3 "天教"句，蔡廷兰在越南期间，与当地士大夫多有交往唱酬，所以作者这样说。边海，边远之地。文运，文学的景象。

4 "客路"句，这是说蔡廷兰离开越南时，与异国友人惜别，有恋恋不舍之情。

5 "师门"句，这是写二人感情至深。作者曾师从周凯，蔡廷兰亦对周凯执弟子礼，故二人有同学之谊。

6 鸿泥迹，鸿爪雪泥之迹，比喻往事留下的痕迹。苏轼《和子由渑池怀旧》："人生到处知何似，应似飞鸿踏雪泥。雪上偶然留爪印，鸿飞那复计东西。"

〖赏析〗

诗歌表达作者对蔡廷兰的敬佩及对《海南杂著》的赞赏，同时也反映了二人的深厚情谊，颈联意味尤浓。

送友归台阳[1]

蓬莱[2]东望莽无边，寂寞鱼龙欲暮天[3]。
别恨遥怜三岛[4]月，名心[5]又付一帆烟。

前途无偶谁知己？过海凡夫亦浪仙[6]。
抱得牙弦君且去，刺船好与觅成连[7]。

〖注释〗

1 台阳，台湾的旧称。

2 蓬莱，传说中的仙山，这里代指台湾。

3 “寂寞”句，天色欲暮，海上冷清，水中的鱼与龙也失去了活力。

4 三岛，传说中的蓬莱、方丈、瀛洲三座仙山，这里借指台湾。

5 名心，求取功名之心。由此句看，作者送别的很可能是落第的友人。

6 “过海”句，这是说友人渡海回台，像放浪的仙人一样潇洒逍遥。

7 “抱得”两句，传说春秋时，成连教伯牙学琴，三年而伯牙情志仍未能专一，于是成连遂用船将伯牙送到荒僻无人的岛上，以使他从天籁中悟得琴理。后以“刺船”用作使人移情之典。作者用此典，是祝愿友人离去后，能觅得新的知己。牙弦，伯牙善弹琴，锺子期为其知音，后以“牙弦”称精美之琴，并寓相知之意。

〖赏析〗

此诗写得深沉浓郁。首联营造出一

派清寂氛围，对惜别的沉重心情起到了很好的烘托作用。

澎湖施赈图歌送蒋怿葊司马归楚[1]

君不见澎湖浮岛东海东，土田硗瘠无上农[2]，丰年狼戾中岁[3]歉，况乃一旦遭荒凶。又不见澎湖四面环一水，居民半作渔家子，片帆朝出暮不归，海上风涛险如此。我生金门澎为邻，海边耕钓犹澎人。最怜生寡[4]食者众，劳苦无过澎之民。岁在卯，月在午[5]，旱魃[6]张，雨咸雨，噫风飓母[7]助炎威，腐草枯禾挟沙舞。此时澎田不可耕，此时澎海无人行。眼看万顷土龟裂，坐使万户人呼庚[8]。蒋侯蒋侯古贤者，哀此哀鸿泪盈把。急上书，赈官钱；急请命，祈神社[9]。但求嗷嗷吾民无仳离[10]，悴[11]也受咎乌敢辞！呜呼微侯肉白骨[12]，澎民什八填沟壑[13]。姓名传诵满闽疆，西厦东台[14]亦称说。即今解组[15]将归田，万人拥哭如当年。清风但觉袖可贮，遗爱[16]曾见鞭长悬。我于蒋侯称父执[17]，今日重逢感畴昔[18]。作图再拜送君行，丹青难状循良[19]绩。君携图，归黄州，平生此事堪千秋[20]！他时两地谈仁爱，楚水闽山佳话留！

〖注释〗

1 蒋怿葊，名镛，湖北黄梅县人。嘉庆七年（1802）进士，补连江县。道光元年（1821）调澎湖通判，道光十一年（1831）春再度出任该职，至十六年(1836)秋去职。前后治澎十余年，多所兴置。道光十一年蒋怿葊甫复任，即逢澎湖夏季大旱，秋天又遇强台风，下咸雨，农田颗粒无收，导致大饥荒。他上书禀请发帑赈恤，又借军粮平粜，募捐贷给灾民，存活颇众。离任后，澎湖民众感念之，为祀书院。连横《台湾通史·循吏列传》有传。关于澎湖道光十一年的灾荒情形，参见蔡廷兰《请急赈歌》。楚，指湖北黄梅。

2 硗（qiāo，悄）瘠，土地坚硬而贫瘠。上农，上农夫的省称。古时指生产条件较好，收成较多的农民。汉王充《论衡·别通》："耕夫多植嘉谷，谓之上农夫；其少者，谓之下农夫。"

3 狼戾，粮食散乱堆积。中岁，中等收成的年份。

4 生寡，产出少。

5 岁在卯，月在午，道光十一年为农历辛卯年，午月即五月。

6 旱魃(bá，拔)，旧时指造成旱灾的鬼怪。

7 噫风，又称噫气，本指大自然吐气出声，后用以指风。《庄子·齐物论》："夫大块噫气，其名为风。"成玄英疏："大块之中，噫而出气，乃名此气而为风也。"飓母，本指预兆飓风将至、形似虹霓的云晕。唐刘恂《岭表录异》卷上："南海秋夏间，或云雾惨然，则见其晕如虹，长六七尺。此候则飓风必发，故呼为飓母。"后用以指飓风。

8 坐，以致。呼庚，呼庚癸的省称。古代向人乞粮的隐语。《左传·哀公十三年》："吴申叔仪乞粮于公孙有山氏……对曰：'粱则无矣，粗则有之。若登首山以呼曰：'庚癸乎！'则诺。'"杜预注："军中不得出粮，故为私隐。庚，西方，主谷；癸，北方，主水。"

9 神社，古代祭祀土地神的场所。

10 仳（pǐ，匹）离，别离，这里指流离失所。

11 悴，憔悴。

12 微，如果不是。肉白骨，使白骨生肉，意即拯救生命。

13 什八，十分之八，泛指多数。填沟壑，死亡的委婉说法。

14 西厦东台，指海峡西岸的厦门和东岸的台湾。

15 即今，如今。解组，犹言解绶，解下印绶，即辞官免职。

16 遗爱，遗留后世被人追怀的德行、恩惠。

17 父执，父亲的朋友，这里指父辈。

18 畴昔，往昔。

19 丹青，图画。循良，官吏奉公守法。

20 堪千秋，可留芳千古。

〖赏析〗

此诗当作于蒋镛将离台归籍时。作者既已写图送之，而意犹未尽，故又作此诗。诗作真实反映了光绪十一年澎湖大灾的惨象，热情讴歌了蒋镛积极赈灾的事迹德行。通篇皆发自肺腑，语言朴实，感情饱满，气韵生动酣畅。

郭襄锦

郭襄锦，字云裳，淡水竹堑（今台湾新竹）人。嘉庆、道光间人。诸生，曾任儒学教官。今所存诗仅一首。

送曹怀朴司马谨谢病归里[1]

笙歌满路酒盈卮[2]，父老攀辕[3]惜别时。
生佛[4]愿教长作主，春风易惹远相思。
一清[5]已觉人难效，五载都嫌住未迟[6]。
底事苍生方系望？渊明归去漫题辞[7]。

〖注释〗

1 送曹怀朴司马谨谢病归里，自注："河内曹谨，字怀朴，道光十七年宰凤山，引下淡水溪水以灌旱田，有功，升淡水同知。多善政。受事五年，以病辞去。"曹谨（1786—1849），河内（今河南沁阳）人。进士出身。道光十七年（1837）出任凤山县令。凤山平畴沃野，适宜农耕，但历来水利未兴，常遭旱灾。曹谨到任后率众开掘九曲塘，引下淡水以资灌溉，使当地百姓咸受其益。台湾道姚莹为表彰他的功绩，将之命名为"曹公圳"。曹谨升任淡水同知期间，又兴利除弊，积极组织抵御入侵英军。因其政绩卓著，深得民众爱戴，离职时台湾士民极力挽留，并为立生祠祭祀。连横《台湾通史·循吏列传》有传。谢病，托病辞官引退。

2 笙歌，笙是古代的一种簧管乐器，配合笙的音律所唱的歌曲称为笙歌。卮(zhī，支)，古代的一种盛酒器。

3 攀辕，又称“攀车”，挽住车辕，不让车行进。《后汉书·第五伦传》：“永平五年，坐法徵，老小攀车叩马，啼呼相随。”又《后汉书·循吏传·孟尝》：“以病自上，被徵当还，吏民攀车请之。”后以“攀车”、“攀辕”用作挽留良吏之典。

4 生佛，活佛，这里用以比喻曹谨。

5 清，清廉。

6 住未迟，住留的时间不够长。

7 “底事”两句，意为百姓希望曹谨继续留任，不要辞官。底事，何事。系望，系心期待，寄托希望。晋代陶渊明为彭泽县令，辞职后曾作《归去来辞》。后一句意思是说希望曹谨不要仿效陶渊明写《归去来辞》，亦即不要辞职。漫，休，莫。

〖赏析〗

曹谨是台湾历史上有名的清官良吏。他为官一任，造福一方百姓，政绩有口

皆碑，台湾有很多诗文热情讴歌其事迹。这首诗以送行场景写起，以表达挽留之意作结，真实地反映了台湾父老对曹谨的敬重和爱戴。连横评曰：“官样文章，大都粉饰；如此诗者，可谓全无谀语矣。”（《台湾诗乘》卷三）正因它语出肺腑，所以真挚感人。

黄　敬

黄敬（？—1848），字景寅，淡水关渡（又作干豆，今台湾台北北投镇）人，学者称之为关渡先生。少孤，性纯孝。安溪举人卢春选来北台设教，敬事之，授《周易》之学。咸丰四年（1854）岁贡，授福清县学教谕，以母老辞。长期于庄中设社塾，前后从其学者达数百人。当时淡水人曹敬也在家乡聚徒讲学。二人门下都出了很多人才，乡人并称为“二敬”，北台文教亦因二人之力而日兴。著有《易经义类存编》二卷、《易经总论》、《观潮斋诗》一卷等，未刊。

鸡笼竹枝词[1]

万顷波涛一叶舟，无牵无绊只随流。
须臾满载鲈鱼返，贩伙[2]争沽闹渡头。

〖注释〗

1　鸡笼，参见高拱乾《台湾八景·鸡笼积雪》注1。

2　贩伙，商贩们。

〖赏析〗

渔家在大海上讨生活，虽艰辛，倒也自由自在，而且给当地鱼市带来了一片繁荣景象。开头两句写渔舟，实则表现渔家的逍遥自得。此诗王松《台阳诗话》评为"写影写形，情景如绘"，此言得之。

二重溪[1]

重泉声里独徘徊，曾为先翁[2]采药来。
怪底[3]余香至今在，四时芝术[4]有花开。

〖注释〗

1　二重溪，溪名，在台湾南投一带。

2　先翁，犹言先父。

3　怪底，惊怪。

4　芝术，药草名，此处代指药草。

〖赏析〗

故地重游，看到溪边的药草花开正艳，余香袅袅，令诗人喜出望外，并勾起了一段尘封的记忆。

李联芬

李联芬，字步芳，淡水厅（治所在今台湾新竹）人。生卒年不详。道光廿三年（1843）举人。工诗，才情声调，颇近中晚唐，而绝句尤佳。其作多已佚，今所存诗仅一首。

别友

长汀[1]草色恨连天，一片飞红涨绿川[2]。
寒入湘簾[3]君又去，只随燕子过年年。

〖注释〗

1　长汀，水边长形的平地。

1　飞红，落花。绿川，绿水。

3　湘簾，以湘妃竹做的簾子。

〖赏析〗

因为伤别离，所以作者眼中的景物无融入了强烈的主观情感。“寒入湘簾”既是写气候，也表示因为友人离去，作者内心产生悲凉之感。

陈 维 英

陈维英（1811—1869），字硕芝，又字实之，号迂谷，淡水厅（治所在今台湾新竹）人。道光廿五年（1845）授闽县（今福建福州）教谕。咸丰元年（1851）举孝廉方正，咸丰九年（1859）举人，捐内阁中书，分发部里学习。归籍后先后掌教宜兰仰山、艋舺（今台北）学海两书院，造就人才，举人张书绅、陈树蓝、陈霞林等均系其门生。时人称其“执淡北文教之牛耳”，对北台地区的文教事业影响很大。晚年在今台北圆山剑潭畔筑“太古巢”，终日读书吟啸于其间。擅长楹联创作，著有《太古巢联集》。这是近代台湾少有的一部楹联专著，在台湾文学史上有独特的价值。又有诗集《偷闲录》(一作《偷闲集》)，未刊。今存诗七百余首。

对于他的诗歌创作，前人有很不同的评价。连横说“可怜迂谷不知诗”(《圆山杂咏》十二首之二)，但也有人认为他是当时首屈一指的诗人。他的诗有一个明显特点，就是题材宏富，除了咏物写景述怀之外，还广泛涉及当时的世态民风。台湾民间的分类械斗、崇神祀鬼和赌博习俗等在他的诗歌中都有所反映，还有不少作品与青年教育有关。这些写实诗作质实无华，以讽喻劝世、立言垂教为目的，反映出他作为乡绅对社会的关切和对青年的爱护。但取材广也有副作用，就是过于庞杂琐碎。艺术上他严守前人“宁律不谐，而不喜句弱；宁用字不工，而不使语俗”之论，作诗少用习见的辞藻典故和四平八稳的成规句式，而多别出心裁的语句，使得他的诗歌语言显得兀傲奇崛，这是他诗作的另一个重要特点。如《贺陈霞林》颔联写道：“双双举子三三节，六六成名二二年”。“双双举子”是说陈霞林生子和中举双喜临门，“三三”指事在九月；“六六”为陈霞林中乡榜的名次，位在第六十六，“二二”则点明其年龄。这样的句子不是一般人写得出来的。又如《五十初度在南昌舟次感赋》："作客直无供客具，辞官偏在服官时。才何足齿枉加齿，事每攒眉枉介眉……"每个句子都有一个字复用。此外他也经常使用俗俚语和方言入诗。这些都足见其诗歌语言的别具一格。不过太过于追求新奇，则难免生拗。由于他长于楹联，故其律诗中常有佳对。除上面所举的《贺陈霞林》颔联外，其它如"非我非鱼空色相，是周是蝶悟襟期"(《遣怀》之六)、"丁年汲古资修绠，丙夜摊书对短檠"(《题西云岩杂咏》之四)、"人是松竹梅，心如冰雪霜"(《为王树生明府题姊姒三节图》)等，独立来看也都是严整而又有意思的对联。但韵味不足是其诗歌的一大弱点，尤其是写实之作，说教意味浓厚。总体来看，他的艺术成就不及同时代的郑用锡、林占梅等诗人。

太古巢[1]即事

（十三首选二）

（一）

白云为我锁柴扉[2]，俗客不来苔自[3]肥。
露煮春[4]茶将叶扫，风吹诗草[5]并花飞。

〖注释〗

1　太古巢，作者晚年隐居处。据传他是燕子所转生，故以“巢”为名。

2　柴扉，柴木做的门，因其简陋，故用以代指贫寒的家园。

3　自，一作“藓”。

4　春，一作“铛”。

5　诗草，诗歌的草稿。

（二）

隔一重江佛国[1]开，剑潭寺隐碧林隈[2]。
山僧日日通音问[3]，故遣[4]钟声渡水来。

〖注释〗

1　重，一作“长”。佛国，指寺院。

2　剑潭寺，在台北圆山剑潭。是当地著名寺院。隈（wēi 微），山水弯曲之处。

3　音问，音讯。

4　故，特意。遣，一作“送”。

〖赏析〗

组诗“太古巢即事”写太古巢及其周围的景色，表现作者隐居生活的清静幽雅和恬适洒脱的心境。这里选录其中的两首。第一首末句，使清幽的意境变得很生动。第二首的后两句饶有情趣：山僧敲钟本无意，而听者有心，钟声因此就有了不一般的意味了。

建醮[1]偶感

祭鬼供神款客疲，富家难度况贫儿。
衣裳典尽饥寒至，神鬼无闻客不知。

〖注释〗

1　建醮（jiào，叫），旧时僧人道士设祭坛为亡魂祈祷。

〖赏析〗

倾家荡产以祭鬼款客，神鬼无闻不奇怪，被款待的客人也不知情，这说明主人的无奈：不得不随俗从众，又不敢把自己的窘境声张出去，足见当时迷信风气之严重。

半 鸡[1]

一跖分甘小子[2]斋，殷勤直当束修[3]携。
尔曹[4]欲得文章力，不料淮阴无半鸡[5]。

〖注释〗

1 半鸡，自注："每逢佳节，小子常以半鸡相遗。"

2 一跖（zhí，直），一只脚掌。半只鸡只有一只脚，所以这里以"一跖"指半只鸡。分甘，唐李贤《后汉书·杨震传》注引《孝经·援神契》："母之于子也，鞠养殷勤，推燥居湿，绝少分甘。"本意为分享甘美之味，后也用以比喻慈爱、关切。小子，指学生。

3 束修，同“束脩，古代弟子入学敬师的礼物，后亦指学生送给老师的酬金。

4 尔曹，你们这些人。

5 “不料”句，自注：“杂说有‘韩信无半鸡之力’之语，余因家中多故，学攻屡荒，故亦云耳。”淮阴，西汉著名将领韩信（？—前196），淮阴（今江苏淮阴市）人，又曾封淮阴侯。

〖赏析〗

学生拿半只鸡当节礼送给作者，他由此想到自己学力不足，无法让学生学到真功夫，于是自嘲说自己跟韩信一样，连半鸡之力也没有。诗歌写得诙谐，显露出作者风趣率真的性情。

旅　况

一路风光孰最亲，云山[1]为主水为宾。

相逢尽是他乡客，始信阳关少故人[2]。

〖注释〗

1　云山，云雾缭绕的山峰。

2　“始信”句，唐王维《送元二使安西》：“劝君更进一杯酒，西出阳关无故人。”

〖赏析〗

诗歌写旅途的感受。作者将大自然的亲切与同类的生疏相对照，真实地表现出了人在旅途强烈的孤独感。诗中渲染山水之亲，实则映衬出作者的孤单，但这只是身形的孤单，而路人的陌生带给他的则是一种心灵上孤独的痛苦。

李　乔

李乔，台湾府治（今台湾台南）人。约生活于道光间，生卒年不详。诸生。今所存诗仅二首，《草地人》外，还有一首是《乌烟鬼》，均为写实之作。

草地人[1]

台阳膏腴[2]地，一岁或三熟。可怜草地人，不得饱糜粥。里正催租吏[3]捉人，投林有洞幸[4]藏身。昼伏夜归饥不忍，归来惟对甑[5]中尘。曩从[6]城中来，曾见城中客[7]。峨峨称大家[8]，丹雘间金碧[9]，丰衣美食如山积。不如卖女图朝夕，使侬莫作沟中瘠[10]，女事贵人两有益[11]。吁嗟乎，坠茵坠溷[12]不可知，飞絮飞花岂有择！君不见，石濠别[13]，幽怨声；流民图，凄凉色。

〖注释〗

1 草地人，清代台湾府治人称乡村为草地，草地人即所谓乡下人，他们多耕种城中业户之田。

2 台阳，台湾的旧称。膏腴，形容土地肥沃。

3 里正，清代以县统乡，以乡统里，里的长官为里正。吏，一作“来”。

4 幸，一作“去”。

5 甑（zèng，赠），一种陶制炊具。

6 从，一作“者”。

7 城中客，指居住在城中的地主。

8 峨峨，高大貌。大家，大户人家。

9 丹艭间金碧，形容城中客的楼宇金碧辉煌。丹艭(huò，获)，红颜色。金碧，金黄和碧绿的颜色。

10 侬（nóng，农），她，第三人称。瘠（zì，自），同“胔”，腐烂的尸体。

11 两有益，指对家庭和女儿都有益。

12 茵，车垫，通常以毛皮、丝帛做成，喻优越的生活条件。溷（hùn，混），同“圂”，猪圈，喻恶劣环境。

13 石濠别，杜甫诗《石濠吏》描写安史之乱时官府抓丁的情形，揭露官吏横暴，反映人民苦难。诗歌末尾曰：“夜久语声绝，如闻泣幽咽。天明登前途，独与老翁别。”作者把台湾里正官吏的行径和草地人的处境比作杜甫在石濠村所见一幕的再现。

〖赏析〗

这是一篇具有强烈现实主义精神的作品，写作上明显受到杜诗的影响。诗中揭露当时台湾贫富差距悬殊的现实和官吏的横暴，反映佃农在沉重剥削压迫下的苦难生活和悲惨处境，作者的感叹则表现出他对苦难者的深切同情。把将被卖身的女儿的未来命运说成“坠茵坠溷不可知”，用“飞絮飞花岂有择”表现苦难者的无助无奈，这些比喻都给读者留下深刻的印象。

刘家谋

刘家谋（1815—1853），字仲为，一字芑川（一说号芑川），福建侯官（今福建福州）人。道光十二年（1832）举人。初任福建宁德县学教谕。道光末赴台，出任台湾府学教谕，后病逝于台湾。工词赋。著作有《外丁卯桥居士初集》、《东洋小草》、《开天宫词》、《东洋纪程》、《观海集》、《海音诗》等十余种。其中《观海集》四卷与《海音诗》两卷系其在台时所作诗歌。

清代台湾诗坛尤其是宦游诗人中有采风之习，出现了不少专写台湾风物土产、记录台湾独特世俗民情的作品，《观海集》与《海音诗》就是这一潮流的产物和代表作，其中《海音诗》尤其受到诗界的重视。关于该书命名的由来，作者在首篇自注中作了具体说明“壬子（咸丰二年）夏秋之间，卧病连月，不出户庭。海吼时来，助以飑飓，郁勃号怒，壹似有不得已者。伏枕狂吟，寻声响答韵之，曰：‘海音’。”《海音诗》全书计有七言绝句一百首，内容系吟咏台湾风物习俗，记述地方掌故。每一首诗下面，作者都加了详细的注释解说。该书体例独特，引注翔实，保留了很多珍贵的地方史料，足资参考。艺术上采用纪实与议论相间的手法，纪实娓娓道来，议论平和实在，无论褒贬皆由衷心出之。诗中多用典故比喻，大都信手拈来，而能恰到好处。

海音诗

（一百首选六）

（一）

魁斗山头吊五妃[1]，郑娘芳冢是耶非[2]？
年年琅峤[3]清明节，无数东来白雁[4]飞。

〖注释〗

1 “魁斗山”句，自注：“五妃墓在仁和里魁斗山。郑女墓俗呼小姐墓，郑成功葬女处，在凤邑琅峤山脚。每岁遇清明节，乌山内飞出白雁数百群，直到墓前悲鸣不已，夜宿于兰坡岭，其明日仍向乌山飞去，一年一度。俗谓郑女魂所化，其然欤？”魁斗山，旧称桂子山，在今台湾台南市。清康熙二十二年(1683)，福建水师提督施琅征台，明宁靖王朱术桂自杀身亡，他的五个姬妾也随之自尽。乡人将其葬于魁斗山，是为五妃墓（今为台南市五妃街）。

2 “郑娘”句，据考证，郑成功未曾到过凤山县一带，郑女墓当系后人所附会。

3　琅峤，参见王宾《凤山八景·琅峤潮声》注1。
4　白雁，当系白色海鸥。

〖赏析〗

这首诗介绍了两处历史遗迹，更保留了一则美丽的传说。郑成功葬女处的是非，史家已有定论；而每岁清明翩翩来翔的白雁为郑女所化，人们恐怕都宁信其有，因为它给沉重的历史涂上了神秘浪漫的一笔。

（二）

一碗糊涂粥共尝[1]，地瓜土豆[2]且充肠。
萍飘[3]幸到神仙府，始识人间有稻粱。

〖注释〗

1　“一碗”句，自注：“澎地不生五谷，，惟高粱、小米、地瓜、土豆而已。地瓜，番薯也；土豆，落花生也。以海藻鱼虾杂薯米为糜，曰‘糊涂粥’。草地人谓府城曰‘神仙府’。韦泽芬明经云：‘郑氏有台时，署府曰承天，今外邑人来郡者犹曰往承天府。神仙，承天，殆音讹也。’”

澎地，即澎湖列岛。澎湖列岛多沙壤盐碱地，又缺水，不适合栽种水稻，故澎湖人多以杂粮尤其是地瓜为主食。草地人，参见李乔《草地人》注1。

2　土豆，闽南语、台语呼花生为土豆。

3　萍飘，像浮萍一样漂移。这里是偶然来到之意，说明澎湖人到台湾府城之不易。

〖赏析〗

一碗糊涂粥，从一个侧面真实地揭示了澎湖人艰辛的生存状态。从文字训诂上说，把承天府说成“神仙府”是音讹，但繁华的府城对贫困闭塞的“草地人”来说，又何尝不是神仙之境！

（三）

山丘零落黯然归[1]，薤上方嗟露易晞[2]。
歌哭骤惊声错杂，红裙翠袖映麻衣[3]。

〖注释〗

1　“山丘”句，自注：“赛神，以妓装台阁，曰‘倪旦棚’，今乃用之送葬。始作俑于某班头，至衣冠之家亦效之，可慨也夫！”倪是小的意思，倪旦即戏班小旦。班头，戏班头领。首句写死者落葬，丧家伤心而归。零落，稀疏，荒凉。

2 “薤上”句，古乐府《相和曲》有《薤露》歌，系古代挽歌。晋崔豹《古今注》卷中：“《薤露》、《蒿里》，并丧歌也，出田横门人。横自杀，门人伤之，为之悲歌，言人命如薤上之露，易晞灭也……”薤（xiè，谢），一种百合科多年生草本植物。晞（xī，稀），晒干。

3 麻衣，古代丧服。《礼记·间传》郑玄注：“谓之麻者，纯用布，无采饰也。”

〖赏析〗

这首诗描写当时台湾民间丧葬仪式中的一种奇怪风俗，即以迎神赛会中的歌舞妓参与出殡，致使本该庄重肃穆的葬礼演变成了一出不伦不类的闹剧。诗作以前两句的哀伤与后两句的喧闹形成强烈对比，又绘声绘色，使歌哭错杂，红装麻衣相映产生巨大反差，造成一种不协调的荒唐感，给人以深刻的印象。

（四）

争将寸草报春晖，海上啼乌作对飞[1]。
慷慨更无人赠赉[2]，翻凭百衲共成衣[3]。

〖注释〗

1　“争将”两句，自注：“家贫亲老者五或十人或数十人为一会，遇有大故，同会者醵金为丧葬之资，竞赴其家，助奔走焉，谓之‘父母会’。”开头两句称赞台湾民间“父母会”的参与者如反哺的乌鸦，懂得报答父母之恩。寸草报春晖，唐孟郊《游子吟》：“慈母手中线，游子身上衣。临行密密缝，意恐迟迟归。谁言寸草心，报得三春晖。”

2　赠赉（lài，赖），赏赐赠送。

3　翻，反。百衲（nà，纳）共成衣，僧人的袈裟称“百衲衣”，百衲是形容其补缀之多，这里用以比喻众人合力互助。

〖赏析〗

“父母会”可以说是台湾民间早期的互助组织，它反映了草根阶层和衷共济的精神和淳朴的民风。诗歌用典实作铺垫，又以乌鸦反哺、百衲成衣作比，写得非常形象。

(五)

解从经史觅传薪[1]，自有文章动鬼神[2]。
梦里几曾分五色，令人乞笔向鲲身[3]。

〖注释〗

1 “解从”句，自注：“枕经葄史者，何地无才？而率而操觚，便求速化，此学人之通病也。鲲身王以四五月来郡，祈祷于行宫无虚日，皆携所乞以归，明年必倍数酬之。如求利者乞钱，求名者乞笔乞纸之类。”枕经葄（zuò，做）史，头枕着经史，形容专心致志读书。操觚（gū，孤），执木简写字，指写作。解，懂得。传薪，薪尽火传，喻学术递相传授。

2 动鬼神，形容诗文感人之深。唐杜甫《寄李十二白二十韵》：“笔落惊风雨，诗成泣鬼神。”

3 “梦里”两句，南朝梁钟嵘《诗品》卷中：“（江）淹罢宣城郡，遂宿冶亭，梦一美丈夫，自称郭璞，谓淹曰：‘我有笔在卿处多年矣，可以见还。’淹探怀中，得五色笔以授之。尔后为诗，不复成语，故世传江淹才尽。”这里化用其意，谓读书人不能指望通过乞求鲲身王而成才。鲲身，指七鲲身王，系当时台湾民间崇奉的神祇，其地位仅次于妈祖。

〖赏析〗

谋取钱财者想短时间内暴富很难，读书治学企求一夜成名更是痴人说梦。此诗批评了当时学人的浮躁之风，语气平和，态度诚恳，用典有神无迹。

（六）

爱恋曾无出里闾[1]，同行更喜赋同车[2]。
手牵何事轻相放，黑齿雕题恐不如[3]。

〖注释〗

1 “爱恋”句，自注：“《诸罗志·番俗考》：‘（番俗）夫妇自相亲昵，虽富无婢妾僮仆，终身不出里门。行携手，坐同车，不知有生人离别之苦。’台俗夫妇虽相得极欢，鲜不广置妾媵，甚至出为冶游。反目，辄轻弃之。妇被弃于夫，亦无顾恋。马头覆水，视为故常，何乃少结发情耶？内地来台者，每娶台妇，久亦忘归。

及归，则未作飞蓬之嗟，已违就木之誓。地气之薄也，抑人心之浇欤？番俗可以风矣。俗娶妻曰‘牵手’，弃妻曰‘放手’。”番俗，指台湾土著居民的风俗。台俗，指大陆汉族移民的风俗。曾(zēng，增)，竟然。里闾，里巷，乡里。

2 “同行”句，《诗经·郑风》有《有女同车》篇，系新婚者赞美其同车出行的妻子。(一说为行人赞美同车的美丽姑娘)该诗两节开头分别有“有女同车”、“有女同行”之句。这里借以表现土著居民的爱情婚姻。

3 黑齿雕题，将牙齿染成黑色，在额头上刺花纹。这是台湾土著居民常见的一种习俗，这里用以代指土著居民。题，额头。

〖赏析〗

诗歌及自注赞美台湾土著居民的爱情婚姻习俗，同时不留情面地揭露批评了汉族移民的不良风俗。从中可以看出作者与一般士大夫不同，不囿于汉族本位，不以俯视的眼光看待少数民族，勇于自省，确属难能可贵。写作上采用对比手法，以土著居民的淳朴与汉人的浇薄风气形成鲜明对照。

施琼芳

施琼芳（1815—1868），初名龙文，字见田，原籍泉州晋江，至其父施菁华始移居台湾府（今台湾台南）大西门外。自幼喜读书，经史典籍、诸子百家，无不精通。道光十七年（1837）拔贡，道光二十五年（1845）进士，补江苏知县，诠选六部主事。然而他无意于官场，未就职即回到台湾，主讲于海东主院，力行教改，于学业中增加赋诗杂作一类，培养了不少本地文学人才。为人严谨，乐善好施，又以孝著称。著作颇多，惜多散失于日据时，现仅存《石兰山馆遗稿》一书。

地　瓜

葡萄绿乳西土[1]贡，离支丹实南州[2]来。
此瓜传闻吕宋[3]来，地不爱宝呈奇材。
万历年中通舶使[4]，桶底缄藤什袭至[5]。
溉植初惊外域珍，蔓延反作中邦[6]利。
碧叶朱卵[7]盈郊园，田夫只解薯称番[8]。
岂知糗粮资甲货[9]，汶山可废蹲鸱蹲[10]？
朝圣务本重耕籍，地生尤物补硗瘠[11]。
不须更考王祯[12]书，对此丰年庆三白[13]。

〖注释〗

1 绿乳，葡萄呈绿色，其汁如乳，故称。西土，西域。

2 离支，即荔枝。丹实，红色果实。南州，南方。

3 吕宋，菲律宾吕宋岛。

4 万历，明神宗朱翊钧年号。通舶使，使者航海来往。

5 “桶底”句，谓将地瓜藤蔓重重包裹，暗藏在捕鱼的桶底带到中国。桶，一种木制的渔具。杜甫《黄鱼》诗：“筒桶相沿久，风雷肯为神？”仇兆鳌注：“筒，竹器；桶，木器；皆捕鱼之具。”什袭，重重包裹，郑重珍藏。

6 中邦，指中国。

7 朱卯，地瓜多红皮，呈圆形，故称。

8 解，懂得。薯称番，福建台湾一带称地瓜为番薯，盖因其来自番邦。

9 糗（qiǔ）粮，干粮。福建台湾一带将地瓜晒干作为干粮储存。资，储藏。甲货，上等货物。

10 “汶山”句，意为今后可以不再种植芋头。汶山，即岷山。《史记·货殖列传》：“吾闻汶山之下，沃野，下有蹲鸱，至死不饥。”张守节《正义》：“蹲鸱，芋也。”因芋头状如蹲伏的鸱鸟，故称。

11 硗（qiāo，敲）瘠，土地坚硬贫瘠。

12 王祯，字伯善，东平（今属山东）人。元代著名农学家。任旌德、永丰县尹期间，积极倡导种植经济作物，改良农具，撰有《农书》。

13 三白，三度下雪。《全唐诗》卷八八《占年》：“正月三白，田公笑赫赫。”正谚语所谓“瑞雪兆丰年”之意。

〖赏析〗

地瓜“种出吕宋，明万历中，闽人得之，始入漳泉。瘠土沙地，皆可以种。取蔓植之，数月即生。实在土中，大小累累，巨者重可斤馀，生熟可食，台人藉以为粮。可以淘粉，可酿酒，其蔓可以饲豚。长年不绝，夏秋最盛。大出之时，掇为细条，曝日极干，以供日食。澎湖乏粮，依此为生，多自安、凤二邑配往”。(连横《台湾通史》卷二十七《农业志》)因为地瓜易于种植，在荒年常能救人于危急，所以对于台湾人民来说，它有着特殊的意义。这首诗用浅显的语言记述地瓜的历史及对台湾人民的生存重要作用。连横对此诗评价较高：“昔徐树人观察曾以《地瓜行》校士，作者虽多，而少佳构。唯施氏一首较好。”(《台湾诗乘》卷三)

林占梅

林占梅（1821—1868），字雪村，号鹤山，又号巢松道人，淡水厅竹堑（今台湾新竹）人。当地富绅。为人豪爽，急公好义。鸦片战争期间，积极倡导并捐银万两协助海防，获奖以贡生加道衔，钦授知府待用。道光廿四年（1844），嘉义、彰化一带泉州、漳州两地移民发生大规模械斗，死伤惨烈，他募集乡勇阻绝械斗蔓延，出资抚恤死伤。事平，受恩赏戴花翎。咸丰、同治年间，林恭、戴春潮相继起义，他又因大力协助官府防守地方有功，擢浙江道、加盐运使、布政使衔。时福建总督孙尔准奏请简用，朝廷下旨召见，称病婉辞。筑有别业名“潜园”，“士之出入竹堑者，无不礼焉，文酒之盛冠北台”（连横《台湾通史》卷三十三《林占梅传》），与郑用锡的“北郭园”同为当时新竹的文学中心；又先后发起创立诗社“梅社”和“潜园吟社”，对推动新竹乃至台湾北部的诗歌创作起到了重要作用。著有《潜园琴余草》八卷。因其酷好弹琴，故以“琴余”名其诗集。

他的诗歌中多感事述怀之作，这些作品经常流露出对人生世事的哀伤感慨；即使是其他题材的作品，亦多感伤之音。他在《有劝予诗勿多为悲歌感慨，口占答之》诗中写道：“平子呕吟愁易集，灵均词赋感偏多。我生斯土非燕赵，其奈情随笔下何！”之所以如此，既有时代和社会环境的影响，也有家庭际遇和个人性情的因素。综观其一生，虽出身富家，但经历却不平坦。他少年即丧父，抚养他的叔叔（只比他大七岁）也很早就离开了人世。刚过而立之年，其妻妾和母亲又在一年中相继死亡。而道光末年以来，地方上动荡不定，也对他的生活带来了很大的冲击。“搔首追前事，酸辛已备尝”（《偶述》），种种坎坷遭遇，难免使他产生命途多舛的感慨；再加上他素有传统士大夫心忧天下的情怀，又生性直率敏感，多愁善感，诚如他自己所说“性直多招谤，情深易惹愁”（《感怀》），这些因素汇集在一起，遂造就了他诗歌感伤的情调。友人廖鸿荃也说他“感念于妻孥之溘逝，友朋之翻覆，世难之雕伤，前后十数年间不胜聚散离合之异，故其抑塞无所告语，恒藉诗以遣之。”(《潜园琴余草·廖序》)。

但若以题材论，写景记游在其诗作中所占比例最大，也是艺术上最具特色的一部分。他自年少起就爱好游览，自谓“我生有癖专好游”(《韶石山峰歌》)；台湾发生各种事变期间，因办理团练，带兵征战等原因，他又经常往来于台岛各地。他像一个行吟诗人，一路走，一路写，所到之处，辄有吟咏。他写眼前所见战乱后萧条凄凉的景象，更多的是吟咏途中的青山绿水、田园风光，以及淳朴闲适的乡村生活，此外他还经常描写潜园的景物。他的诗也不乏对现实生活的关注，如《地震歌》、《七七苦雨行》、《苦旱》、《台、凤土匪滋事，闻警戒严》等都是纪实的力作，对戴春潮起义一事尤多有反映，可供作了解这段历史的参考。

他在谈到诗歌创作艺术时曾指出，古典诗歌不只是唐宋两种风格，“杜苏以外岂无诗？界宋分唐只自欺”(《论诗》之一)，宣称自己“遣兴不分唐宋格”(《与家卓人考廉论诗》)，“性情相合即师之”(《论诗》之一)。不过前人评论他的诗，一般都认为他受杜甫、白居易和陆游影响最深。黄绍芳在《潜园琴余草序》中称他“诗学香山、剑南，得其神似。”黄鹤龄的序文也说他“写景则无奇不搜，深入剑南之室，言情则有感斯托，能摹浣花之神。”具体来说，杜甫、白居易、陆游等人对他的影响，表现为两个不同的侧面：一方面，他的诗多感时伤世，关心同情民间疾苦，继承了上述诸家的现实主义传统；另一方面，他的记游写景之作，对上述诸家尤其是陆游的山水田园诗也颇多仿效借鉴。由于他擅长丹青，所以写景往往能以画入诗，以诗为画，描绘真切细致，让人有身临其境之感。不过意像经常重复也是他的明显不足，比如“霞光”、“野径”、“平畴”、“流泉”、“奇峰”、“秋声”、“斜日”等就在他的诗作中反复出现，诗的命意也常使人有似曾相识的感觉。由于他未习举子业，因此作诗避免了一般文人常有的过分矫饰的习气，“至情至性，真从肺腑流出”(杨雪椒《潜园琴余草序》)，语言上则追求“使典驱坟出自然”，“脱去浮词医尽俗”(《与家卓人考廉论诗》)，少用生僻典故和华丽辞藻，风格凝练俊雅，畅达自然。

地震歌[1]

天朗气清日亭午[2],閒吟散食步廊庑[3]。
耳根仿佛隐雷鸣，又似波涛风激怒。
涛声乍过心犹疑，忽诧[4]栋梁能动移。
顷刻金甑[5]相倾碎，霎时身体若笼筛。
厩马嘶蹶[6]犬狂吠，智者猝然亦愚昧。
悲风惨惨日无光，霎尔[7]晴空成昼晦。
扶老携幼出门走，忙忙真似丧家狗。
更有楼居最动摇，欲下不得心急焦。
心急势危肝胆碎，失足一堕魂难招。
蚁走热锅方寸乱，两脚圈豚[8]绳索绊。
窘逼转愁门户狭，攀缘不觉窗棂[9]断。
如逢虎狼如触蝎，形神惝悦魂飞越[10]。
偷眼视之但溟茫[11],满耳声闻唯窸窣[12]。
千家万家齐屏息，大儿小儿多避匿。
少选[13]声停地始平，相顾人人成土色。
地平踏稳相欣告，众口一时同喧噪[14]。
老者无策少者疑，从此夜眠心不怡。
东南虽缺地无缝，岂有妖物簧鼓之?
自是乾坤气吞吐，世人那得知其故[15]!
幸哉淡水尚安全，可怜嘉、彰成墟墓[16]。
试问既震何重轻?消息茫茫归劫数[17]。

长歌赋罢心转愁，惊魂未定笔亦柔。
此情回首不堪忆，此身犹自随沉浮。
安得长房宿地法[18]，居吾乐土免烦忧。

〖注释〗

1 地震歌，自注："道光戊申仲冬，台地大震，吾淡幸全，而嘉、澎一带城屋倾圮，人畜丧毙，至折肢破额者，又不可胜计矣。伤心惨目，殊难名状。今岁暮春，复大震二次。惊悼之余，乃成七古一篇，歌以当哭。时三月初八未刻也。"道光戊申即道光廿八年（1848），据此可知此诗当作于道光廿九年（1849），是追忆前一年台湾大地震的情形。

2 亭午，正午。

3 散食，消食，食后助消化。廊庑（wǔ，武），厅堂前的廊屋。

4 诧，惊叹。

5 金甑（zèng，赠），指金属和陶制的器物。甑，一种陶制炊具。

6 嘶，马叫。蹶（jué，决），踩踏。

7 霎尔，瞬间。

6 圈豚（tún，屯），像圈中的猪。豚，猪。

9 窗棂（líng，灵），窗户上雕花的格子。

10 惝恍（chǎng huǎng，厂晃），迷糊不清

貌。魂飞越，魂飞魄散。

11 溟茫，迷茫。

12 窸窣（xī sū，西苏），象声词，形容物体细碎的开裂声。

13 少选，不久，一会儿。

14 喧噪，喧哗。

15 “东南虽缺”四句，意为台湾地震非妖怪作祟，而是天地自然现象。作者把地震解释为“乾坤气吞吐”虽然并不科学，但他同时也批评了世人的迷信说法。东南虽缺，古人认为中国东南沿海一带地势低平，是地有所缺的缘故。簧鼓，用动听的言辞迷惑人。

16 嘉、彰，指嘉义、彰化两地。墟墓，墓地。

17 归劫数，指把地震造成的破坏不同归咎于厄运。劫数，灾难，厄运。

18 长房宿地法，相传东汉术士费长房一日之间可以出现在千里之遥的几个不同地方，人称其有化远为近使土地收缩的神术。晋葛洪《神仙传·壶公》：“费长房有神术，能缩地脉，千里存在，目前宛然，放之复舒如旧也。”

〔赏析〕

台湾是地震多发区，近代以来就曾发生

过数次破坏严重的大地震，给当地百姓造成了莫大灾难。这首诗写道光廿八年（1848）冬台湾大地震，题材独特，为后人留下了一份形象的地震资料。结尾的议论，则表现了作者一贯的关切民生疾苦和桑梓安危的情怀。诗中写到地震突如其来时人们的感受和惊恐之状，描摹细致，生动形象，使人如身临其境，反映出他“善摹难状之景”（黄绍芳《潜园琴余草序》）的艺术特长。

过内湖庄[1]

平陇[2]多栽稻，高园[3]半种茶。
绕林沙岸远[4]，傍水竹篱斜。
啼鸟巢[5]深涧，垂门藤挽花[6]。
一村幽僻处，耕读足生涯[7]。

〖注释〗

1　内湖庄，地名，今台湾台北内湖区。

2　陇，田地。

3　高园，《淡水厅志·卷十五·文征下》引作“高岗”。

4　“绕林”句，意为树林环绕着海岸沙滩，延伸到远方。

5　巢，筑巢。

6　“垂门”句，按此句与上句对偶欠工整，《淡水厅志·卷十五·文征下》引作“垂藤绾落花”。

7　“一村”两句，《淡水厅志·卷十五·文征下》引作“书声听隐隐，深处有人家。”足生涯，满足一生。

〖赏析〗

此诗作于咸丰三年（1853）。前三联写路过所见景物，末尾两句既是纪实，也隐约流露出作者对田园隐逸生活的向往。诗歌立意虽平常，但描写沿海乡村景物十分优美有生趣，语言俊秀精致，清新可诵。

途间见分类难民痛述时事[1]

吴越分争火烛[2]天，问渠何事竟茫然[3]！
可怜乡社[4]成焦土，困极监门绘[3]不全。

〖注释〗

1　途间见分类难民痛述时事，自注：“时

漳、泉、晋、同各分类焚杀”。晋，福建晋江县。同，福建泉州府同安县（今属福建厦门）。分类，指当时台湾的大陆移民按祖居地分成不同族群械斗。

2 烛，燃烧。

3 “问渠”句，自注：“各无宿嫌，猝然分类。”渠，他们。

4 乡社，故乡。

5 囷（qūn），圆形的谷仓。极，房脊。监门，指官署的门。绘，指谷仓房脊和官署门上作装饰的彩绘。

〖赏析〗

此诗作于咸丰三年（1853），反映出当年台湾分类械斗之惨烈，也表达了作者对此现象的痛心。打到家园都成一片焦土了，却竟然说不清是什么原因，这反衬出参与械斗的人是何等愚昧，而难民又何等的无辜可怜！

泛舟鸡笼[1]

山势若罗城[2]，茫然[3]晚趣生。

水天秋一色，风月夜全清。
石乱层崖险，烟沉远屿平[4]。
沧波时极目[5]，渔火半江明。

〖注释〗

1 鸡笼，参见高拱乾《台湾八景·鸡笼积雪》注1。

2 罗城，城外的大城。

3 茫然，广阔无边的样子。这里指广阔无垠的大海。

4 “烟沉”句，没有云雾，风平浪静，远方的岛屿平静地浮现在海面上。

5 “沧波”句，在碧波荡漾的大海上不时地放眼远眺。沧波，碧波。极目，用尽目力远望。

〖赏析〗

此诗作于同治三年（1864）。诗歌展现了一幅壮丽的秋日夜暮海山图。画面上高山、大海、天空、清风、明月、崖石、岛屿、渔火，景物多姿多彩，远近高低相映成趣，让人充分领略到了风平浪静时海天之间雄阔静谧的美。

金包里梦觉口号[1]

孤村深夜觉，辗转思无涯。
撼枕涛声壮[2]，穿棂[3]月影斜。
劳形因作客[4]，不寝每思家。
况值中秋夜，林风似晓笳[5]。

〖注释〗

1 金包里，地名，今台湾台北金山乡。觉，睡醒。口号，古诗标题用语，表示随口吟成的意思。

2 “撼枕”句，形容海上波涛汹涌，声震天地，似乎连枕头都被摇动了。

3 棂（líng，灵），窗户上雕花的格子。

4 “劳形”句，意为因奔忙于事务而客居异地。劳形，使身体劳累。作客，指客居异地。

5 笳（jiā，加），胡笳，古代北方少数民族一种类似笛子的乐器。这里指胡笳声。

〖赏析〗

此诗作于同治三年（1864）。作者因种种事务常年在岛内四处奔波，逆旅孤寂中难免起思亲之情，又何况正逢中秋团圆之夜！“劳形因作客”一句同时也流露出他对现状感到厌倦，希望过安定生活的心情。全诗情景交融，抒情低迴缠绵。

自南港到鸡笼[1]道中口号

群峰势何奇，追随十余里。
迴首及[2]斜阳，始入昏霭[3]里。

〖注释〗

1 南港，地名，在台湾台北。鸡笼，参见高拱乾《台湾八景·鸡笼积雪》注1。

2 迴首，回头。迴，同“回”。及，这里是看到的意思。

3 昏霭（ǎi，蔼），光线阴暗，这里指暮色。

〖赏析〗

此诗作于同治三年（1864）。作者在路上看到群山绵延十余里，却说是它跟着人一路走，直到回头看到太阳西斜了，才恋恋不舍地隐入暮色中。把大山写得像顽皮的孩童一样，活泼有趣。

杨　浚

杨浚（1830—?），字雪沧，一字健公，福建晋江人，寄籍侯官（今福建福州）。咸丰三年（1853）举人，官内阁中书。同治八年（1869），应淡水厅同知陈培桂之聘来台修厅志，郑用锡之子郑如梁又延主北郭园。居台期间，经常出入潜园、北郭园，与当地诗人广泛交游。著作除《淡水厅志》（按：此书系以林豪《淡水厅志》稿本为基础修订而成）外，尚有《冠悔堂诗文集》等数种。其在台所作诗歌，以写景、酬唱赠答为主。

潜园[1]观菊

天涯海角久离家，四度秋风鬓欲华[2]。
一事不曾愁客邸[3]，借人亭馆看黄花[4]。

〖注释〗

1　潜园，在台湾新竹，著名诗人林占梅所筑园林。

2　四度秋风，时作者居台已四年，故言。华，鬓发花白。

3　“一事”句，住在客邸，不曾发愁什么事。客邸，客馆，旅舍。

4　“借人亭馆”句，唐王建《人家看花》诗：“恨无闲地栽仙药，长傍人家看好花。”亭馆，供人游憩的亭台馆舍。黄花，菊花。

〖赏析〗

作者的诗才并不十分突出，但这一首却写得有味。久别故园，秋风乍起，乡愁缠绵，但他却说客居在外一切都很惬意，不曾有愁。表面不说愁，实则是欲扬故抑，好比辛弃疾《丑奴儿》词：“如今识尽愁滋味，欲说还休，欲说还休，却道天凉好个秋。”只要看一个“借”字，作者内心波澜已尽在其中矣。

林　豪

林豪（1831—1918），字卓人，号次逋，浯洲（今福建金门）人。咸丰九年(1859)举人。同治元年(1862)应族人之邀首度赴台，时值戴春潮事起，林占梅奉檄办团练，延请他掌管潜园。事平，曾撰《东瀛纪事》二卷以纪此役。同治六年(1867)，淡水厅同知严金清聘修厅志，稿成未刊。嗣后赴澎湖，两度掌教澎湖文石书院，又辑《澎湖厅志》。晚年归籍，著书以老。

他一生在台、澎居留长达四十余年，阅历丰富，精通台湾史地民俗，身后留下了许多有关台湾的著述。除了《东瀛纪事》、《澎湖厅志》等史乘以外，还有《台阳草》与《澎海草》两部诗歌作品（收录于其诗歌总集《诵清屋诗草》中）。这些诗内容广泛，除描绘当地风物外，也涉及戴春潮起义、台湾分类械斗等现实事件，但写得最多的还是赠别、怀人、吊古、述怀等传统题材。他的诗歌艺术特点是长于抒情，或以海山壮阔意像寄托豪壮情怀，或以细腻笔触抒写内心波澜，读后常能令人感慨系之。

已卯[1]闰三月书别

春色依依老，春心故故迟[2]。
东风犹惜别[3]，南浦况将离[4]！
又泛红沟棹，来探碧海枝[5]。
故人谁待我，惆怅度芳时[6]。

〖注释〗

1　已卯，农历已卯年，即光绪五年（1879）。

2　“春色”两句，春天依依不舍地告别了人间，作者对春天也充满了留恋。实际上他是舍不得故地和送别的友人。依依，依恋貌。春心，怀春的心情。故故，屡屡，常常。迟，迟留，迟滞。

3　“东风”句，古人常把春天写成有情的意象，以寄托伤别的情感，如李白《劳劳亭》诗：“春风知别苦，不遣柳条青。”东风，春风，代指春色。

4　南浦，南面的水边。《楚辞·九歌·河伯》：“子交手兮东行，送美人兮南浦。”王逸注：“愿河伯送已南至江之涯。”后以南浦指送别之地。

5　“又泛”两句，这是说来年春天将与友

人一起再度到溪流里泛舟，到大海中观景。红沟，指春天里落满红花的溪流。

6 芳时，花开时节，良辰。

〖赏析〗

此诗写得缠绵深沉。前两联抒写作者伤别离的心情，采用借物言情，移情于景的手法，达到化物为我，情景交融的效果。颈联转而安慰友人：后会必有期。但期待重逢的时光同样是令人惆怅的，所以这种安慰实际上是更加重了别离的伤感。

新增澎湖四景，和鲍吉初别驾[1]

（四首选一·篝火宵渔）

绝岛[2]潮回夜色清，满船风月钓竿轻。
细鳞巨口谁分得？为有波心一点明[3]。

〖注释〗

1 鲍吉初，名复康，曾官候补通判。余不详。别驾，官名，即通判，系州府长官的佐吏。

2　绝岛，孤岛。

3　为，因为。一点明，指明亮的篝火。

〖赏析〗

据整组诗歌看，新增澎湖四景除“篝火宵渔”外，还有其它三景分别是“负箕晨牧”、“短镵劚草”和“挝鼓驱鱼”。与一般的地方景物以自然风光为主不同，此四景均与生产劳动有关，颇具特色。此诗以清朗的语言，着力表现出了月夜中渔钓的情趣。

重到彰化，与雪村方伯话别，时漏将四下[1]矣

此别知何日，相看各失声。
愁添千万绪，海隔十三更[2]。
文字知交泪，风波故国程[3]。
残灯何黯黯[4]，怕照此时情。

〖注释〗

1　雪村，林占梅字。方伯，清代对布政使一职的称呼。林占梅同治间因功授布政使

衔。参见本书林占梅一节事迹介绍。时漏，古代以漏壶为计时工具，时漏即指时间。

2 “海隔”句，意为台湾与金门相距遥远。古代以“更”为计算水路里程的单位。《明史·鸡笼》：“水道，顺风，自鸡笼、淡水至福州港口，五更可达。自台湾港至澎湖屿，四更可达……盖海道不可以里计，舟人分一昼夜为十更，故以更计道里云。”作者说台湾与金门相距有十三更的水程，实际上两地并没有如此遥远。清俞正燮《癸巳类稿·台湾府属渡口考》：“自澎湖往（台湾），水程四更；自厦门往，十一更。”

3 “风波”句，回乡旅途上一路有风浪。

4 黯黯，形容光线昏暗。

〖赏析〗

这首诗作于作者离开台湾欲回家乡金门时。与《己卯闰三月书别》一样，都是抒写惜别之情。但前一首委婉含蓄，藻香词丽；而这一首则是直抒胸臆，语言质实，但同样写得缠绵悱恻，令人动容。中间两联都是前一句抒情，后一句点明动情的原因，气韵流转自然，显示出作者运用声律、表达情感的功夫。

陈肇兴

陈肇兴（1831年—？），字伯康，台湾彰化人。咸丰八年（1858年）举人。年少聪颖，好侠仗义，以孝著称。同治元年（1862年）曾参与镇压戴潮春起义。彰化陷落，他只身一人逃到集集，训练当地土著居民援助官兵，至晚则秉烛赋诗，故其诗作中有相当多的篇章反映了此一事件，被称为“诗史”。事平不受封赏，回乡设塾。其门下弟子杨馨兰、杨春华、林宗衡、许尚贤等，皆颇有成就。著有《陶村诗稿》八卷。

初夏郊行

晚烟几簇笼[1]修竹，新涨[2]千畦长早粳。
屈指纳禾[3]期已近，老农相对有欢声。

〖注释〗

1　晚烟，炊烟。笼，笼罩。

2　新涨，新雨过后上涨的水流。粳，稻米。

3　纳禾，收割稻谷。

〖赏析〗

陈肇兴的诗最显著的特点是充满浓郁的乡土气息。在写这首诗时，他并不是站在文人的角度，而是将自己作为乡村的一员，融入乡间美好生活中，因而便能与老农同乐，感受到丰收的喜悦。

郑如兰

郑如兰（1835—1911），字香谷，号芝田，淡水厅竹堑（今台湾新竹）人。郑用锡之侄。年少补博士弟子员，举乡试不第。光绪十五年（1889）因办理团练有功，授候选主事，赏戴花翎，后加授道衔。有诗集《偏远堂吟草》一卷。

“人生贵适意，安用妄营为？汲泉品佳茗，兴到便吟诗；诗成不雕琢，一任人嘲嗤。或题招隐句，或裁游仙诗。时时自吟咏，悠悠寄所思。”（《自吟拙作，因有所感怀，用香山原韵》）这既是他的人生态度，也是他创作状态的自我写照。他的诗以抒写个人性情为主，“素所为诗，无矜躁焦郁之音”（施士洁《郑香谷部郎偏远堂吟草序》），流露出一派淡泊旷达的情调，语言则平和清雅，但淡而有味。但也有一些作品学江西诗派，多用典实，馆阁气很浓。

北郭[1]烟雨

园开北郭好吟哦[2]，和雨和烟诗思多。
杨柳千条蕉数本[3]，商量淡墨画如何？

〖注释〗

1　北郭，北郭园，在新竹，著名诗人郑用锡所建园林。

2　吟哦，吟诗。

3　本，棵。

〖赏析〗

作者意在赞美北郭园如诗如画般的风景，但他没有刻意描摹渲染，只是很随意地轻描淡写，使诗歌呈现出一种冲淡凝远之美。

送　别

将星光耀客星明，海上楼船策太平[1]。
万里封侯班定远，一行作吏谢宣城[2]。

摇鞭春试章台马[3]，出谷声迁上苑莺[4]。
量取东瀛千尺水，汪伦送别有余情[5]。

〖注释〗

1 “将星”两句，意为友人位居要职，身负重任，来台为官。将星，古人认为人间的帝王将相与天上的星宿相应，将星即象征大将的星宿。客星，古代传说大海与天河相通，每年八月有竹筏来往于其间。古蜀国有人曾乘筏到天河，与牛郎晤面。返至蜀，星相家严君平告之曰：某年月日有客星犯牵牛宿。计之，正是此人到达天河之时。事见晋张华《博物志》卷十。后以客星代称客人。据此句看，作者送别的是一位宦游台湾的大陆人士。楼船，有楼的大船，多用作战船。策，谋划。

2 “万里封侯”两句，这是赞扬友人如东汉的班超和南齐的谢朓一样，文武全才。班定远，东汉著名将领班超（32—102，字仲升），曾多次率兵出击匈奴，平定西域龟兹、焉耆等，封定远侯。一行作吏，一经为官。谢宣城，南朝齐著名诗人谢朓（464—499，字玄晖），曾任宣城太守。

3　“摇鞭”句，这是说友人曾经走马京城参加会试，博取功名。春试，清代沿袭元明旧制，于每年八月举行乡试，次年二月会试，称春试。章台，战国时秦宫中台名，故址在陕西长安故城西南，台下有街名章台街。这里借指京城的街道。

4　“出谷”句，这是说友人像飞出深谷的莺鸟，登上了皇家园林，形容其飞黄腾达。《诗·小雅·伐木》：“出自幽谷，迁于乔木。”郑玄笺：“谓乡（同“向”）时之鸟，出从深谷，今移处高木。”迁，登。上苑，皇家园林。

5　“量取”两句，李白《赠汪伦》：“桃花潭水深千尺，不及汪伦送我情。”这里化用其意，说自己对友人的情谊比东海水还深。东瀛（yíng，营），东海。

〖赏析〗

诗歌颂扬友人的才华功绩，表达友情。全诗处处用典，格律严整，语言则保持了一贯的淡雅风格。

林 鹤 年

林鹤年（1846—1901），字鼇云，号铁林，福建安溪人，出生于广东。光绪八年（1882）举人，任国史馆誊录。光绪十八年（1892）来台，寄籍淡水，榷办台湾茶厘，又曾掌管船政、铁路等方面的事务。因成效显著，擢道台加按察使衔。台湾乙未抗日时，他毁家纾难，积极襄赞刘永福的黑旗军。事败后内渡，定居厦门。

他是清末台湾的富商，同时也是著名诗人；因其晚年寄籍厦门，故又被誉为清代福建八大诗人之一。在台时曾与当时的巡抚唐景崧及丘逢甲等人结“牡丹诗社”；内渡后在厦门鼓浪屿筑“怡园”，常与友人吟诗唱和于其间。著有《福雅堂诗钞》，其中之《东海集》专录在台之作，其余各集中亦间有涉及台湾人物史事的诗篇。他早期的涉台诗歌以酬唱之作居多，主要抒写友情和人生感怀，乙未后的作品则多表露爱国思想。作诗喜用典使事，刻意而为的痕迹较明显，语言健朗，风格沉雄。

台北七夕书感，调许豫生[1]

（四首选一）

早岁才名薄柳州[2]，乞将余巧到楼头[3]。
年来坊锦翻花样，搅尽蛛丝万斛愁[4]。

〖注释〗

1　调，作诗调侃之意。许豫生，名贞幹，侯官（今福建福州）人。光绪十八年（1892）举进士。光绪间来台。台北富绅林维源帮办抚垦，曾征召他为助手。著有《八家四六注》。系作者挚友。

2　薄，迫近，接近。柳州，唐代著名文学家柳宗元曾被贬柳州刺史，后人因称其为柳柳州。

3　“乞将”句，旧时妇女于七夕夜向织女乞巧，参见施鈺《重度七夕》注1。此句自注：“豫生前科新得第。”可见作者是借妇女乞巧之事隐喻许豫生中进士，称赞他有才华。

4　“年来”两句，传说织女在天织云，在地织锦，旧时妇女七夕乞巧即乞求获得其织锦的技巧。古代七夕又有蛛丝卜巧的迷信做法。南朝梁宗懔《荆楚岁时记》："是夕，人家妇女结彩缕，穿七孔针，或以金银喻石为针，陈瓜果于庭中乞巧，有喜子（即蜘蛛）网于瓜上，则以为符应。"这两句结合七夕的这些活动，意思是说近来许豫生的诗文像妇女织锦一样不断花样翻新，却是满篇忧愁之语，如蜘蛛丝一般剪不断理还乱。万斛，形容极多。

〖赏析〗

此诗称赞友人的才华，也隐含劝他解忧释怀之意。作者将诗歌主题与七夕风俗相结合，亦庄亦谐，写得非常巧妙。

豫生[1]将归，连夕过寓斋言别

缔缘沧海怅萍浮[2]，话别忘机狎野鸥[3]。
半榻茶烟[4]清爱夜，一簾花雨澹[5]宜秋。
异乡加饭[6]相谆劝，中岁编诗仗去留[7]。
同是天涯叹劳燕[8]，那堪天际问归舟！

〖注释〗

1 豫生，参见前一首注1。

2 沧海，大海，这里指台湾。萍浮，形容

人生如萍草漂浮不定。作者与许豫生都是自大陆宦游台湾，故言。

3 忘机狎野鸥，《列子·黄帝》："海上之人有好沤（同"鸥"）鸟者，每旦之海上，从沤鸟游，沤鸟之至者百住而不止。其父曰：'吾闻沤鸟皆从汝游，汝取来，吾玩之。'明日之海上，沤鸟舞而不下也。"原指人无巧诈之心，异类也可以亲近，后又用作淡泊隐居，不以世事为怀之典。这里比喻作者与友人感情真挚，亲密无间。

4 茶烟，茶水散发出来的如烟的水气。

5 花雨，花开时节下的雨。澹，同"淡"，形容秋雨清凉。

6 加饭，犹言加餐。旧时劝祝之语，意为多进饮食，保重身体。

7 "中岁"句，这是说自己中年时编诗集，曾仰仗许豫生定取舍。去留，犹言取舍。

8 劳燕，伯劳鸟与燕子。《乐府诗集·杂曲歌辞八·东飞伯劳歌》："东飞伯劳西飞燕，黄姑织女时相见。"后以"劳燕分飞"或"劳燕"比喻别离。

〖赏析〗

这首诗写得好的是中间两联。三四两句写景物，茶清雨淡，既点染场景，切合时序，也包含了“君子之交淡如水”的意蕴，可谓意景兼到；五六两句纪实，语言虽平淡，却见朋友真情。

晚　渡

忍赋《公无渡》[1]，沧江慰寂寥[2]。
橹声人语隔[3]，灯影水光摇[4]。
塔涌[5]波侵岸，帆低[6]雨涨桥。
醉余閒[7]补网，风露[8]正初潮。

〖注释〗

1　“忍赋”句，看到摆渡的船夫，我怎么忍心赋《公无渡河》诗呢？《公无渡》，即《公无渡河》，乐府歌辞名。《乐府诗集》附于相和歌辞《箜篌引》之下。全篇四言四句，以首句“公无渡河”而得名。晋崔豹《古今注·音乐》谓：“《箜篌引》，朝鲜津卒霍里子高妻丽玉所作也。子高晨起刺船而櫂，有一白首狂夫，披发提壶，乱流而渡，其妻随呼止之，不及，遂堕河水死。于是援箜篌而鼓之，作

《公无渡河》之歌，声甚悽怆。曲终，自投河而死。霍里子高还，以其声语妻丽玉。玉伤之，乃引箜篌而写其声，闻者莫不堕泪而饮泣焉。丽玉以其声传邻女丽容，名曰《箜篌引》焉。”这里以《公无渡河》指悲怆之语。渡船上的船夫天天穿行于风浪间，充满艰辛和危险，作者深感同情，故言“忍赋”。忍，何忍。

2 “沧江”句，只有滔滔江水能够安慰船夫的寂寞。沧江，指江水。因江水呈苍色，故称。寂寥，寂寞。

3 “橹声”句，桨声阻隔了人们的话语，乘客间说话因此难以听清。

4 “灯影”句，岸上灯火倒映的光影，随着渡船荡起的波浪摇动着。

5 塔涌，江岸上的塔像从地面上突然冒出来一样。这是形容塔的高耸，也形象地写出了从低平的江面看岸上景物的突兀感。涌，物体突然冒出、升起。

6 帆低，把风帆降低。因为下大雨，江水上涨，须把风帆放低，渡船方能过桥洞。

7 閒，同“闲”。

8 风露，大风和露水，形容天寒。

〖赏析〗

诗题“晚渡”，实则是写人。中间两联着力描写江上所见景物，借此以衬托船夫生活的艰辛。“隔”、“涌”、“低”等几个动词非常逼真地再现了风浪中行船的情景，可以看出作者不仅观察细致，且工于炼字。

梁成枬

梁成枬(1851—1901)，字子嘉，号钝庵，广东三水人。少负奇气，尝历游吴楚戎幕，不得志，遂走台湾，为栋军统领林朝栋掌记室。当时的台湾巡抚刘铭传看到他起草的文章，非常欣赏，遂派他主办彰化东势角抚番垦荒事宜。他到任后采取多种措施震慑安抚当地居民，事业颇有成效。光绪二十一年(1895)出任彰化知县。日寇侵台，他与义军首领吴汤兴、徐骧等转战新竹、苗栗一带抗战，事败潜归内地。乙未之后重游台湾，主雾峰林宅。不久离台，客死于香港。

梁成枬两度游台，正是台湾最动荡、变化最激烈的时期。期间他亲身经历了清末的开垦和抗日，与当地士大夫文人密切交往，创作了不少有关的诗歌。连横曾将这些作品辑为《梁钝庵诗稿》，但未刊行。今其所存涉台诗篇中，有一些是记述抚番垦荒经历的，如《耕山行》、《新开庄》等，此外还有一些酬答、抒怀之作。他对诗学素有研究，下笔谨慎，作品深受同时代人推重。连横《诗荟余墨》谓："梁钝庵先生博通经史，旁及百家，行年四十，未敢作诗。一日，见丘仙根《大甲溪》诗，嫌其模仿南山，构思匝月，成一巨制。仙根见之，自言弗及。"洪弃生在《与李雅歆君书》中也赞赏说："仆平生所见古诗手，仙根外，实推钝庵。"由这些评述可以看出他在台湾诗坛的地位。他的诗受韩愈、贾岛等中唐诗人影响较多，呈清峻峭拔之态。洪弃生《寄鹤斋诗话》也说："钝庵诗法，盖由昌黎入手而上溯杜公，旁及苏、黄也，故健而峭，宗派甚正。"

田家春日

（四首选一）

正月播嘉种[1]，初苗铺幂历[2]；
分秧二月间，水深泥滑汩[3]；
三月薅田草，妻儿共筋力[4]。
野人[5]岂知书，莫辨阴阳历；
计日不无閒[6]，荷锄欣有适[7]。
新茶又出市，入郭探时值[8]。
寄声谢邻老，社酒不遑[9]吃。

〖注释〗

1 嘉种，优良的谷种。《诗经·大雅·生民》："诞降嘉种，维秬维秠。"孔颖达疏："上天乃下善谷之种。"

2 幂（mì，密）历，分布覆盖貌。

3 滑汩，混浊。

4 筋力，力气。

5 野人，乡野之人，农夫。

6 计日不无閒，不是不懂得计算日子。无閒（jiàn，见），不分。

7 有适，有所往，指有所劳作。

8 郭，城。时值，时价。

9　社酒，旧时春秋两季社日祭祀土地神，饮酒庆贺，所备之酒称社酒。不遑，无暇。

〖赏析〗

台湾地处南国，气候温润，农事要比内地早得多，正月里农人就开始忙碌了。此诗以纪实手法，真实细致地再现了春天里农家繁忙的劳作景象，同时也表现出农民对一年的新生活充满希望。诗中没有士大夫的田园牧歌情调，通篇散发着浓郁的乡土气息，质朴无华而真切自然。

南湖西行经九份、鹿湖[1]各山，纪之以诗

鬼啸与狨[2]啼，青天蜀道危[3]。
云扶张臂石[4]，雨益恶声溪[5]。
野屋家家树，山田步步梯。
劳薪[6]劳不息，悔不事幽栖[7]！

〖注释〗

1　南湖，台湾著名山峰，号称台湾五岳之一，在台北。九份、鹿湖，地名，在台湾宜兰一带。

2　狨（róng，荣），一种猿类动物。

3 蜀道危，乐府古题有《蜀道难》。唐李白《蜀道难》诗："噫吁嚱，危乎高哉！蜀道之难难于上青天！"后以"蜀道"、"蜀道难（危）"形容山路艰险。

4 "云扶"句，云雾缭绕在山岩周围，好像在搀扶着它。

5 "雨益"句，大雨使溪流猛涨，发出更凶恶的吼声。

6 劳薪，南朝宋刘义庆《世说新语·术解》："荀勖尝在晋武帝坐上食笋进饭，谓在坐人曰：'此是劳薪炊也。'坐者未之信，密遣问之，实用故车脚。"旧时的车辆都是用木头做轮子，它吃力最大，容易受损，使用数年后即劈作柴火，故称劳薪，后用以指人辛劳费力。

7 幽栖，隐居。

〖赏析〗

此诗作于作者主办抚垦期间。诗歌前六句描写山区景色。与一般的写景诗不同，作者以清峭之语，营造出一种险怪的意境和氛围。尤其是颔联，以柔不胜刚的画面，极力表现出山势的险峻和溪流的湍急。环境如此险恶，作者抚垦生活的艰辛可想而知，所以结句的感慨就显得很自然了。

许 南 英

许南英（1855—1917），字蕴白（或作允白），号窥园主人、留发头陀、龙马书生、昆舍耶客、春江冷宦，祖籍广东揭阳。明代嘉靖年间，先祖许超始移居台湾，定居台南。许南英光绪十六年（1890年）进士，授兵部车驾清吏司主事。因无意仕途，当年底便回台湾。归台后，常深入土著居民居住区，帮办垦土抚番事务。甲午战争爆发，任团练局统领。乙未日军侵台时，改任筹防局统领，与丘逢甲等共同领导抗日。事败后受到日本人通缉，在乡人的帮助下渡海到大陆。后曾任广东三水知县等职。1915年受厦门鼓浪屿菽庄主人林叔臧之邀，成为菽庄吟社诗友。1916年，经林叔臧推荐，到苏门答腊棉兰城为市长张鸿南先生编写张市长任职三十五年的事迹，次年不幸逝世于当地。

他是晚清台湾著名的诗人，其子许地山曾将其作品编成《窥园留草》一书。乙未之前，其诗歌内容上多为闲居游赏之作，较少涉及政治之类的题材，风格偏于闲散、清淡。乙未抗日和内渡后，其创作有了一些转变，写了不少怀念台湾、痛失国土的诗作。不过尽管题材、内容有所变化，但风格仍偏于含蓄内敛，极少像其他人那样在诗歌中振臂一呼，或是痛哭流涕，而是将沉重的情感深埋在诗句中，这也与他的“性情挚处言偏淡，意理真时味愈长”的主张相一致。

过二重溪[1]

一村初过雨，野水尚回漩。
桥断思通竹，林疏渐补烟。
草光浮极浦[2]，树色染遥天。
归去前途静，高槐咽暮蝉[3]。

〖注释〗

1　二重溪，溪名，在台湾南投一带。

2　浦，水滨。

3　咽暮蝉，暮色中蝉寂然无声。咽，不作声。

〖赏析〗

闲居游览之作在作者的诗歌中占有较大的比重。这些作品或写在家闲居，享受清闲；或写外出旅游，纵情山水，大多传达了一种清静、自在、闲散的情趣。这一首写雨后的村庄宁静而清新，林子太稀疏了，自有人家的炊烟补上，好一派田园风光！

丙申九月初三日[1]有感

凉秋又是月初三，往事回思祇自惭。
汉代衣冠遗族[2]恨，顺昌旗帜老生谈[3]。
血枯魂化伤春鸟，茧破丝缠未死蚕[4]。
今日飘零游绝国[5]，海天东望哭台南！

〖注释〗

1 丙申，农历丙申即公元1896年。自注："去年此日日人登台南。"

2 遗族，名门望族的后代。这里指台湾士大夫。

3 "顺昌"句，顺昌府即今安徽阜阳。顺昌之战是金宋由战转和的主导因素之一。南宋绍兴十一年（1141）仲春，兀术进军淮西柘皋（今安徽巢湖），刘锜率部迎战。金军望见刘锜的军队说：这是顺昌的旗帜啊！金兵人心震恐，旋即罢兵。这一句意思是感叹无法收复台湾。

4 "血枯"两句，作者把自己比作衔石填海的精卫鸟和破茧而出的蚕，表达不屈不挠反抗殖民者的意志和决心。

5 绝国，极其遥远的邦国，这里指祖国大陆。

〖赏析〗

内渡之后，作者与台湾其他诗人一样，也创作了许多饱含丧土之痛、思乡之情的诗作。这一首即作于台湾被日本侵占一年后。在远离故乡的地方漂泊，想着已落入日寇之手的台湾，能不令人感慨万分吗？全诗字字血泪，悲愤之情不能自已。

题林叔臧鼓浪屿菽庄[1]

（四首选一）

卜筑园林近洞天[2]，避人避世地行仙[3]。
听潮楼头[4]频东望，鹿浪鲲涛[5]一怆然。

〖注释〗

1　林叔臧，林尔嘉（1875—1951），字叔臧，晚号百忍老人，原籍福建龙溪（今福建漳州），世居台湾淡水。著名富商。台湾沦陷后，随其父林维源迁居厦门鼓浪屿，曾任厦门商会总理等职。富有爱国思想，热心地方实业和公益事业。1913年在鼓浪屿营建菽庄花园（园名取其字之谐音），以寄托对故乡淡水板桥林家别墅和台湾的怀念，流亡大陆的台湾诗人常聚会吟咏于其间。

2 洞天，道教称神仙所居住的洞窟，意谓洞中别有天地。

3 地行仙，原为佛教典籍中所记的长寿神仙，后以喻高寿或隐逸闲适之人。

4 听潮楼，菽庄花园景点之一。头，一作“上”。

5 鹿浪鲲涛，指台湾台南鹿耳门和七鲲身的浪涛。台南鹿耳门赤嵌城外的潮水也称国姓涛，安平海吼等，以波涛汹涌、气势壮阔著称。

〖赏析〗

此诗作于菽庄花园落成当年。起句称赞花园及其主人，后两句转而抒写对台湾的思念和伤感。作者触景生情，但诗中既然说是“频东望”，则暗示遥望台湾的也包括了菽庄主人，所以后两句同时也表达了林叔臧（以及其他流亡大陆的台湾人士）的情怀，与开头看似应景的赞语实则脉络相系。因为是在“听潮楼”东望，故作者以“鹿浪鲲涛”作为台湾的象征，使意象统一，这也显示出作者创作手法的圆熟。

施士洁

施士洁（1855—1922），字应嘉，号澐舫、芸况、哲园、楞香行者、鲲澥弃甿，晚号耐公，或署定慧老人，台湾台南人。其生日与苏东坡同，且二人年辰相对（施士洁生于乙卯年，而苏东坡生于卯时），因此他在诗文中常以苏东坡自比，甚至连诗集也取名为《后苏龛诗钞》、《后苏龛词草》。同治十三年（1874）补博士弟子员，县试、府试、院试均高中榜首，人称“小三元”。光绪元年（1875）举人，次年进士，钦点内阁中书员外郎。因对仕途官场不感兴趣，弃官回台。曾入台湾巡抚唐景崧幕，又先后掌教于彰化白沙书院、台南崇文和海东两书院，著名诗人许南英、汪春源等人均出其门下。

乙未割台，他曾协同当时的团练局统

领许南英招募义军。抗战失败后，因不愿受日人奴役，回到大陆。1911年出任同安县马巷厅长。1917年应聘前往福州，入“闽省修志局”。后寄居于厦门鼓浪屿。著作有《日记》一册、《乡谈律声启蒙》一册、《哲园吟草》四册、《后苏龛诗钞》十一册、《后苏龛文稿》两册、《后苏龛词草》一册，惜未刊行。1964年秋，黄典权在施氏后人处发现其遗作，编为《后苏龛合集》出版。

施士洁是与丘逢甲齐名的台湾近代诗人。连横曾评曰：“光绪以来，台湾诗界群推施澐舫、邱仙根二公，各成家数。”（《台湾诗乘》卷五）他的诗歌思想性比不上丘逢甲，但风格多样，灵动流畅。

台湾杂感和王蔀畇孝廉韵，胡铁华[1]太守同作
（八首选一）

大鲸东去海门青[2]，石井雄风卷四溟[3]。
掘地草鸡新谶纬[4]，筑城荷鬼旧膻腥[5]。
横飞鹿耳空中舰[6]，寸剪牛皮岛外庭[7]。
试上赤嵌楼一望[8]，木冈九叠敞云屏[9]。

〖注释〗

1 王蔀畇，名甲荣，字蔀畇，浙江人。光绪年间由朝廷权贵推荐来台，为巡抚邵友濂掌记室。胡铁华，名传，字铁华，号钝夫，安徽绩溪人。同治九年（1870）以岁贡任训导，后以直隶州知州补用，分发江苏。光绪十七年（1891）台湾巡抚邵友濂奏调，次年抵台，历任全台营务处总巡，台南盐务总局提调。光绪十九年（1893）代台东直隶州知州。

2 “大鲸”句，自注：“郑成功起兵时，有一僧知其前因曰：‘此东海大鲸也。’”作者自注系根据江日升《台湾外纪》的记载。《台湾外纪》云：“成功踞金、厦，

震动滨海。有问黄蘖寺隐元禅师曰：'成功是何星宿投胎？'元曰：'东海长鲸也'……辛丑，成功攻台，红毛望见一人峨冠博带，骑鲸鱼从鹿耳门游漾而入。后功诸船果从是港进……"海门青，海面呈青色，意即大海平静。

3 "石井"句，自注："成功石井乡人。"郑成功籍贯福建泉州南安石井。四溟，四海，天下。这一句写郑成功抗清，震动天下。

4 "掘地"句，自注："明末厦门人掘地得甎，有'草鸡夜鸣，长耳大尾'，字凡四十。鸡为酉，合草头、长耳、大尾，为鄭字也。"后来台湾诗文中常以"草鸡"指郑成功。谶（chèn，衬）纬，古代流传的一种迷信方式。"谶"是巫师或方士制作的以图画或文字为形式的隐语或预言，作为吉凶的符验或征兆；"纬"是方士化的儒生附会儒家经典的著作。

5 "筑城"句，自注："赤嵌城荷兰人所筑。"膻腥，指荷兰人。旧时认为西方人食肉，身体有膻味，故称。荷兰殖民者侵占台湾与郑成功出生年份同，故作者将二事并提。

6 "横飞"句，自注："成功袭台，荷兰先梦有人骑鲸从鹿耳门入港。"空中舰，形容郑成功军队的船舰如从天而降。

7 “寸剪”句，自注：“荷兰借地于倭人，不许，乃绐之曰：‘得一牛皮地，多金不惜。’因剪牛皮如缕，围数十丈，遂筑此城。”这是有关荷兰人利用狡猾手段从台湾居民手中骗取安平一带土地建筑热兰遮城的故事。倭人，自注似有误。借地于荷兰人的当是台湾土著居民。岛外庭，指台南安平一带。

8 “试上”句，自注：“旧称‘红毛楼’，今建‘海神庙’。”台南赤嵌楼旧称“红毛楼”，清光绪五年（1879），台湾知县潘庆辰在赤嵌楼旧址建海神庙和文昌阁。

9 “木冈”句，自注：“郡城少祖山曰木冈。”木冈，山名，在台湾府城（今台湾台南）东北。因为它是府城最高的山峰，故称少祖山。九叠，形容木冈山峰峦层层叠叠。敞云屏，形容层叠的山峰如屏风展开。

〖赏析〗

台湾历来以郑成功驱荷复台为题材的咏史怀古诗很多，这一首风格独特，以纪实为主。前六句按顺序叙写郑成功起兵抗清、驱荷复台的过程，其间还穿插了与郑成功出生相关的传说及荷兰人侵占台湾的故事。虽然诗中所写都是人们熟知的，但作者将宏大叙事与细节描述（以自注形式）巧妙结合，使历史的演进显得有声有色，波澜壮阔而又具体而微。末尾两句由回顾既往转到眼前的景象，古今相对，虽然作者没有抒情议论，但他对台湾的深情和无限的历史沧桑感却已尽在不言中了。

三月望日到家二首

（一）

春欲归时我始归，登堂含笑拜萱帏[1]。
家人喜索他乡物；稚子争牵远客衣。
入橐青蚨都渺渺[2]。迎门黄犬尚依依。
山妻熟视还低语，郎觉今年瘦不肥？

（二）

此行何物压归装，赢得粗诗满客囊。
旧雨先询吟草[3]读，新泉共试细茶尝。
洗尘[4]岂必援成例？对月真堪爱故乡。
蟾魄[5]也知团聚好，今宵放足十分光。

〖注释〗

1　萱帏，萱堂的帷幕。旧时母亲居北屋，门前植萱（一种草本植物），称萱堂，后遂以萱堂、萱帏代指母亲。

2　“入橐”句，意思是口袋里的钱很少。橐（tuó，驼），一种口袋。青蚨（fú，扶），铜钱的别称。

3　吟草，诗稿。

4　洗尘，设宴迎接远方来的人。

5　蟾魄，月亮的别称。

〖赏析〗

这两首诗写久别回家的情景，表达了家人之间的深情。作者对乡间景色的描写，闲适、恬淡，有陶渊明之风。语言通俗、生动、贴切，洋溢着浓浓的乡情和亲情。

郑 鹏 云

郑鹏云（1862—1915），字毓臣，竹堑（今台湾新竹）人。诸生。曾入读台湾著名的海东书院。郑如兰爱其才，又因同姓之谊，特邀其编修族谱。光绪廿七年（1901），有感于当时的局势，他进京谒见肃亲王，上书条陈兴革之事。未见纳，因忿走羊城，不久归台。后应聘赴福州管理试馆，客死于福州。辑有《新竹县志》、《师友风义录》等书。后者收清季八闽三台诗家之作数百首，当时与台湾有关的诗歌创作情况由此书可以窥见一斑，（或谓该书并非出自郑鹏云一人之手）他自己的诗作亦多收录于此书。

郑鹏云不以诗名，尝自谦为“不能诗”。（《师友风义录·自序》）他和很多日据前期的台湾文人一样，热爱故土，关切时局，但又无能为力，充满苦衷，遂藉诗歌以自慰，故所作多哀婉之音。少数作品如《秋雁，用王渔洋秋柳韵》颇见功力。

过灵泉寺[1]有感

灵泉胜地冷繁华[2]，劫火曾经游兴赊[3]。
聊[4]把新诗题古佛，山门[5]落日听啼鸦。

〖注释〗

1　灵泉寺，在台湾新竹东城外。光绪廿一年（1895）六月，日军进攻新竹，当地民众奋起抵抗，灵泉寺沦于兵火。

2　冷繁华，意为灵泉寺曾经繁华一时，现已衰落冷清。

3　劫火，佛教用语，坏劫之末所起的大火，代指兵火。赊，衰减。

4　聊，姑且。

5　山门，佛寺的外门。

〖赏析〗

诗歌写乙未抗战失败后游灵泉寺的感受，意像衰飒，格调悲凉，反映出作者对台湾沦于异族之手的巨大感伤。

秋雁，用王渔洋[1]秋柳韵

（四首选一）

沙眠水宿总相怜，极目平芜下乱烟[2]。
衡浦声沈[3]云漠漠，潇湘[4]愁入雨绵绵。
雪痕印后成千里，霜信衔来又一年[5]。
多少江楼征妇[6]泪，西风落日盼穷边[7]。

〖注释〗

1 王渔洋，清代著名诗人王士禛（1634—1711），别号渔洋山人。

2 “极目”句，纵目远望平旷的四周，鸿雁正从空中飞落到烟雨纷乱的原野上。极目，纵目，用尽目力远望。平芜，草木丛生的平旷原野。

3 衡浦声沈，这是说鸿雁止于衡阳回雁峰，栖息于湘江边。衡，指湖南衡阳回雁峰，相传鸿雁往南迁移时，飞到此峰辄不能过。浦，水边。依下句，指湘江边。沈，同“沉”。漠漠，迷蒙貌。

4 “潇湘”句，秋雨绵绵，好像无穷的忧愁泪水洒入湘江。这是渲染秋景萧瑟使人忧愁。潇湘，即湘江。因湘江水清而深，故名。

5 “雪痕”两句，鸿雁在雪地上留下脚印后，又远翔千里之外，再回头将是来年深秋了。雪痕，鸿雁在雪地上留下的印痕。霜信，霜期来临的消息。宋沈括《梦溪笔谈·杂志一》：“北方有白雁，似雁而小，色白，秋深则来。白雁至则霜降，河北人谓之‘霜信’……”衔来，含在口中捎来。霜信用衔来，意在表现鸿雁到来正合秋令。

6 江楼，江边高楼。征妇，出征者的妻子。

7 盼穷边，期盼在边关征战的丈夫早日归来。穷边，荒僻的边远地区。

〖赏析〗

此诗咏雁，并由沙眠水宿相怜相依、来而复去行踪不定的鸿雁，引出征妇对远方亲人的怀想和感伤，赋物与抒情结合得十分巧妙自然。前六句不着一个“雁”字，但句句皆从雁字出，同时营造出了一派秋天萧瑟苍凉的浓烈氛围，极富韵味。

丘逢甲

丘逢甲(1864—1912年)，又名蒹渊，字仙根，又字吉甫，号蛰仙，又号蛰庵、仲阏。内渡后别署“海东遗民”、“南武山人”，后改名“仓海”，世称“仓海先生”，原籍广东镇平(今广东蕉岭)，出生于台湾淡水铜锣湾。光绪六年（1880年）迁至彰化翁子社（今台中东势至丰厚间)。年少有才，光绪十四年（1888年）举人，次年进士。光绪帝亲召之，授工部虞衡司主事，上任不久即告归。

光绪廿年（1894年）甲午战争爆发，丘逢甲招募义军，改组团练。次年日军侵台，他担任义军统领，积极领导岛上的抗日斗争。抗战失败，遂携妻儿回大陆。在大陆期间，联络同志，力图收复台湾。光绪廿三年（1897年），他到海阳（今广东潮州），开始了长达7年之久的讲学生涯，致力于兴办新学。在大陆期间，他的政治立场也逐渐由维新转变为支持民主革命。1912年2月25日，因病情恶化辞世。家属依照其遗嘱，将他安葬在镇平印山村后的山坡上面朝台湾的方向。

丘逢甲是我国晚清时期一位著名的爱国志士和有全国性影响的杰出诗人。他的诗作有鲜明的爱国情怀，主要表现在以下几个方面：一是思念台湾，希望能早日改复失地，以雪国耻；二是痛斥帝国主义列强瓜分中国的无耻行径及清政府的腐败无能；三是抒写人民的疾苦；四是通过对古代英雄人物的怀念，表达自己忧国忧民的思想，希望祖国能走上国富民强之路。

纵观他的诗作，可谓古今相杂，新旧相交。内渡之前，他因为诗写得好，被誉为“古诗手”。内渡后，其思想和政治立场有了一些变化，诗作中也开始出现一些新名词、新思想。虽然他并没有鲜明地提出支持“诗界革新”，但却自觉地实行着“我手写我口”的原则，因而被梁启超称之为“诗界革命之巨子”。

离台诗
（六首选一）

宰相有权能割地[1]，孤臣无力可回天[2]。
扁舟去作鸱夷子[3]，迴首山河意黯然[4]。

〖注释〗

1 “宰相”句，这是谴责李鸿章签订《马关条约》，将台湾割让给日本。宰相指李鸿章，甲午战争时他是直隶总督兼北洋大臣，掌管清朝的军事、外交、经济大权，代表清朝与日本签订《马关条约》。

2 “孤臣”句，这是说自己无力挽回局面。作者在日寇侵占台湾时，曾组织领导抗战，但最终未能成功。

3 “扁舟”句，这是说自己将离开台湾，像春秋越国的范蠡一样，乘舟浮海。鸱夷子，即鸱夷子皮，春秋越国大夫范蠡之号。《史记·越王勾践世家》：“范蠡浮海出齐，变姓名，自谓鸱夷子皮，耕于海畔，苦身戮力，父子治产。”又《汉书·货殖传》：“（范蠡）乃乘扁舟，浮江海，变姓名，适齐为鸱夷子皮，之朱为陶公。”唐李白《古风》之十八：“何如鸱夷子，散发棹扁舟。”

4 迴，同“回”。黯然，伤心貌。

〖赏析〗

《离台诗》系作者抗日失败后离开台湾时所作。这一首极写失台的心情，语含愤慨、悲伤、无奈和对台湾的眷恋。当时内渡的台湾诗人多有离台、别台之作，而以作者此诗最为脍炙，尤其是开头两句，它既是对当时局势的纪实，也是抒情："宰相有权能割地"，是谴责李鸿章的卖国行径，实际上也是在谴责清廷；"孤臣无力可回天"则既感慨自己对时局的无奈，同时也暗含自责之意，因为作者当时是抗战军队的首领。这两句仿佛信手拈来，却对仗工整，恰到好处，这一方面反映出作者有真情实感，另一方面也显出其不凡的艺术功力。

春　愁

春愁难遣强看山，往事惊心泪欲潸[1]。
四百万人[2]同一哭，去年今日割台湾！

〖注释〗

1 往事，指1895年清朝签订丧权辱国的《马关条约》，将台湾割让给日本。潸（shān，山），流泪的样子。

2 四百万人，当时台湾人口约400万。

〖赏析〗

此诗作于光绪廿一年（1895）春。作者从小生长在台湾，对台湾的一草一木都怀有深厚的感情。回到大陆后，他在积极办教育的同时，还写下了许多思念台湾的诗作。这是其中最著名的一首。因为诗作不囿于个人哀痛，而着眼于全台、全国的痛楚，在境界上就显得高昂许多。末尾两句平白如话，却动人心魄。其中既有失地的伤心，也包含了对清朝无能的强烈愤懑。

秋　怀

（八首选一）

古戍斜阳断角哀[1]，望乡何处筑高台？
没番亲故无消息[2]，失路英雄有酒杯[3]。

入海江声流梦去[4]，抱城山色送秋来。
天涯自洒看花泪，丛菊于今已两开[5]。

〖注释〗

1 “古戍”句，这是想像台湾抗日旧战场的凄凉景象，以衬托作者悲凉的心境。古戍，废弃的军事营垒或城堡。断角，残破的号角。

2 没番，指沦入日本殖民统治。番，指日寇。作者《天涯》诗亦有“没番亲故沦沧海”之句，说明他时刻牵挂生活在日寇铁蹄下的亲友。

3 “失路”句，这是说自己思念台湾，又不得回返，只能借酒消愁。失路，不得志，这里指不能实现保卫台湾之志。

4 “入海”句，夜梦随着江流入海而去，意为自己匡复回返台湾的梦想无法实现。作者同时期所作《往事》诗：“不知成异域，夜夜梦台湾”。又《送颂臣之台湾》之一：“鲲海（台湾别称）三更梦，鸥天万里春”。这些都显示出他对台湾梦牵魂绕，一刻不能忘怀。此句的“梦”即指此。

5 “天涯”两句，杜甫《秋兴八首》之一：“丛菊两开他日泪，孤舟一系故园心。”这里化用其意，表达自己的伤感。丛菊于今已两开，菊花已两度开放，即已过了两年。

〖赏析〗

此诗作于光绪廿二年（1896）秋。杜甫的《秋兴八首》熔铸秋色秋意和诗人关注国家命运的深情于一体，意境宏深，悲壮苍凉，历来脍炙人口，仿效者众。丘逢甲的《秋怀八首》系内渡大陆次年后所作，亦效仿杜诗以秋色托兴。这一首紧扣秋怀题旨，抒写对台湾的思念，极尽苍凉之感。尤其是颈联，不仅意蕴深沉，且意象开阔壮美，丝毫不逊于杜诗。

衡仲以西瓜见饷，兼约可园[1]赏月二首

（一）

蕴雪含冰沁齿凉，两团绿玉许分尝。
浮瓜待作南皮会[2]，去赴新亭[3]看月光。

（二）

荐玉春盘海有氛[4]，故侯门巷冷秋云。
金刀欲下踌躇甚，多恐神州似此分。

〖注释〗

1 衡仲，林衡仲（1877—1940），号壶隐。台湾台中雾峰人，系雾峰林家下厝林朝栋次子。栎社成员，与林朝崧、林资修并称为“雾峰三诗人”，著有《衡仲诗草》。他是作者的好友。可园，在广东东莞，系广东近代四大园林之一。

2 “浮瓜“句，南皮县在今河北省东南部。三国魏文学家吴质寓居南皮时，曹丕及建安七子等尝与吴质游。南皮古城西南有一古井，相传为黄帝穿凿，井水清澈甘冽。曹丕等人休息时，将甘瓜、朱李掷井中，取出后食之，倍加清凉可口，祛暑解热。曹丕《与朝哥令吴质书》：“浮甘瓜于清泉，沉朱李于寒水。”即描写当时情形。这里以此典形容作者与友人在可园的聚会。

3 新亭，地名。在今南京城外长江边。西晋末，北方士族纷纷南迁。他们心怀故国，每逢闲暇常相约于新亭饮宴，史称“新亭会”。一次名士周顗叹道：“风景不殊，举目有江河之异。”在座众人感怀，纷纷落泪。大名士王导变色，厉声道：“当共戮力王室，克服神州，何至作楚囚相对泣邪！”众人闻言十分惭愧。

4 荐玉，献上西瓜。春盘，古代习俗，立

春日以蔬菜、水果、饼饵等装盘馈送亲友，称春盘。氛，气象，情势。

〖赏析〗

19世纪末、20世纪初正是帝国主义列强掀起瓜分中国狂潮的时候，面对如此情景，作者在吃瓜时，触景生情，想起多灾多难的祖国，不忍下刀。此诗主题深刻，联想自然出新，切合场景。

东山酒楼放歌

丈夫生当为祖豫州[1]，渡江誓报祖国仇，
中原不使群胡留。不然当作李邺侯[2]，
翩然衣白[3]与帝游，天家骨肉畀无尤[4]。
胡为祇学谪仙[5]醉，到处吟诗题酒楼。
今日何日东山陬[6]，云阴阴兮风飕飕，
山中五月如清秋，补禊曲水觞可流[7]。
座中主客清且修，黄公后人今状头[8]，
裴中令裔新政优[9]。兰陵诸萧才力遒[10]，
人师我愧东家丘。儒书无能解国忧，
仡仡食古[11]心不休。飞蓬[12]自转落叶下，
谁实作俑为车舟。坐令机械生西欧[13]，
古制破裂不可收，天地日月驱作球。

小儒咋舌大儒叹，迳欲问天穷所由[14]，
天公方醉了不酬[15]。万事变灭如浮沤[16]，
山川虽缺仍金瓯[17]。陇头飞鸟[18]入妖梦，
夜半鸣狐思火篝。何如沉醉与天共，
乞君大白为我浮[19]。浮之不尽群客醉，
何妨呼酌车前驺[20]。自有此山数游者，
昌黎文山皆吾俦[21]。彼皆身取千古去，
乃畀我任今日愁。海门西望海色幽，
眼中一醉无五洲。

〖注释〗

1　祖豫州，祖逖（266—321），字士稚，范阳遒县（今河北涞水）人。东晋名将。晋元帝时为豫州刺史，故称祖豫州。西晋末率乡亲数百家迁移南方，要求北伐，曾经率部渡江，中流击楫，发誓收复中原。

2　李邺侯，即李泌（722—789），字长源，京兆（治所在今陕西西安）人。玄宗时为皇太子供奉官。历仕肃宗、代宗、德宗三朝，位至宰相，封邺侯。

3　衣白，穿白衣。

4　天家，天子。畀（bì，毕），给予。尤，责怪，悔恨。

5　衹，只。谪（zhé，哲）仙，本指才学优异的人，好比被贬降到人间的神仙。《新唐

书·李白传》："往见贺知章，知传见其文，叹曰：'子，谪仙人也。'"后因以专称李白。

6 陬（zōu，州），山脚下。

7 补禊（xì，系），禊是古人消除不祥的一种祭祀活动，本于春秋两季举行，文人亦常在此时聚宴。作者与友人聚会于五月，故曰"补禊"。曲水觞可流，古代风俗，阴历三月三日修禊，聚会于环曲的水滨宴饮为乐，上游置酒杯，任其顺流而下，停在面前，即取饮，称为曲水流觞。

8 状头，即状元。唐代李翱之女见进士卢储的文卷，认为必中状元，其父遂选卢储为婿。后卢果中状元，成婚时作诗曰："昔年将去玉京游，第一仙人许状头。"

9 "裴中令"句，唐代裴炎（？—684），唐河东闻喜（今山西闻喜东北）人。唐高宗时官中书令。任上作了一些改革，把政事堂设于中书省。

10 兰陵诸萧，萧子良，南朝梁竟陵王，官至太傅，编《四部要略》；萧子云，官至侍中，通文史善草隶书法；萧子显，梁朝史学家，官至吏部尚书。他们都是南兰陵人，故称兰陵诸萧。遒（qiú，求），刚劲，有力。

11 仡（yì，艺）仡，同"屹屹"，勇壮貌。食古，即食古不化。盲目照搬古人，不善灵活运用。

12 飞蓬，指干枯后断根而遇风飞旋的蓬草。

13 “坐令”句，联系上文，意思是只知道学习古代的一套，没有新的创造，结果白白地看着西欧人发明了机器。

14 穷所由，穷究其原因。

15 酬，答。

16 浮沤（ōu，欧），水上的泡沫，易生易灭，喻事物变化无常。

17 金瓯，盛酒器，比喻疆土完固。

18 垄头飞鸟，当指鹦鹉。古代鹦鹉出于垄坻（今甘肃东部），宋朝李昉称之为“垄客”。

19 大白为我浮，大白为酒杯名。《说苑·善说》：“饮不釂者，浮以大白。”本谓罚酒，后转称满饮一大杯为浮一大白。

20 酌（zhuó，啄），斟酒，饮酒。车前驺（zōu，州），古代贵族官僚出巡时所带的骑马随从。

21 昌黎，唐著名文学家韩愈，字退之，河南河阳（今河南孟县）人。自称出自昌黎郡（治所在今辽宁义县），后世因称为韩昌黎。文山，南宋著名诗人文天祥，吉州庐陵(今江西吉安)人，字文山。俦（chóu，筹），同伴。

〖赏析〗

此诗作于光绪廿五年（1899）。帝国主义之所以敢在中国猖狂，与清朝的腐败无能有着直接的联系。如果说内渡前作者还只是含蓄地讥讽清廷官员的话，那么，内渡后他对国家的命运有了更清醒的认识，斗争的矛头直指腐败的清朝统治者，写了许多大胆讽刺当局的诗歌。这首诗首先表达了效法祖逖，为国报仇，赶走侵略者的爱国豪情。面对列强的侵略，民族的危机，作者批评了“祇学谪仙醉，到处吟诗题酒楼”的醉生梦死的态度，也看到西方的先进，痛感国家的落后，并进一步指出落后的重要原因，矛头直指传统的儒学，这些都是难能可贵、可圈可点的地方。在国家危难，反侵略斗争失败的情况下，诗的最后表现出了忧愁和无奈的情绪。

汕头海关歌寄伯瑶[1]

风雷驱鳄出海地，通商口开远人[2]至。
黄沙幻作锦绣场[3]，白日腾上金银气。

峨峨[4]新旧两海关，旧关尚属旗官[5]治。
先生在关非关吏，我欲从之问关事。
新关主者伊何人？短衣戴笠胡羊鼻[6]。
新关税赢旧关绌[7]，关吏持筹[8]岁能记。
新关税入余百万，中朝[9]取之偿国债。
日日洋轮出入口，红头旧船十九废。
土货税重洋货轻，此法已难相抵制。
况持岁价两相较，出口货惟十之二。
入口岁赢二千万，曷[10]怪民财日穷匮。
惟潮出口糖大宗，颇闻近亦鲜溢利。
西人嗜糖嗜其白，贱卖赤砂[11]改机制。
年来仿制土货多，各口华商商务坠。
如何我不制洋货，老生抵死仇机器。
或言官实掣商肘[12]，机厂欲开预防累。
此语或真吾不信，祗怪华商少雄志。
坐令洋货日报关，万巧千奇无不备。
以其货来以人往，大舱迫窄不能位。
岁十万人出此关，偻指[13]来归十无四。
十万人中人彘[14]半，载往作工仰喂饲。
可怜生死落人手，不信造物人为贵。
中朝屡诏言保商，惜无人陈保工议。
我工我商皆可怜，强弱岂非随国势？
不然十丈黄龙旗[15]，何尝我国无公使？
彼来待以至优礼，我往竟成反比例。

且看西人领事权，雷厉风行来照会。
大官小吏咸朒缩[16]，左华右洋日张示。
华商半悬他国旗，报关但用横行字。
其中大驵尤狡狯[17]，播弄高权遽横恣。
商夸洋籍民洋教，时事年来多怪异。
先生在关虽见惯，思之应下哀时泪。
闽粤中间此片土，商务蒸蒸岁逾岁。
瓜分之图日见报，定有旁人思攘臂[18]。
关前关后十万家，利窟沉酣如梦寐。
先王古训言先醒，可能呼起通国睡。
出门莽莽[19]多风尘，无奈天公亦沉醉。

〖注释〗

1　伯瑶：萧馥常，字伯瑶，广东潮州人。生员。

2　远人，西方殖民侵略者。鸦片战争后，根据《南京条约》和其他不平等条约，西方列强取得开放通商口岸和关税由中国与外国商定等特权。

3　锦绣场，指追逐钱财之场所。

4　峨峨，高大貌。

5　旗官，指清朝官员。

6　“短衣”句，形容西方人的衣冠状貌。

7　绌（chù，触），不足。

8　筹，计算器具。

9 中朝，朝廷。

10 曷（hé，何），何。

11 赤砂，红砂糖。

12 官实掣商肘，意思是政府牵制私商的经营活动。掣（chè，策）肘，别人做事情时从旁牵制。

13 偻（lóu，楼）指，逐一屈指而数。

14 人彘（zhì，字），犹言猪仔，指清末被骗往海外做苦力的华工。因其生活条件恶劣，受尽虐待，故称。

15 黄龙旗，清朝国旗。

16 朒（nù）缩，退缩。

17 驵（zǎng），壮马。后转指说合牲畜交易进行中间剥削的人，也称牙商。狯狯（kuài，快），狡猾。

18 攘臂，捋袖伸臂，形容奋起的样子。

19 莽莽，无边无际。

〖赏析〗

此诗作于光绪廿七（1901）春。1840年以后，帝国主义列强多次发动侵略战争，强迫清朝政府签订了《南京条约》等一系列不平等条约，不仅割占土地，索取赔款，还取得大量严重侵犯了中国主权的特权，如开放通商口岸，进出口关税由中国与外国商定，中国海关的总税务司由英人担任，赔款以海关税收担保等，从而控制了中国的海关。

这首诗以愤慨的语气叙述西方列强控制中国海关的情况，反映侵略者利用不平等条约向中国输出商品，严重破坏了中国的经济和人民的生活，并揭露其大量贩卖中国人到西方当苦力的罪行和清朝官员对外国人奴颜婢膝的行径。面对西方列强瓜分中国，人们却沉迷于利窟的现状，作者发出了“先王古训言先醒，可能呼起通国睡”的呼吁。

诗歌从海关这个角度，反映出近代中国遭受侵略，沦为半封建半殖民地的社会现实，表达对侵略者的愤慨，对祖国命运的关切和对受害民众的同情，具有较高的思想性。艺术上，诗中采用了不少新词语如洋轮、机厂、公使、反比例、领事权、瓜分等，具有时代气息。有些描写如“短衣戴笠胡羊鼻”，“大官小吏咸朒缩，左华右洋日张示。华商半悬他国旗，报关但用横行字”等，都比较生动。

秋怀·次前韵[1]

（八首选一）

三十登坛[2]往事过，英雄儿女两蹉跎[3]。
他乡白发愁边满，故国青山梦里多。
末劫文章龙起陆[4]，孤星涕泪鹊填河[5]。
弓衣绣坼秋魄[6]冷，休唱尊前旧楚歌[7]。

〖注释〗

1、秋怀·次前韵，作者有《秋怀，次覃孝方韵》八首，这是续作。

2、三十登坛，指乙未台湾抗战时担任义军统领事。作者生于1864年，乙未抗战在1896年，当时作者32岁，故言“三十登坛”。登坛，指拜将。

3、“英雄”句，这是感慨自己的抗日和复台事业未能成功。两，指作者和覃孝方二人。蹉跎，失意，虚度光阴。

4 末劫，佛教谓末法之劫难，其时会出现饥荒、瘟疫、刀兵之灾。后借指黑暗世道。文章龙起陆，这是形容文章有气势。

5、“孤星”句，传说牛郎、织女天各一方，每年七月初七，方有喜鹊为之填河搭桥，使他们能跨过天河相会。作者用此典表达自己对台湾的思念。

6 弓衣，装弓的袋子。绣坼，指弓衣的纹绣裂开，意即长弓久已废弃不用了。秋魄，秋夜的月光。

7 尊，同“樽”，酒器。楚歌，楚人之歌，后借指悲歌。北周庾信《哀江南赋》：“楚歌非取乐之方，鲁酒无忘忧之用。”

〖赏析〗

作者有《秋怀》诗多首，前面所选的《秋怀八首》之一系作者内渡大陆次年所作，这组诗则作于宣统元年（1909）。其时作者离开台湾虽已十余年，但从诗中依然可以感受到他强烈的思乡念土之情。全诗充满悲慨，欲说还休，令人为之动容。颔联意味隽永，尤为出色。

陈凤昌

陈凤昌（1865—1906），字卜五，一字鞠谱，原籍福建南安，年幼随父来台，定居台湾台南。监生。为人性豪爽，敦节行。乙未割台，他曾向台湾当道上《战守十二策》，力主募勇抗敌；又与许献琛等共推刘永福主持大计，兴师保台。日寇侵占台湾后，内渡寓居厦门。著有《拾唾》四卷，《小愚斋诗稿》一卷，未刊。今所存诗作有《吊吴季篯》六首及《延平祠怀古》二首等。

吊吴季篯[1]

（六首选一）

留得新诗作墓铭[2]，九原[3]虽死气犹生。
赤嵌潮水原非赤，却被先生血染成[4]。

〖注释〗

1 吴季篯，名彭年（？—1895），字季篯，浙江余姚人。流寓广州，后入清军黑旗军将领刘永福幕。乙未抗战，在台北、新竹相继失守，苗栗吃紧时，他以一文职官员慨然请缨，率七百七星旗兵驻守彰化，驰援苗栗。不久，苗栗失守，彰化告急，守将中有人主张弃守，他极力反对，誓死奋战，在救援被日寇强攻的八卦山阵地时不幸战殁。连横《台湾通史》特为之立传，赞曰："如彭年者，岂非所谓义士也哉！见危授命，誓死不移，其志固可以薄云汉而光日月。"

2 "留得新诗"句，这是说吴彭年战前所作诗墨迹未干，却已成为自己的墓志铭。吴彭年在战前作有《次韵和易实甫寓台咏怀》诗六首。易实甫（名顺鼎，号哭庵，湖南汉寿人。）乙未时曾奉南洋大臣之命视师台南，有《寓台感怀》（又作《台阳感怀》）诗六首，记述台湾军民抗日事迹。连横《台湾诗乘》卷六谓："哭庵之诗，和者甚多，而吴季篯之作尤悲壮。"

3 九原，犹言九泉，黄泉。

4 "却被"句，自注："季篯曾和易实甫观察《台阳感怀》诗，有'忽往忽来心上血，可怜化作赤嵌潮'句。"赤嵌潮，指台南赤嵌城外的潮水。每当它到来之时，激浪排空，声如雷鼓，当地人传说为郑成功义愤所激发，故又称"国姓涛"、"国姓涌"；因处在安平港外，也称"安平海吼"。洪弃生《国姓涛歌·序》曰："国姓涛，犹子胥潮也……涛在鹿耳门外。每年四月至八月，晴天无风，喷礴拍空，鲜有安谧，俗以为成功义愤所激，故咸称国姓涌……可与胥涛同为千古韵事。"又连横《台湾诗乘》卷六谓："安平海吼为天下奇。自夏徂秋，厥声迴薄……小吼如击花鼓，点点作撒豆声，乍近乍远，若断若续；大吼如万马奔突，如众鼓齐鸣，如三峡崩流，如千鼎共沸，远闻二三十里，日夜罔息。惊涛坌涌，舟莫敢近，虽钱塘八月怒涛，未足拟也。”

〖赏析〗

据连横《台湾通史·吴彭年列传》记载，陈凤昌得知吴彭年的死讯后，洒酒为文祭奠他，数年后，并为他负骨归葬，可见他对吴彭年的崇敬。其《吊吴季篯》诗六首，盛赞吴彭年的英雄气概，而其中这一首尤为感人。诗歌起句便觉不凡，说吴彭年的遗作成墓志铭，既是感慨他走得匆促，又将生与死连接起来，所以接下来的第二句就显得很自然了。三四两句化用吴彭年自己的诗句，虽平白如话，却蕴含着一股悲壮气势。

谢颂臣

谢颂臣（?—1915），名道隆，字颂臣，以字行，台湾台中人。祖籍广东梅县。廪贡生。1895 年清廷签订“马关条约”，将台湾割让日本。消息传来，举国震惊，台湾民众更是群情激愤。当时他正在天津，闻讯后三次刺破手指写血书呈当局，要求继续抗日，不久又毅然回乡参加保台武装斗争，担任义军“壮字营”统领。抗战失利后，遭日军追捕，遂内渡避居于福建、广东一带。1896年重回台湾。其后隐居家乡，以医为业。晚年逐渐消沉，在台中科山预造坟墓，经常邀集友朋登临此地饮酒赋诗以消遣寄托。士大夫遗民在恢复无望、抱负难伸，而又不愿随波逐流，屈从异族统治的情况下，往往佯狂诗酒以自晦，这种现象在日据时期的台湾并不少见，林朝崧、王松等人无不如此，只是谢颂臣的行为显得更特出一些。丘逢甲《科山生圹诗集序》因此感叹说：“自古畸人杰士，身丁世变，无可如何，往往敛其悲歌感愤之思为放达过情之举，今复为君遇之矣。”

他一生写过很多诗，特别是晚年，作诗更成为其生活中的一项重要内容，有《小东山诗存》。不过碍于当时日本殖民统治的严酷环境，此书仅收他手录的诗作一百余首，其余未收录者则多已失传。同时代的诗人都很欣赏他的诗，例如林朝崧就评说他“小诗往往饶壮气”。（林朝崧《哭谢颂臣先生》）他的诗歌最显著的特点是感情真挚，无论是作于乙未前后的爱国诗篇，还是晚年的作品，多发自肺腑，自然流露，无矫揉造作之态，读来真挚感人。

割台书感

和约书成走达官[1]，中原王气已凋残。
牛皮地割毛难属[2]，虎尾溪流血未干[3]。
傍釜游鱼愁火热[4]，惊弓归鸟怯巢寒[5]。
仓皇故国施新政，挟策何人上《治安》[6]？

〖注释〗

1 “和约”句，达官指当时清朝直隶总督兼北洋大臣李鸿章，这一句是说他在甲午战败后代表清廷与日本谈判，签订《马关条约》一事。

2 “牛皮”句，相传荷兰人早期登陆台湾时，以贸易须堆放货物为由，向当地居民提出租借一张牛皮大小的地块。当地居民不知其中有诈，慨然应允，而荷兰人竟将牛皮剪成细丝，以此围圈了一大块地盘，筑为赤嵌城（即荷兰殖民统治时的台湾首府，今台南安平）。参见施士洁《台湾杂感和王蔀畇孝廉韵，胡镁华太守同作》注7。这里以此典暗喻清廷割台失地，台湾百姓因此将无处存身。《左传·僖公十四年》：“虢射曰：‘皮之不存，毛将安傅？’”

3 “虎尾”句，虎尾溪在彰化，乙未时台湾军民曾在此与日寇血战。此句写台湾军民抗战的英勇壮烈。

4 “傍釜”句，比喻在日本殖民统治下，台湾民众处于水深火热之中。釜（fǔ，斧），古代的一种锅。

5 “惊弓”句，这是形容自己内渡后的心境。作者在大陆期间，曾与同志密谋回台湾重新开展武装斗争，但由于清朝统治者畏惧日本人，阻挠限制内渡的台湾抗日人士的行动，因此他的计划未能实现。“巢寒”即形容当时清廷压制台湾抗日人士的环境氛围。

6 “仓皇”两句，甲午战争后，清朝朝野要求变法革新的呼声日益高涨，例如康有为等人“公车上书”所提三条主张中，除拒签对日和约、迁都抗战外，还包括变法图强一项。这两句意为希望在变法图新的过程中，能出现有所作为的人才，以挽救国家。仓皇，一作“苍茫”，形容匆忙急迫的样子。《治安》，即《治安策》，西汉政论家贾谊所作，内容是对当时的朝政提出看法，主张朝廷建久安之势，成长治之业。

〖赏析〗

此诗当作于作者内渡后不久，可以说它传达出了当时台湾同胞的共同心声：即对清廷丧权辱国、出卖台湾的强烈不满，对故土沦丧的无比悲伤，以及殷切期盼国家、民族能革新自强。全诗洋溢着一股难以抑制的悲愤之情，特别是起结两联，更是感慨无限。“牛皮地割毛难属”句化用本地旧典，将日本侵占台湾与当年荷兰殖民者的强盗行径相比拟，用典贴切巧妙。

归台寄仙根[1]

烽火归来尚未休[2]，海天愁思正悠悠[3]。
缄情远寄丘工部[4]，书到蕉阳[5]恰暮秋。

〖注释〗

1 仙根，丘逢甲，字仙根。参见本书丘逢甲一节事迹介绍。

2 “烽火”句，日本占领初期，台湾各地民众仍不断地进行武装抗日斗争，所以作者说烽火尚未休。这“未休”的烽火也是乙未抗战的延续，所以此句也包含着作者对乙未抗战的回想。

3 悠悠，忧思貌。《诗·邶风·终风》："莫往莫来，悠悠我思。"

4 缄情，含情。丘工部，丘逢甲曾官工部主事，故称。

5 蕉阳，蕉岭之阳。阳指山的南面。丘逢甲原籍广东镇平，其地有山名蕉岭（今县名由此而来）。作此诗时，丘逢甲正避居原籍。

〖赏析〗

作者与丘逢甲同为广东客家人。乙未抗战期间，丘逢甲任抗日义军统领，作者系其部属，内渡流亡时又曾生活在一起，因此二人交谊至深。作者归台时，丘逢甲曾作《送颂臣之台湾》八首和《重送颂臣》等诗为其送行。此诗系作者归台后不久写给丘逢甲的，表面上看是怀人，其实内中隐含着对乙未抗战失败及故土沦丧的深切感慨。诗歌以悲秋为意象，不过作者并没有直接点明悲秋，而是采用委婉曲折的手法，说"书到蕉阳恰暮秋"，这使诗歌显得含蓄有味。

洪弃生

洪弃生(1866—1928),谱名攀桂,学名一枝,字月樵,台湾彰化鹿港人。少年习举子业,曾就读于彰化白沙书院。光绪十五年(1889)得台南知府罗谷臣赏识,取为当年“案首”。此后曾四度赴乡试,皆抱恨而归。乙未日寇侵台,他与丘逢甲、蔡寿星等人同倡抗战,任当时抗日政权中路局筹饷委员。事败后潜归鹿港,取汉代“终军”弃繻生年少弘志、卷土重来之典,改名繻,字弃生,以示不忘恢复故土之志。后半生闭门不出,拒绝与殖民当局合作,一心致力于文史写作,以此“扬大汉之声光,振民族之浩气”。著述宏富,有《寄鹤斋诗集》、《古文集》、《骈文集》、《八洲游记》、《寄鹤斋诗话》及史书《中东战纪》、《中西战纪》、《瀛海偕亡记》(又名《台湾战纪》)

等十余种计百余卷。其次子洪炎秋在《瀛海偕亡记·弁言》中说:“(先父)割台后…遂潜心于诗古文辞,身居弃地,危言危行,扢扬风雅,鼓舞民气,不为威屈,不为利诱,以遗民终其生。台湾沦陷凡五十年,民族精神迄未泯灭,祖国文化尚能延续者,先父预有力焉。”这个评价应该说是恰当的。1927年日本殖民者借故将其逮捕,关押经年,出狱后不久郁郁而终。

洪弃生的文学创作涉及诗词、散文、骈文诸领域,辜鸿铭曾形象地称他“十八般武艺,样样精通”。其诗歌的突出特点是题材广泛,具有鲜明的民族意识、深刻的悲悯情怀和现实主义批判精神。台湾沦陷之前,他就曾写过《蒿目行》、《溪边田》、《卖儿翁》等一批反映现实、指陈时弊的作品。甲午战争至台湾沦陷期间,他先后创作了《停战遣使纪事》,《割地议和纪事》《澎湖失守纪事》、《台湾沦陷纪哀》等志耻纪哀之作,记录清廷割台和台湾抗战过程,歌颂抗日义军的英勇事迹,揭露谴责朝廷的丧权辱国和官军的贪生怕死。这些作品描写真实详尽,堪称诗史。日据初期所作的《老妇哀》、《闻日军搜山感赋》、《田野即事》、《剧新百一诗》、《入市书所见》、《见台湾保甲连作法感题》《役夫行》、《斗米叹》等诗，则形象记录了日军的暴行和殖民统治的苛政，反映了台湾民众的深重苦难，成为当时台湾严酷现实的有力见证。除纪实之作外，他的创作也涉及咏怀、怀古、游赏、酬答等。他的诗作的另一个重要特点是风格多样。大致来说主要有两类：一类是纪实之作，以关切时事，不尚浮吟，叙议相间，语言浑朴为特征；另一类是咏怀、登临怀古等作品，用语高古雅丽，格调苍凉沉郁。以体裁论，他"各体精工"，其中最能体现其艺术风貌特征的是歌行体，尤其是一些登临怀古和描写台湾风物掌故的歌行体诗，时人亦皆推重他的这类作品。

卖儿翁

男者奴，女者婢，田园稼穑生荆杞[1]；昨日催科到闾里[2]，求此不生死不死。老妻典尽御寒衣，老农卖尽耕春耜[3]。今日家中已无余，所未尽者惟有子。欲别泣涟洏[4]，欲往何处依？皤皤[5]双白发，何日再生儿？出门得温饱，胜在家中饥；养子已无期[6]，生儿复几时！旁人闻之心骨悲，老翁吞声前致辞：吾台前日称乐土，不知何人造崄巇[7]！量尽田园增尽赋，地无膏腴民无脂。人事天灾一起下，哀鸿嗷嗷何所之[8]？重以役胥如貙虎[9]，削朘不得须臾[10]迟。我愿君心光明烛，烛[11]尽逃亡田家屋；蜂虿[12]不得生其毒，民虽頳尾无鱼肉[13]。呜呼，此语天地为之哭！

〖注释〗

1　稼穑，指农业生产劳动。荆杞，指丛生的草木。

2　催科，催收租税。科，法律条文。租税有法规科条，故称“科”。闾（lú，驴）里，里巷。

3　耜（sì，饲），一种农具，形似铁锹。

4　涟洏（ěr，儿）泪流貌。

5　皤（pó，婆）皤，形容白色。

6　无期，犹言无望，没有希望。

7　崄巇（xiǎn xī，险西），同“险巇”，艰险崎岖。

8　嗷（áo，熬）嗷，哀鸣声。《诗·小雅·鸿雁》：“鸿雁于飞，哀鸣嗷嗷。”之，往。

9　重，加上。役胥，官府的小吏差役。貙(chū，粗)，兽名，《尔雅·释兽》：“貙，似狸。”

10　削朘（juān，捐），搜刮，剥削。须臾，片刻。

11　烛，照。

12　蜂虿，比喻官吏。虿（chài），蝎类毒虫。

13　赬(chēng，称）尾，赤色的鱼尾。赬，“赪”的异体字。《诗·周南·汝坟》：“鲂鱼赪尾，王室如燬。”毛传：“赪，赤也，鱼劳则尾赤。”后以赪尾代指忧劳。无鱼肉，不会成为任人宰割的鱼肉。无，同“勿”。

〖赏析〗

作者乙未前曾创作过一系列反映民众困苦生活，揭露清朝官府的作品。这些诗作继承了中国古代现实主义诗歌关心同情民瘼的优良传统，同时艺术上也明显受到白居易“新乐府”的影响。此诗即其中之一。诗中的卖儿翁卖掉的不仅是亲生骨肉，也是他人生的最后一线希望，其悲惨遭遇真实深刻地反映了台湾底层民众的命运，令人心酸。写作上叙议结合，在叙述的同时，通过卖儿翁的血泪控诉，有力地揭露了统治者的苛政，给人以强烈的震撼。

兵火之后，旧时街衢但存瓦砾，感赋[1]

惊天蓦地起兵戎[2]，闾左[3]繁华瞬息空。
喧路鹳鹅同上蔡[4]，失家鸡犬异新丰[5]。
蔓烟无复炊烟绿[6]，磷火犹疑燹火红[7]。
旧日楼台何处认？乱堆残瓦夕阳中。

〖注释〗

1　感赋，有感而赋诗。

2　蓦地，突然地。兵戎，指战争。

3　闾左，居住于闾巷左侧的人们。秦时贫贱者居于闾左，后因以代指贫民。这里泛指居住于街市的百姓。

4　“喧路”句，形容道路上到处是乱哄哄的军队。喧路，在路上喧闹。鹳鹅，《左传·昭公二十一年》：“丙戌，与华氏战于赭丘。郑翩愿为鹳，其御愿为鹅。”杜预注：“鹳、鹅皆陈（同“阵”）名。”后以鹳鹅代指军阵，这里指日军。上蔡，今属河南。古代这里曾是多次战争的战场。

5 “失家”句，汉高祖建立西汉王朝后，定都关中。其父太上皇居长安宫中，因思乡心切，郁郁不乐。高祖乃依其故里丰邑的街道房舍格局改建骊邑，称为新丰（治所在今陕西临潼西北），并迁来丰邑之民。据说当时迁居新丰的男女老幼各知其居，从迁的鸡犬也都竞识其家。太上皇居新丰，日与故人饮酒聚会，心情愉快。这里反用其义，意为经过战火摧残之后，人们已经找不到自己熟悉的家园和故人。

6 “蔓烟”句，这是说和平安宁的生活不复存在。蔓烟，指战争废墟上弥漫的烟雾。绿，形容有生机。

7 “磷火”句，看到磷火，以为是兵火重燃。形容人们惊魂未定。磷火，俗称“鬼火”，旧时认为系人畜死后鲜血所化成。燹（xiǎn，险）火，兵火。

〖赏析〗

此诗当作于乙未抗战后不久。诗中感叹战争给台湾造成的巨大破坏，反映出诗人对故土的热爱和对台湾遭受侵略的沉痛心情，充溢着悲愤苍凉之致。全诗首尾呼应，意脉一以贯之而不平直；情景兼备，感情强烈而不直露。

闻日军搜山感赋

乾坤长肃杀[1]，海上[2]战争多。
番队[3]日鸣炮，山民夜枕戈。
炎崑糅玉石[4]，覆卵扫巢窠[5]。
世界今如此，苍生且[6]奈何？

〖注释〗

1 肃杀，严酷萧瑟貌。

2 海上，指台湾。

3 番队，指日军。

4 “炎崑”句，《书·胤征》：“火炎崑冈，玉石俱焚。”这里喻指山民顽强抵抗，与日军同归于尽。糅（róu，柔），错杂在一起。

5 “覆卵”句，形容在日寇扫荡下，山民的家园被完全摧毁。覆卵，倾覆其巢，破碎其卵，比喻彻底毁灭。

6 且，将。

〖赏析〗

此诗当作于乙未年。当时日军攻占台湾，清军溃败，但各地民众仍组织义军顽强抵抗。日军四处搜山清乡，焚掠劫杀，对抗日义军进行残酷镇压。诗中既揭露日寇的残暴杀戮，也表现了台湾人民的英勇抗争。作者是怀着对人民生灵涂炭的悲悯情怀写作这首诗的，但“炎崑粿玉石”也透露出他对抗日民众不屈精神的赞美。

感事自伤
（五首选一）

自叹匏瓜系此身[1]，更无事业到斯[2]人。
闲中日月余双鬓[3]，世上河山付一尘[4]。
痛绝朝纲随晋宋，怨他天酒赐戎秦[5]。
从今泪满英雄袂[6]，白眼江湖戴素巾[7]。

〖注释〗

1 匏（páo，刨）瓜系此身，《论语·阳货》：“吾岂匏瓜也哉，焉能系而不食？”匏瓜即瓢葫芦。此身如匏瓜系而不食，比喻伏处而无所作为。

2 斯，此。

3 余双鬓，只剩下斑白的双鬓。

4 一尘，一粒微尘，比喻微小无足于轻重。

5 “痛绝”两句，这是作者对朝廷软弱无能，割地赔款表示痛心和不满。朝纲，朝廷的纲纪，朝政。晋宋，东晋和南宋。历史上两朝皆偏安一隅，软弱无能。天酒，仙酒，这里指珍贵之物。戎秦，代指西方列强。

6 袂，衣袖。

7 白眼，露出眼白，表示厌恶或鄙薄，这里指厌恶现实。江湖戴素巾，意为隐居不仕。素巾，白色的头巾，代指平民百姓。

〖赏析〗

此诗亦作于台湾沦陷初期，是一首弃地遗民的哀歌，语含悲切孤愤，反映出作者（同时也是台湾很多士大夫）当时的复杂心情：为时局感到痛心，不满清廷割台求和；想有所作为，但在当时的形势下，又无能为力，徒呼奈何。诗中同时也表达了不与殖民当局合作的心志，可见其孤怀独往的形象。

路上即景

山色接邮亭[1]，行云去不停。
一春梅雨白[2]，万点[3]海天青。
客路莺啼树，村家鹭刷翎[4]。
芒鞋[5]树上过，芳草满前汀[6]。

〖注释〗

1　邮亭，旧时供信使和旅客歇宿的房舍。

2　梅雨白，梅雨季节往往一阵大雨突如其来，雨点打在水面上，激起点点白斑，故称“梅雨白”。

3　万点，形容雨点密集。

4　村家，农家。刷翎，梳理羽毛。翎，鸟翅膀和尾巴上的长羽毛。

5　芒鞋，以芒茎外皮编成的鞋，也泛指草鞋。这里指穿草鞋的人。树上过，谓路在高处，高出平地的树顶。人行走在路上，如行走于树上。

6　汀，水边平地。

〖赏析〗

诗歌以飘浮的云彩、漫天的雨点、啼叫的莺鸟、梳理羽毛的飞鹭和行色匆匆的过客等一系列鲜活而富有动感的意像交织成美丽的画面，展现出春天大自然的勃勃生机，语言淡雅，形象秀美。

采莲曲[1]
（四首选一）

剪得江上云，挂作波上帆。
莲花十丈长，作侬[2]身上衫。
采莲何迟迟[3]，落日半山衔。
一夕湖南过湖北[4]，采尽莲花手掺掺[5]。
荡舟自往来，莲花撞人怀。
侬是吴宫旧馆娃[6]，看花不语思无涯。

〖注释〗

1 采莲曲，乐府清商曲辞中的曲名，为梁武帝所制《江南弄》七曲之一。

2 侬（nóng，农），她，第三人称。

3 迟迟，徐行貌。

4 湖南、湖北，指湖的南边和北边。

5 掺（shǎn，闪）掺，形容手纤细的样子。

6 吴宫旧馆娃，“娃”是吴人对美女的称呼。春秋时吴王夫差为西施造馆娃宫，后以馆娃泛指美女。

〖赏析〗

这是一首洋溢着浪漫情调的诗篇，写采莲女的浪漫情思尤有韵味。你看她正逍遥自在地荡舟采莲，不经意间莲花“撞”入怀中，顿时使她春心荡漾，浮想联翩，竟忘了手中的活计。“荡舟自往来，莲花撞人怀”，“看花不语思无涯”，寥寥数笔，采莲女的娇羞怀春情态跃然纸上。全诗宛如一支清曲，写得婉约而清丽。起句说采莲女以云作帆，想像不落俗套；“莲花十丈长，作侬身上衫”，也因夸张而显得新奇。

九十九峰歌[1]

乾坤奇气磅礴[2]布，东南海岱巨灵[3]护；
坼地擎天一臂撑[4]，九十九峰空际露。
一峰摩[5]空一峰从，空中密排青芙蓉[6]；
森然突兀放玉瓣[7]，朵朵太古烟云封。
有时风云气拂郁[8]，剑锋如从指边出；
骈列[9]巨刃倚天扬，鬼斧神工出旋[10]没。
丹赭晴霞捧赤城[11]，照烛炎洲[12]明复明；
芒棱[13]四吐如怒火，炙天不热天亦惊。
羲和日御行不得，重轮欲度便倾侧[14]；

返照扶桑神鸟迷，倒影沧海蛟龙嚇。
云出如拥蚩尤[15]旗，摇曳云头云不移；
三十三天[16]星斗动，前峰后峰相奔驰。
前峰后峰作人立，或俯或仰或不及；
中有一座鲁灵光[17]，次第肩随[18]分等级。
我欲与之成百人，风雨未化蓬莱[19]身；
欲求女娲补天石，补此一缺归陶甄[20]。
山灵告我无庸补，大块有时缺抔土[21]；
留此一角后人看，海山千秋与万古！
我闻中原九十九曲河[22]，千里百里为一波；
京师九十有九淀，一淀一薮如江沱[23]。
天地山泽必有偶，斯峰因之变嵯峨[24]。
又闻衡山九向有九背[25]，一转一面成一态；
斯山崴嵬[26]互阴阳，面面望之生光怪[27]。
西蜀奇峰[28]与此同，岛屿无此青玲珑[29]；
去岸二十一万里，鳌波[30]浴日东海东。

〖注释〗

1 九十九峰歌，自注："九十九峰即火焰山。"因猫罗、猫雾两峰夹侍其左右，中央奇峰突兀，状若火焰，故名。参见黄骧云《彰化八景》（八首选一·碧山曙色）注2。

2 磅礴，广大无边貌。

3 海岱，指渤海至泰山一带。《书·禹贡》："海岱惟青州。"孔传："东北据海，西南距岱。”巨灵，传说中的黄河之神，这里泛指神灵。

4 “坼地擎天”句，意为河神用手臂撑开天地。坼（chè，彻），裂开。擎（qǐng，请），举起。

5 摩，迫近。

6 芙蓉，汉袁康《越绝书·外传记宝剑》载越王勾践有宝剑名“纯钧”，相剑者薛烛以“手振拂，扬其华，捽如芙蓉始出”。后因以芙蓉指利剑。

7 “森然”句，意为火焰山高高耸立，如花瓣盛开一样。森然，耸立貌。突兀，高耸特出貌。

8 拂郁，笼罩吹拂。

9 骈列，并列。

10 旋，随即。

11 丹赭，红色。赤城，指土石色赤而其状如城堞的山。

12 炎洲，传说南海中炎热的岛屿，这里指台湾。

13 芒棱，形容山势如利剑一般的锋刃。

14 “羲和”两句，意为火焰山炎热，羲和驾车也无法从此山通过。羲和，神话中驾御日车之神。《楚辞·离骚》王逸注：“羲和，日御也。”重轮，犹言重毂，有两个车毂的车子，行走平稳。

15 蚩（chī，吃）尤，传说中远古时期东方九黎族的首领。

16 三十三天，本佛教语，俗称天的极高处。

17 鲁灵光，汉代著名宫殿名。在曲阜（今属山东）。

18 肩随，犹言跟随。

19 蓬莱，传说中的仙山，这里指神仙。

20 陶甄（zhēn，真），指造化，大自然。

21 大块，大地。抔（póu）土，一捧之土。

22 九十九曲河，黄河河道曲折，相传有九十九曲。

23 薮（sǒu，叟），水少而草木茂盛的湖。江沱，指长江流域和沱江流域的地形。

24 嵯（cuó，痤）峨，山势高峻貌。

25 衡山九向有九背，形容南岳衡山山势蜿蜒曲折。《初学记》卷五引罗含《湘中记》："衡山遥望如阵云，沿湘千里，九向九背。"有，同"又"。

26 崴嵬（wēi wéi，威为），形容山势高大而险峻不平。

27 光怪，错杂斑斓。

28 西蜀奇峰，指四川峨眉山。西蜀，古蜀地在西方，故称。

29 "岛屿"句，意为峨眉山不及台湾岛的火焰山精巧。玲珑，精巧貌。

30 熬波，宋姚宽《西溪丛语》卷上："盖自岱山及二天富皆取海水炼盐，所谓熬波也。"这里是说火焰山如火焰在东海边熊熊燃烧，熬煮海水为盐。

〖赏析〗

火焰山系台湾彰化的著名山峰，历来吟咏者众。与其它名山不同的是，火焰山之美不在险峻、秀丽或幽深，而是以山形的奇特而著称。作者抓住火焰山与众不同之处，着力渲染其九十九峰不及百数的特征，同时运用各种手法多侧面描摹刻划其山势。除了与众人一样将它比作熊熊火焰外，作者还把它想像成直刺青天的利剑和前追后随的人群。"空中密排青芙蓉"、"骈列巨刃倚天扬"，尽显火焰山的尖削雄奇，其中透着一股逼人的英豪之气；"三十三天星斗动，前峰后峰相奔驰。前峰后峰作人立，或俯或仰或不及"，则是以动写静，将静态的山势拟人化，形象地表现出九十九峰群峰簇拥的形态，活泼生动。诗歌想像丰富，富有情趣，作者对祖国大好河山的热爱溢于言表。

王　松

王松（1866—1930），字友竹，号寄生，晚号沧海遗民，淡水竹堑（今台湾新竹）人。年轻时潇洒有奇气，读书以经世致用为务，"穷究博览于古今安危治乱之变，独不喜帖括家言"（邱炜萲《如此江山楼诗存·序》）。乙未台湾抗战爆发，曾主动请缨。台湾沦陷后携家人渡海回原籍泉州避难，不久返台。出于民族意识和士人志节，归籍后他"干世之念遂绝"，（《如此江山楼诗存·自序》）后半生以诗酒自晦。

他年少即能诗，弱冠入新竹北郭园吟社，与同时代的台湾著名诗人施士洁、丘逢甲、郑毓臣、郑如兰、洪弃生、连横等皆有交谊。有诗集三种，分别为《四香楼余力草》（又名《四香楼少作》）一卷、《如此江山楼诗存》一卷（二者后合刊为《沧海遗民賸稿》）和《友竹行窝遗稿》一卷。他一生作诗甚多，但中年时曾因自愧而将三十岁之前的作品付之一炬，而《友竹行窝遗稿》刊行时因碍于当时形势，亦作了删节，故其存世诗歌仅为全部诗作的一部分，主要是乙未以后的作品。

王松特别仰慕清代著名诗人袁枚，尝谓："余于国初诸家著述，最爱随园。"（《台阳诗话》卷上）他的诗歌亦如随园老人，以抒写个人性情为主，故其诗集中以"感兴"、"书叹"、"遣怀"为题的作品比比皆是，但体现在其中的思想情怀和艺术风格却随着时代变迁而有明显的不同。三十岁以前，他志大气豪，以诗歌抒写才抱，洋溢着自负豪迈的气概；乙未之后，与经历离乱的其他许多台湾诗人一样，命运转折，诗风也为之一变，满纸悲愤。这时期他主要从陆游那里获得精神力量和艺术营养。以陆游为榜样，在诗歌中寄托丧土失地之愤、英雄失路之悲和恢复之志，原是日据前期台湾诗人的普遍现象，只不过在王松身上表现得更强烈更直接。比如他常以陆游自况："疆场日蹙想何堪，上下偏安痛剑南！"（《排闷》之六）其居处原名"四香楼"，乙未后"因更名为'如此江山楼'，托剑南句以寄慨焉"（《如此江山楼诗存·自序》）。有的诗干脆就化用陆游诗意而成，例如七绝

《偶成》这样写道："对此茫茫有所思，胡尘满目放翁悲。他时故友编遗稿，为补《示儿》一首诗。"晚年他心绪逐渐平静，因此有时也写一些表现山水田园之趣的闲适作品，其中往往流露出禅道之意。郑家珍序《如此江山楼诗存》谓："读是集者，呼友竹为风骚之士可也，呼友竹为遗逸之民亦可。"这是他人生的两种不同状态，也是其诗歌的两种主要风貌，不过主流还是伤时忧世，怀抱郁郁不得伸的"遗逸之民"。

前人谓其"不工古体，近体诗则独见性情"（《沧海遗民賸稿》附录《邱菽园笔记一则》），他现存的作品绝大多数也是近体诗。艺术上讲求辞藻，风格清健。

除诗歌外，王松还著有《台阳诗话》两卷。全书共收录、评论台湾本土及流寓台湾的诗人作品一百五十余家，其中不乏有关诗歌创作理论的论述。例如他说："诗之为道，可以知人心之邪正、风俗之厚薄、时政之得失、国家之盛衰，颂扬讥刺，在所不废。闻之者知儆，言之者无罪，故古有蝤轩采风之制。然诗宜以温柔敦厚为主，其颂之也勖其加勉，其刺之也望其速改，词虽殊而存心则一。"可见他的创作虽以性情为主，但也十分重视诗歌的社会功用。

山中访友

来路沿流水，开门见好山。
花间携手语，酒后出诗删。
为约三椽筑[1]，同消一味[2]閒。
敢嫌供给少[3]？满袖白云[4]还。

〖注释〗

1　三椽（chuán，传）筑，指简陋的房舍。

2　一味，同一种滋味。

3　“敢嫌”句，唐杜甫《宾至》：“竟日淹留佳客坐，百年粗粝腐儒餐。不嫌野外无供给，乘兴还来醉药阑。”供给，指招待客人的饮食。

4　“满袖”句，这是表示自己带着高洁脱俗的气息，尽兴而归。白云，南朝梁陶弘景《诏问山中何所有赋诗以答》：“山中何所有？岭上多白云。只可自怡悦，不堪持寄君。”后以白云喻高洁的隐士，这里形容高洁脱俗的气息。

〖赏析〗

这是一首抒写友情的佳作。起句飘然而至，写友人居住于佳山水间，而访友的欣喜已溢于言表。接下来的“携手语”

“出诗删”两个细节，更将作者与友人志趣相投、亲密无间的情谊表露无遗。颈联约请友人到自己家作客回访，把感情进一步推向高潮。结句则与起句一开一合，遥相呼应，语尽而意犹未尽。全诗语言简畅，格调高雅。作者又有五律《山村访友》一首：“论文思素友，缓步到芳洲。莺啭烟中柳，人登竹里楼。春山如画霭，夜雨似幽琴。不独忘归去，兼忘杞国忧。”虽为同题之作，但因辞藻刻意求工，韵致反不及这一首《山中访友》。

登城东楼[1]

登陴望阙叹拳空[2]，时事浮云大海东[3]。
绕郭溪声秋雨后，满楼山色夕阳中。
移家人困搬姜鼠[4]，守土民愚负蝂虫[5]。
一片热肠双冷眼，愁来只合问苍穹[6]。

〖注释〗

1　城东楼，指福建泉州东门城楼。

2　“登陴”句，这是感叹自己在当时的形势下无法为朝廷出力。陴（pí，皮），城上矮墙。望阙，仰望宫阙，隐喻怀念皇帝、朝廷。拳空，赤手空拳，形容无能为力。

3 浮云，形容局势变幻不定。大海东，指台湾。台湾在大海的东边。

4 “移家”句，这是说自己移居泉州，像老鼠搬生姜一样劳而无用，仍旧无法摆脱对故园的思念和丧土失地的悲愤。搬姜鼠，明朱国桢《涌幢小品·竹轩》：“（徐本）独嗜书，每得一书，手自批对，缺板脱字，则界乌丝栏纸，乞善书者补之。笑谓人曰：‘吾犹老鼠搬生姜，老无用也。’”鼠不食姜，故以鼠搬姜喻劳而无用。

5 “守土”句，这是说未离开台湾的人们像蝜蝂一样执著地坚守故土。愚，这里形容执著。负蝂（bǎn，板），同“蝜蝂”，一种小虫，性喜负物。唐柳宗元《蝜蝂传》：“蝜蝂者，善负小虫也。行遇物，辄持取，卬其首负之。背愈重，虽困剧而不止也……人或怜之，为去其负，苟能行，又持取如故。”

6 合，应当。苍穹，犹苍天。

〖赏析〗

此诗作于避乱泉州时。杜甫《登高》诗：“万里悲秋常作客，百年多病独登台。”自古因宦游或离乱而登台悲秋是诗歌的传统意象，只是悲伤的对象和感觉因诗人的身份和处境而有所不同。乙未抗日失利后内渡的台湾诗人与杜甫一样，遭遇离乱，因此多有登高悲秋之作，主题是抒写丧土失地之悲，表达思乡爱国情怀。王松的这首诗也不例外。它的特点是意境雄阔，感喟深沉，用典有新意。诗歌起句即显得开阔有气势。接下来写登楼所见苍茫秋色，有声有色，苍凉之感油然而生。结句收束自然，与起句形成大开大阖之势。颈联不仅对仗工整，以“搬姜鼠”、“负蝂虫”比喻当时台湾避乱内渡者和坚守故土者两类人的心态，新颖独特又形象贴切，特别是下句，反用柳文之意，颇具匠心。

杂　感

传说中原事，群雄约叩关[1]。
人犹谋仕宦，谁肯念痌瘝[2]！
家国愁如海，朝廷债似山。
泪盈襟袖湿，不是酒痕[3]斑。

〖注释〗

1　“群雄”句，指八国联军入侵事。此诗当作于光绪廿六年（1900），其时西方列强正互相勾结侵略中国。

2　痌瘝（tōng guān，通观），指百姓的疾苦。

3　酒痕，衣服上沾染的酒滴痕迹。

〖赏析〗

这首诗表达忧世念乱的苦心哀思。作者虽身处日本统治下的台湾，但仍时时牵挂着故国时局，反映出他的爱国深情。作者作诗主张坚持温柔敦厚的传统，不过此诗还是直接对朝廷发出了谴责。

即　事[1]

（二首选一）

览奥探幽兴不违[2]，每逢佳境乐忘归。

披襟[3]小憩榕根上，指点儿童去路非。

〖注释〗

1　即事，以当前的事物为题材作诗。

2　览奥探幽，探寻观览深幽宁静的地方。不违，不休止。

3　披襟，敞开衣襟，也有舒畅心怀的意思。

〖赏析〗

诗歌表现一种闲适的生活和心境。末句使诗作平添趣味，可以看出有陆游田园诗的影子。

冬夜书感

好梦惊回月满庭，朔风凛冽[1]一灯青。
至今夜半涛声起，犹作当年战鼓听[2]。

〖注释〗

1　朔风，北风。凛冽（liè，列），寒冷貌。

2　“至今”两句，陆游《十一月十四日风雨大作》：“夜阑卧听风吹雨，铁马冰河入梦来。”这两句立意与陆诗略同。

〖赏析〗

夜半涛声在不同心境的人听来有不同的感受，作者把它当作战鼓，表明他抗日的雄心壮怀始终未曾泯灭。前两句意境清寂，而后两句富有气势，如异军突起，与之形成强烈对比，读之使人振奋。

高楼晚眺

登楼吟望久，栏朽叹无依。
天地来秋色，河山吊夕晖。
樵歌[1]空谷答，牧笛小村归。
不尽悲秋意，令人仰采薇[2]。

〖注释〗

1　樵歌，樵夫唱的歌。

2　采薇，《史记·伯夷列传》载，周武王灭殷，“伯夷、叔齐耻之，义不食周粟，隐于首阳山，采薇而食之”。后以“采薇”指归隐，仰采薇即想归隐的意思。

〖赏析〗

此诗与《登城东楼》一样，也是借登高悲秋，抒发人生情怀。中间两联写景由远及近，将空阔苍茫的自然景象与闲适清幽的田园生活图景融为一体，绘声绘色，呈现出一种雄阔空灵之美。特别是颈联，采用虚笔，只写樵歌、牧笛，却能使读者闻其声如见其人。

归途杂咏
（五首选一）

穷栖鸟恋旧巢林[1]，匹马经过动悴吟[2]。
千里故山青满目，万堆新骨白伤心[3]。

〖注释〗

1 “穷栖”句，暗喻自己处境困顿，但难舍家园。此句既是写景，也是描写作者当时的处境和心情。穷栖鸟，无处栖息的鸟。

2 匹马，指独自一人。悴吟，忧愁伤心的吟唱。指吟诵忧愁伤感的诗句。

3 白伤心，颜色白得令人伤心。

〖赏析〗

诗歌当作于作者自大陆归台时，触景生情，表达对台湾遭日寇侵略杀戮的伤感。后两句不仅语句对仗工整，写归途所见景象亦形成强烈对比，真正令人触目而惊心。其实故山之“青”，在这里并非只是描摹，而有与下一句构成物是人非图景的意思，这只要看一看这组诗的第二首就知道了。第二首是这样写的：“江山惯作犒师牛，遂致舆图尽海头。唯有指峰无恙在，青青不改使人愁。”

汪春源

汪春源（1869—1923），字杏泉，号少羲，晚号柳塘，台湾安平（今台湾台南）人。台湾历史上最后一名进士。年幼入引心书院，曾师从台湾名儒黄子及、李占五和施士洁。光绪十二年（1886）入海东书院，与丘逢甲同学，又常与许南英、施士洁、陈望曾、陈卜五等人交游唱和。

光绪廿一年（1895年），汪春源赴京参加会试。当《马关条约》签订的消息传来时，在京会试的台湾士子十分激愤，他和罗秀惠、黄宗鼎等会同在京任职的台湾进士叶题雁、李清琦联名向都察院上书，不久又参加了康有为、梁启超发起的“公车上书”，抗议清朝割让台湾。台湾沦陷后，日本当局规定1897年5月8日前没有离开台湾的人必须加入日本籍，成为“日本人”。为了不当亡国奴，他不得不离开家乡内渡。光绪廿五年（1899）举进士。当时尽管他已寄籍龙溪（今福建漳州），但仍在履历籍贯处填上台湾安平，以表示对家乡的怀念。后曾任江西乡试主考，历宰宜春、建昌、安义等地。1923年在龙溪辞世。著有《柳塘诗文集》。现存诗作有《秋日怀施耐公先生》、《移寓》等二十余首，文《上都察院书》及《窥园留草序》二篇，另有《题剑潭寺联》、《挽江杏村联》等楹联和诗钟。他的诗喜用典，笔法老道。

留园[1]雅集席上即事

非步陈思赋七哀[2]，骚坛白战[3]两行开。
下风如我甘长拜，尽有风流似玉台[4]。

〖注释〗

1　留园，在台湾台南。

2　陈思赋七哀，陈思即三国魏陈思王曹植。“七哀”本为乐府旧题，曹植曾作《七哀诗》，其诗曰：“明月照高楼，流光正徘徊。上有愁思妇，悲叹有余哀。借问叹者谁？言子宕子妻。君行逾十年，孤妾常独棲。君若清路尘，妾若浊水泥。浮沈各异势，会合何时谐？願为西南风，长逝入君怀。君怀良不开，贱妾当何依？”

3　骚坛，诗坛。白战，指写作“禁体诗”时禁用某些常用字。

4　“尽有”句，这是称赞在座各位的诗作超逸绝妙。玉台，诗体名，玉台体的省称。以南朝陈徐陵所编《玉台集》（又名《玉台新咏》）而得名。宋苏轼《金门寺中见李留台与二钱唱和四绝句戏用其韵跋之》之四："故知前辈宗徐庾，数首风流似'玉台'。"

〖赏析〗

此诗当作于作者在台时。虽为应景而作，但句句有出典，作者的笔法老到由此可见一斑。

移 寓
（四首选一）

星星鲲瀣几遗民[1]，何处桃源好隐沦[2]。
世变沧桑[3]成幻梦，岁寒梅雪伴吟身[4]。
清风明月怀元度[5]，瘴雨蛮烟[6]忆故人。
妒煞君家咸与籍，襟期潇洒出风尘[7]。

〖注释〗

1 星星，形容远方的台湾和其他岛屿星星点点散布在海上。鲲瀣（kūn xiè，昆蟹）指台湾。台湾古又称鲲海、鲲洋、鲲瀣等。遗民，这里指称作者本人。

2 隐沦，隐居。

3　世变沧桑，指甲午战争失败，台湾沦陷。

4　“岁寒”句，这是隐喻自己在艰难的环境中仍坚守高尚的志节。吟身，吟诗的人，指作者自己。

5　“清风”句，宋王安石晚年归隐，有《示元度》诗谓：“今年钟山南，随分作园囿。凿池构吾庐，碧水寒可漱……老来厌世语，深卧塞门窦。赎鱼与之游，喂鸟如见旧。独当邀之子，商略终宇宙。更待春日长，黄鹂弄清昼。”作者用此典，表达隐居中对友人的怀念。

6　瘴雨蛮烟，南方含有瘴气的烟雨。这里亦隐喻台湾处在日本统治下严酷的环境。

7　“妒煞”两句，这是说自己十分羡慕魏晋人阮咸和阮籍有潇洒的襟怀，旷放不拘。妒煞，极其妒忌。君家，敬词。犹言您家。咸与籍，阮咸和阮籍。阮籍（210—263），三国魏著名文学家、思想家，字嗣宗，陈留尉氏（今属河南）人，曾任步兵校尉。阮咸，字仲容，阮籍之侄，与籍并称“大小阮”。二人皆“竹林七贤”的成员，蔑视礼教，旷放不拘，与当权的司马氏有矛盾，遭司马氏忌恨。襟期，抱负，志愿。风尘，纷扰的尘世。

〖赏析〗

台湾沦陷后，作者因不愿加入日本国籍，被迫离开家乡，寄籍于龙溪（今福建漳州）。组诗《移寓》即作于此时，主要抒写当时的心境。这一首表达台湾沧桑巨变后作者对安定生活的向往，抒发了对友人的怀念和持守高洁志节的情怀。诗中多处用典，又以“岁寒梅雪”、“清风明月”等意象作寄托，寓意深沉。

胡殿鹏

胡殿鹏（1869—1933），字子程，号南溟，台湾安平（今台湾台南）人。年少补博士弟子员。光绪十九年（1891）与诗人陈瘦云等结浪吟诗社。乙未割台，他曾随同其父内渡厦门避难。回台后任《台湾日报》(后改《台南新报》）记者。1905年，连横在厦门创办《福建日日新闻》，他应邀前往共事，不久归籍。晚年生活穷困潦倒，竟到了衣食不周的地步。连横曾感叹道："南溟竟嵚奇姹傺不能温饱，岂天之特降其才，而故使抑之欤？不然何其穷耶？"（《台南市志·人物志·胡殿鹏传》）著有《南溟诗草》、《大冶一炉诗话》，均未刊。传世诗作三十余篇，见于《台湾诗乘》、《台湾诗钞》等书。

他是近代台湾诗坛上一位颇具个性和

独特艺术风格的诗人，才情横溢，为人自负，素有“狂士”之称。连横说他“文有奇气，诗亦汪洋浩荡，有海立云垂之概”。（《台湾诗乘》卷六）他的《南溟琴曲》（包括《长江曲》、《黄河曲》、《汉江曲》、《湘江曲》、《曲江曲》共五首）以及一系列所谓“思霸”“思王”之作如《大蟹行》、《登昆仑顶》、《七鲲观潮行》等五七言古体诗，气势壮阔雄浑，语言刚劲豪迈，掷地作金石声。特别是长江、黄河二曲，各长达三千余言，不仅是台湾古典诗歌中少有的长篇巨制，即使在中国古代诗歌史中也属罕见。诗中以如椽巨笔纵情歌咏祖国上下三千年风月，纵横九万里山河，“有景，有物，有事，有情，瑰玮绮丽，极洋洋大观”，（《台南市志·人物志·胡殿鹏传》引林文访语）爱国热情洋溢于其中。他的近体诗特别是绝句，则纤巧隽永，别有一番情致。

怀九曲老樵[1]

（二首选一）

独对梅花到暮年，剑南天地一诗颠[2]。
书巢鏖尽江山血[3]，江上冬青泣杜鹃[4]。

〖注释〗

1　九曲老樵，指南宋诗人陆游。

2　“独对”两句，陆游一生爱梅，有咏梅诗词多首，七十七岁时作《小饮梅花下作》，自述其创作生涯：“脱巾莫叹发成丝，六十年间万首诗。排日醉过梅花后，通宵吟到雪残时……”这两句取陆游诗意，赞其一生如梅花般高洁，又酷爱诗歌，创作不辍。剑南，唐代道名，以其地在剑阁之南而得名。陆游曾游蜀多年，喜蜀地风物，故其诗集名《剑南诗稿》，后人因以“剑南”称陆游。诗颠，形容痴迷诗歌的人。

3　书巢，陆游书斋名，因其狭小，故称巢。《渭南文集·书巢记》：“陆子既老且病，犹不置读书，名其室曰书巢。”鏖尽江山血，意为陆游为故国山河而呕心沥血写作。陆游一生创作诗词万余首，其中多忧国伤时之作，故言。

4 冬青，植物名，一种常绿乔木。泣杜鹃，相传古蜀国望帝杜宇死后化为杜鹃，因思乡心切啼鸣不已，至吐血方休。后以杜鹃泣血指怀念故国，这里喻指陆游的爱国精神。

〖赏析〗

此诗写陆游，而明显有自况的意味。作者与陆游一样，同处山河破碎、国势衰落的时代，故借怀念陆游以寄托自己忧国伤时的情怀。

秋　砧[1]

砧声万户逐人来，明月楼台画角[2]哀。
一夜捣残征客[3]梦，秋风吹上望夫台[4]。

〖注释〗

1 秋砧（zhēn，真），秋日妇女捣衣的声音。砧，捣衣石。这里指砧声。

2　画角，古代的一种管乐器，传自西域羌人。用于军中，其声哀厉。

3　征客，作客他乡的人。

4　望夫台，古迹名。传说中妇人伫立望夫回归之所，各地多有。

〖赏析〗

由砧声引发思乡怀人之情，是古诗中常见的意像。李白《子夜吴歌·秋歌》："长安一片月，万户捣衣声。秋风吹不尽，总是玉关情。何日平胡虏，良人罢远征？"此诗明显受李白及其他类似作品的启示。但最后两句以秋风吹梦将两地相思联结，诗境飘缈，显示作者的想像新奇别致。

许荫亭

许荫亭（1870—1904），学名梦青，字荆石（或作经石），号剑渔（一说剑渔亦其字），台湾彰化鹿港人。年少时即有名庠序间。日寇侵台时，曾募集义军抵抗。台湾沦陷，他内渡避居祖籍福建泉州。归台后多次拒绝殖民当局的征聘，以诗酒自遣。中年生活潦倒，抱疾而终。有《鸣剑斋遗草》。其诗或感伤身世，或喟叹时局，格调悲凉凄怆，论者或谓太过衰飒，但其实他的诗悲怆之中亦不乏慷慨激越之情。

感　怀

不[1]堪回首旧山河，瀛海[2]滔滔付逝波。
万户有烟皆劫火[3]，三台[4]无地不干戈。
故交饮恨埋芳草，新鬼啣冤衣女萝[5]。
莫道英雄心便死，满腔热泪此时多。

〖注释〗

1　不，一作“可”。

2　瀛（yíng，营）海，大海。

3　劫火，见郑云鹏《过灵泉寺有感》注3。

4　三台，台湾分北部、中部和南部三部分，故称。

5　啣(xián，弦)，同“衔”，含。衣女萝，穿着女萝做的衣服。《楚辞·九歌·山鬼》：“若有人兮山之阿，被薜荔兮带女萝。”女萝，植物名，又称松萝。多附生于松树上，呈丝状下垂。衣，一作“啸”。

〖赏析〗

诗歌前三联感叹日本发动侵略给台湾造成巨大破坏，人民生灵涂炭，结句表达不甘受奴役的精神，使全诗先抑后扬，由悲怆一转而为慷慨激越，境界亦随之升华。

秋　思

蒙情愿逐五陵游[1]，琴剑飘零[2]志未酬。
万里西风吹去雁，一天明月送行舟。
狂吟欲夺长江槊[3]，沽酒难消野店秋。
毕竟壮心浇不尽，拚将沈醉唱“凉州”[4]!

〖注释〗

1 蒙情，少年心情。逐五陵游，五陵系长陵、安陵、阳陵、茂陵、平陵五县的合称，为西汉五个皇帝陵墓所在地，在今陕西咸阳附近。汉元帝前，每建陵墓，辄迁徙四方富豪及外戚居住于此，令供奉陵园，称为陵县。逐五陵游，意为仰慕京都贵族及其子弟的豪迈气概。

2 琴剑飘零，琴与剑系古代文人随身之物，琴剑飘零谓文人落拓四方。

3 长江槊（shuò，硕），槊是长矛，长江槊形容长矛的气势。

4 沈，同“沉”。凉州，即“凉州词”，也称“凉州曲”，乐府《近代曲》名，唐时由西域传入，内容多描写西北边陲风光及战争情景，风格雄阔豪迈。

〖赏析〗

诗歌作于日本侵占台湾后。可以看出作者有壮志未酬的苦闷，但更让人感受到他不屈服于外族统治的意志。诗歌激昂豪迈，有古壮士慷慨之风。颔联对仗工整，既切合秋序，又与全诗的格调相符。

吴汤兴

吴汤兴（?—1895），字绍文，台湾苗栗铜锣湾人。诸生。乙未台湾抗战期间，与邱国霖、吴镇洸等人募集义军，积极筹划抵抗日军对苗栗的进攻。不久苗栗失守，又与徐骧率部退入彰化，坚守八卦山阵地。日寇攻山，于激战中不幸牺牲。

闻　道[1]

（六首选一）

闻道神龙片甲残[2]，海天北望泪潸潸[3]。
书生杀敌浑[4]无事，再与倭儿[5]战一场！

〖注释〗

1　闻道，听说。指听说前方的战情。

2　神龙片甲残，暗喻中国向日本割让台湾。神龙，古人以龙为神物，故称。龙为华夏民族的图腾，所以这里以神龙代指中国。甲，指龙身上的鳞片。

3　“海天”句，据连横《台湾通史·吴汤兴列传》载，吴汤兴“及闻台北破，官军溃，禡旂纠旅，望北而誓曰：‘是吾等效命之秋也！’”但北望也隐含着遥望北京，伤心中国衰弱之意。潸潸，流泪貌。

4　浑，全。

5　倭（wō，窝）儿，日寇。旧称日本人为倭。

〖赏析〗

此诗作于乙未抗战时。清廷战败，割

让台湾，台人闻讯无不义愤填膺，当时曾有不少诗人以“闻警”、“闻道”为题写诗，表达对时局的关切和抵抗日寇侵略的决心。这首诗即其中的优秀之作。诗中表达了对国运衰弱、台湾沦丧的悲愤和抗敌的决心，情辞慷慨激昂，充满大无畏的豪迈气概，诚为传诵千古的英雄诗篇！可以看出作者是一个有血性的爱国志士。

王 汉 秋

王汉秋，字咏裳，台湾台南人。生卒年不详，约生活于同治、光绪间。性孤高，不与时谐。乙未割台，避居厦门，穷困潦倒，未几客死。连横《台湾诗乘》称其素以文名，又颇能诗。今所存诗虽仅数首，但皆有不凡之概。

闻　警[1]

鹿耳门前吼怒涛[2]，奇愁郁勃索香醪[3]。
记曾风雨苍凉夜，灯影摇红读《豹韬》[4]。

〖注释〗

1　闻警，听到紧急的情况。这里指听到甲午战败，割让台湾的消息。

2　鹿耳门，参见陈正春《红毛城》注5。怒涛，指赤嵌潮。参见陈凤昌《吊吴季篯》注4。

3　郁勃，郁结壅塞不得舒。香醪（láo，劳），美酒。

4　《豹韬》，古代兵书《六韬》篇名之一，相传为周吕尚（号太公望）所撰。后亦借指兵书或用兵韬略。

〖赏析〗

此诗的创作背景，参见吴汤兴《闻道》诗“说明”。与吴汤兴的《闻道》一样，这也是一篇在国家危亡关头抒写英雄壮志的诗篇，充满豪壮气概。所不同者，此诗不是直抒胸臆，而是以读兵书这样一个富有意蕴的行为来表现作者抵抗侵略者的意志，虽不如吴汤兴“再与倭儿战一场”的誓言那样铿锵有力，但富有韵味。

梁启超

梁启超（1873—1929），字卓如，号任公，又号饮冰室主人，广东新会人。光绪十六年（1890）举人。1895年赴京会试期间，追随康有为发动“公车上书”，反对丧权辱国的《马关条约》，后又与康有为一起积极鼓吹和推进变法维新运动。1898年入京参与百日维新。戊戌政变后逃亡日本，编《清议报》、《新民丛报》等，宣扬改良思想，主张立宪保皇。辛亥革命后，出任袁世凯政府的司法总长。袁世凯复辟，他曾策动蔡锷组织护国军反袁。“五四运动”时期，反对当时“打倒孔家店”的口号，但倡导以文体改良为宗旨的“诗界革命”和“小说界革命”。晚年在清华大学讲学。一生著述宏富，内容涉及政治、经济、哲学、历史、文学、宗教、语言文字等诸多领域。其著作编为《饮冰室合集》。

梁启超曾于1911年春到台湾。由于他在甲午战争时曾强烈反对割让台湾，后又积极主张变法强国，在台湾享有很高的声望，因此到台湾后受到了各界人士的热烈欢迎和盛情接待。在台期间，他曾多次与当地诗人聚会，并创作了百余首诗词。这些诗词有的直接揭露抨击殖民当局的苛政，有的抒发台湾沦丧、故国残破的悲愤，也有一些篇章吟咏台湾风物史迹，大多饱含鲜明的民族情感和爱国精神；而与之聚会的台湾诗人也藉此机会以诗笔宣泄内心的遗民之恨和故国之思。他的台湾之行虽仅不到半个月（2月28日到达基隆，3月13日由台南离台），但引起了很大的震动和反响，成为近代台湾历史上的一个重要事件。他的游台诗及当时台湾诗人的唱和之作也构成了台湾诗歌史的独特景观，对台湾诗歌创作和抗日爱国运动都产生了重要的积极作用。

辛亥二月二十四日，偕荷蓭及女儿令娴乘“笠户丸”游台湾，二十八日，抵鸡笼山，舟中杂兴[1]（十首选二）

（一）

明知此是伤心地[2]，亦到维舟首重回[3]。
十七年中多少事[4]，春帆楼[5]下晚涛哀。

〖注释〗

1 诗题下自注:“二十五日,舟泊马关。”荷蓭,汤觉顿（1878—1916）,名叡,号荷蓭。祖籍浙江诸暨,出生于广东番禺。与梁启超同为康有为学生。戊戌政变后赴日，1900年回国参加反清起义,失败后再度流亡日本。辛亥革命后出任财政部顾问和中国银行总裁等职。1916年在讨袁护国运动中罹难。梁启超游台时,他曾随同前往。鸡笼山,即基隆山。基隆古称鸡笼。

2 伤心地,指马关。清廷在此与日本签订丧权辱国的和约，故当时人士称它作“伤心地”。例如柯绍忞(1850—1933，字凤荪，号蓼园，山东胶州人。进士。史学家。)《马关春帆楼》诗："海上伤心地，要盟在马关。"又吴保初（1869—1913，字彦复。著名清末四公子之一。)《乙巳游日本绝句》："万顷云涛立海滩，天风浩荡白鸥闲。舟人那识伤心地，为指前程是马关。"

3 亦到，这是对应上句而言的。明知道马关是伤心地，现在因为路程需要，不得不来了，所以说是"亦到"。维舟，系舟停泊。首重回，再回首。这是说停泊马关回头看来路，但深层的意思是回顾历史，故下句接着说"十七年中多少事"。

4 "十七年"句，此诗作于1911年，距《马关条约》签订时前后共十七年。期间发生了维新变法、戊戌政变、八国联军进攻北京等一系列重大事件，中国处于激烈变动中；作者由参与百日维新到流亡他国，亦经历沧桑，所以这一句既是感慨世事，也是感叹身世。

5 春帆楼，在马关，《马关条约》即在此签订。

（二）

番番[1]鱼鸟似相亲，满眼云山绿向人。
前路欲寻泷吏[2]问，惜非吾土忽伤神！

〖注释〗

1 此诗自注:“望鸡笼。”番番,一次又一次,轮流更替。形容鱼鸟不断出现的样子。

2 泷吏,古代驻守在急流边以保护行舟安全的小官吏。

〖赏析〗

这组诗写从日本出发直到基隆外海一路的感触。这里所录两首,都是抒发对甲午战败、割让台湾的巨大伤感。第一首是触景伤情之作。作者将一个特殊的地点与一段沉痛的历史联系起来,使诗歌充满厚重的历史感。全诗以叙说的口吻出之,言淡而意浓。此诗在日据时期的台湾流传很广,据说许多途径马关的台湾留学生都将它抄写下来,藉以凭吊和铭记那段历史。第二首以宝岛风物的亲切可爱映衬国土沦丧的悲哀现实,前后形成巨大反差,给人以强烈的物是人非沧桑感。

三月三日，遗老百余辈设欢迎会于台北故城之荟芳楼[1]，敬赋长句奉谢

（四首选一）

劫灰经眼尘尘[2]改，华发侵颠[3]日日新。
破碎山河谁料得，艰难兄弟[4]自相亲！
余生饮泪尝杯酒[5]，对面[6]长歌哭古人。
留取他年搜野史，高楼风雨纪残春[7]。

〖注释〗

1 遗老，前朝旧臣，这里指与会的台湾文化界人士。荟芳楼，作者游台时，由基隆登岸，首先抵达台北，当时以栎社为主的台湾文化界人士在荟芳楼举行盛大聚会迎接他。

2 劫灰，劫火的余灰。南朝梁慧皎《高僧传·译经上·竺法兰》："昔汉武帝穿昆明池底，得黑灰，问东方朔。朔云：'不知，可问西域胡人。'后法兰既至，众人追以问之，兰云：'世界终尽，劫火洞烧，此灰是也。'"后以此指战乱毁坏后的残迹。尘尘，佛教语，犹言世界。宋苏轼《迁居》："吾生本无待，俯仰了此世。念念自成劫，尘尘各有际。"赵次公注："佛以世界为

尘。尘尘有际，言物各有世界也。”

3 华发，花白的头发。颠，头顶。

4 艰难兄弟，犹言患难兄弟。

5 “余生”句，劫后余生，饮酒就像饮泪一样。极言内心悲苦。尝，连横《台湾诗荟》作“当”。

6 对面，面对面。

7 “留取”两句，意为此次盛会及所赋诗作，可留待后人作为史料参考。这是宽慰在座的人，也是自慰。风雨，残春，荟芳楼欢迎会时值三月，故称残春。春天常有风雨，因此诗中“风雨”是实记其景。但据史料记载，此次聚会曾引起日本殖民当局的注意和不安，甚至派出侦探跟踪窥伺，因此“风雨”、“残春”也可能暗含周遭环境险恶之意。

〖赏析〗

此诗感叹山河破碎，人生悲欢，将历史与现实、个人情怀与国家命运融为一体，写得情深意浓，真挚感人。颔联以“破碎山河”对“艰难兄弟”，允称工整，情辞相得；颈联“余生饮泪尝杯酒”一句则把作者当时的痛苦心情表现得淋漓尽致。

台北故城毁矣，留其四门[1]

清角吹寒[2]日又昏，井榦烽橹也[3]无痕。
客心冷似秦时月，遥夜还临丽正门[4]。

〖注释〗

1　台北故城，始建于清光绪八年（1882），十年（1884）竣工。城开五门，东曰景福门（又称照正门），西曰宝成门，北曰承恩门；南面城门有二：大南门曰丽正，小南门曰重熙。日据时期，西门及城垣被拆除，辟为道路，故作者到台北时，仅余城门四座。

2　清角（jué，觉），角为古代五音之一。古人认为其音清，故称清角。吹寒，《韩非子·十过》：“平公提觞而起，为师旷寿，反而问之：‘音莫悲于清徵乎？’师旷曰：‘不如清角。’”角音清，清则悲凉，故曰“吹寒”。

3　井榦，同“井幹”，原指井边围栏，引申指木构的高架。这里指城门上的木构城楼。烽橹，城墙上举烽火的望楼。也，连横《台湾诗荟》作“了”。

4　“客心”两句，唐刘禹锡《石头城》：“淮水东边旧时月，夜深还过女墙来。”这里化用其意。把自己的心比作一轮明月，半夜照在城门上，这是象征作者对台湾的牵挂不能释怀；而心冷如远古的秦月，则表示他对现实的伤感。客心，旅人之心，游子之情。秦时月，唐王昌龄《出塞二首》之一："秦时明月汉时关，万里长征人未还。"秦时月年代遥远，又是在塞外大漠之上，给人一种清冷悲凉的感觉，故作者用它比喻自己的"客心"。遥夜，长夜。丽正门，《台湾诗荟》作"景福门"。

〖赏析〗

这也是一首触景伤情之作。诗歌意境苍凉，风格沉郁。后两句化用旧典，比喻新颖，寓意深长。

林朝崧

林朝崧（1875—1915），字俊堂，号痴仙，又号无闷道人，台湾台中雾峰人。诸生。乙未割台，他先是带家人避居福建泉州，后转徙沪上，期间曾遍游大江南北的名山胜水。1901年回到台湾。次年创著名诗社“栎社”（栎社之设始倡于1898年，1901年正式成立并开展活动），召集同好互为唱酬。有《无闷草堂诗存》五卷，书后附诗余一卷。该书系其从弟林献堂等人在他身后所编，由于当时社会环境严酷，一些“适兴之作”在编辑时被删除了，“击钵吟”之类的应景游戏之作也按林朝崧生前的意愿未予收录，因此这部诗集并非他作品的全貌。

林朝崧是台湾日据前期一位重要的有影响的诗人。他创立领导栎社，不仅极大地推动了当时台湾特别是中部一带的诗歌创作，而且为抵制日本殖民者的文化同化政策起到了积极的作用，社中的不少诗人后来还成为文化启蒙运动和民族解放运动的中坚力量。他在栎社中提倡“击钵吟”。这种诗歌创作形式最早源于南朝，以敲击铜钵为时间的信号，要求参与者在规定的时间里按题按韵完成四联或一首七律、七绝诗作。由于受时间、题目、韵律等诸多限制，“击钵吟”所作诗歌题材狭窄，内容单调，多只追求语言雕饰，带有明显的游戏色彩。虽然林朝崧倡“击钵吟”不过“藉是为读书识字之楔子耳”（林献堂《无闷草堂诗存·序》引林朝崧语），初衷是为了保存延续中华文化，但此风蔓延开来，也给台湾诗坛带来了一定的消极影响。

林朝崧“幼即耽诗……不日课举子业而课诗”（林献堂《无闷草堂诗存·序》），年少时所作诗歌即已得到前辈的称许。其侄林幼春在《无闷草堂诗存》序言中总结道：“当其转徙桐城、歇浦间，胜赏既多，时有‘小谢清新、太白俊发’之语。及其归隐故林，虽豪气未除，而机心已茁，则颇杂以‘玉溪恢诡、昌谷诘曲’之风。三十以外，忧患饱尝，乃折而学陶、学杜、学韩、学白……”这段话揭示了他诗作风格的多样及演变的脉络，也说明人生经历对其创作产生过重要影响。他的诗歌中最值得关注的是避居内地及初回台湾时创作的那一部分作品。这些作品充满故国之思和丧土失地之痛，悲愤苍凉，表现出强烈的民族意识和爱国情感。而悲愤沉郁的心情往往以委婉的词句出之，蕴藉含蓄，意在言外，则是其艺术上的突出特点。

送吕厚菴[1]东归二首

（一）

海上楼船奏暮笳[2]，伤心桑梓[3]在天涯。
江山锦绣开新国，文武衣冠少故家[4]。
楚客共知哀郢[5]苦，宋人未悔画淮差[6]。
同来避难君先回，终老东篱莫怨嗟[7]。

〖注释〗

1　吕厚菴，名敦礼，字鲤庭，号厚菴。台湾人。栎社成员。有诗集《厚菴遗草》。

2　楼船，有楼饰的游船。暮笳，暮夜的笳声。笳（jiā，加），即胡笳，北方少数民族一种类似笛子的乐器。

3　桑梓，家乡。

4　“江山锦绣”两句，意为台湾已经少有以前的世家望族，日本人成了这块土地的统治者。杜甫《秋兴八首》之四：“王侯第宅皆新主，文武衣冠异昔时。”这里化用杜诗，描绘当时台湾的形势。新国，指日本殖民政权。文武衣冠，缙绅，士大夫。故家，指旧的大族世家。

5 楚客，客居他乡的人，这里指作者和其他寓居于大陆的台湾人。哀郢（yǐng，影），《楚辞·九章》篇名，屈原遭放逐所作，抒发他对故国的怀念和亡国的忧心。

6 画淮，南宋屈辱失地，北以淮河、秦岭一线与金人接界，偏安一隅。这里以宋人画淮暗喻清王朝签订马关条约，出卖台湾，丧权失地。差，错误。

7 “终老”句，这是作者自我安慰的话，实则表明其内心充满思乡的伤感和无奈。东篱，晋陶渊明《饮酒》诗：“采菊东篱下，悠然见南山。”后以东篱指菊圃，这里代指作者当时寓居之所。怨嗟（jiē，街），埋怨感叹。

（二）

吾人聚散本难知，分手何须泣路歧[1]。
但使三生盟片石，不应一步阻雷池[2]。
情天再补虽无术[3]，缺月重圆会有时[4]。
珍重莱衣[5]归故里，相思寄我采薇[6]诗。

〖注释〗

1 泣路歧，身临歧路，容易迷失方向，所以伤感而泣。《淮南子·说林训》："杨子见逵路而哭之，为其可以南，可以北。"《太平御览》"逵路"引作"岐路"(岐，同"歧")。又《吕氏春秋·疑似》："墨子见歧道而哭之。"三国魏阮籍《咏怀》之二十三："杨朱泣歧路，墨子悲染丝。"后以此指临别伤怀。唐王勃《送杜少府之任蜀川》："无为在歧路，儿女共沾巾。"

2 "但使"两句，意为只要朋友缘分还在，不必对一时的分别难以割舍。三生盟片石，相传唐代李源与僧人圆观友善。二人同游三峡，见妇人汲水，观曰："其中孕妇姓王者，是某托身之所。"并与李源相约十二年后中秋月夜相会于杭州天竺寺外。是夕圆观果殁，而王姓孕妇产。十二年后，李源赴约，闻牧童歌《竹枝词》曰："三生石上旧精魂，赏月吟风不要论。惭愧情人远相访，此身虽异性长存。"李源因知牧童即圆观之后身。事见唐袁郊《甘泽谣·圆观》。后人附会谓杭州天竺寺后山三生石即李源与圆观相会之处，并以三生石为有前世宿缘之典。这里用以指朋友缘分。一步阻雷池，大雷水源于今湖北黄梅县，向东流经今安徽宿松县至望江县东南，积而成池，称“雷池”。《晋书·庾亮传》：“（庾亮）报峤书曰：‘吾忧西陲过于历阳，足下无过雷池一步也。’”意为叫温峤坐镇原防区，不要越过雷池往京都去。这里以阻雷池借指不愿动身东渡。

3 “情天”句，这是感叹对当时的局势回天无力。《淮南子·览冥训》：“往古之时，四极废，九州裂，天不兼覆，地不周载……于是女娲炼五色石以补苍天，断鳌足以立四极。”后以女娲补天比喻挽回时局世运。情天，古人认为天有意志感情，故称“情天”。

4 “缺月”句，这既是安慰吕厚菴后会有期，也蕴含台湾终将收复之意。会，必定。

5 莱衣，相传春秋时楚人老莱子侍奉双亲至孝，年已七十，犹身着五彩衣，作婴儿戏以怡悦父母。后以莱衣指小儿衣服，着莱衣表示对双亲的孝顺。

6 采薇，参见王松《高楼远眺》注2。

〖赏析〗

这组诗作于乙未年。是年作者因躲避战乱，与吕厚菴等人一同内渡。待局面稍定，吕厚菴欲回台湾，作者因赋此诗以送别。第一首抒发思乡怀土之苦，同时含蓄表达了对清廷丧权辱国行径的不满。当时流寓内地的台湾诗人，以此为主题的诗作比比皆是，而此作以感喟深沉、熔铸旧典别出新意而独具一格，不过结句显得较弱。第二首劝慰临别的友人，同时表达台湾终将回归祖国的信念。全诗以交谈的口吻出之，如行云流水一般，领联两句气韵尤畅达，富有情味。

台湾杂咏

河山绣错古东宁[1]，霸业兴亡几度经[2]。
终岁有花天气暖，四边无地海潮平。
居人粤语兼闽语[3]，分野牛星又女星[4]。
欲上红毛城[5]上望，蛮烟蜑雨昼冥冥[6]。

〖注释〗

1　绣错，色彩错杂如绣图。东宁，明郑时

期对台湾的称呼。郑成功收复台湾后，设承天府管辖台湾及澎湖等地。子郑经嗣位，改置东宁省。

2 “霸业”句，指郑成功驱逐荷兰殖民者、收复台湾，及清康熙朝施琅统一台湾等历史变迁。

3 “居人”句，台湾的居民，除了土著外，多数是自明代起陆续移居而来的操粤语的广东人和操闽语的福建人。

4 “分野”句，意为台湾地处祖国东南部。古人以十二星次、二十八星宿的位置划分地面上州、国的位置与之相对应，称为“分野”。十二星次中的星纪及二十八星宿中的牛星、女星对应吴越之地，而台湾与吴越同处祖国东南，故言。

5 红毛城，参见陈正春《红毛城》注1。

6 “蛮烟”句，意为台湾笼罩在烟雨之中，连白天也一片昏暗，暗喻日本殖民统治下台湾社会的黑暗和压抑。蛮烟蜑（dàn，但）雨，蛮荒之地的烟雨。

〖赏析〗

此诗作于作者初回台湾时。诗中热情赞美故乡，流露出对故土沦丧的忧愤。颔联和颈联四句写实，语言朴素平实，但作者对故乡的热爱之情溢于言表。

重过彰化

城郭都非鹤自还，磺溪不改旧潺湲[1]。
汉家废垒[2]生春草，落日牛羊八卦山[3]。

〖注释〗

1 磺（huáng，黄）溪，在台湾彰化城北。潺湲(hán yuán，蝉元)，水流的样子。唐贺知章《回乡偶书二首》之二："唯有门前镜湖水，春风不改旧时波。"这里化用其意。

2 汉家废垒，当是指八卦山的定军山寨（简称"定寨"）。嘉庆十六年（1811），县令杨桂森于定军山（八卦山的旧称）筑寨，作为屏障县城的军事设施。此寨乙未时系抗战阵地，毁于战火。也可以理解为是乙未抗日军民构筑的其它工事。

3 八卦山，在台湾彰化城东。光绪廿一年（1895），台湾军民在此与日寇浴血奋战，吴彭年、吴汤兴等抗日志士殉难于此。八卦山之战是台湾抗战最大的同时也是最惨烈的一次战役。参见吴汤兴一节事迹介绍及陈凤昌《吊吴季篯》一诗的注释和赏析。

〖赏析〗

这是作者归台后故地重游所作，其特点是寄情于景，情由景生。表面看全诗都是写景，但景物之中深深浸透着世事沧桑的感慨和丧土失地的悲愤。诗歌语言浑朴，意境苍凉，给人以强烈的印象。尾句全由名词系联而成，别具一格。

过县庄[1]

茄荖山[2]前雨涨溪，人家近在稻花西。
牵情步步横隄[3]路，芳草曾观衬马蹄[4]。

〖注释〗

1　县庄，村社名，在今台湾彰化芬园乡。

2　茄荖（jiā lǎo，加老）山，又作荖山，在彰化北投东，因山形似茭荖（一种竹制盛器，其状呈半圆形，有细眼。闽南语称“茭茎”）而得名。

3 牵情，动情。隄，“堤”的异体字。

4 “芳草”句：宋张耒《和周廉彦》：“天光不动晚云垂，芳草初长衬马蹄。”这里化用其意。

〖赏析〗

诗歌写雨后乡间景色，但着重在表现故地重游的欣喜。“芳草曾观”，说明这个地方作者来过，所以步步“牵情”；但水稻开花的初夏时分再经此地，景物又有了新的变化。这种变化带来的欣喜，作者虽然没有直接说出来，但读者还是明显感觉到了。

古别离[1]

（四首选二）

（一）

良人[2]将远行，行李亲手检。
别泪满心头，眼中无一点。

〖注释〗

1 古别离，乐府杂曲歌辞名。宋郭茂倩《乐府诗集·杂曲歌辞十一·古别离》题解：“《楚辞》曰：‘悲莫悲兮生别离。’《古诗》曰：‘行行重行行，与君生别离’……故后人拟之为《古别离》。”古代以《古别离》为题的作品，多写男女离别之情。

2 良人，旧时女子对丈夫的称呼。

（二）

日落长亭[1]晚，郎行妾[2]独返。

春草妾不如，送郎千里远[3]。

〖注释〗

1 长亭，古代道路每隔十里设一个亭子，供行旅歇息，称长亭。近城的长亭常为送别之处。

2 妾，旧时女子对丈夫自称妾，表示谦卑。

3 “春草”两句，这是说春草铺展千里，可以一直伴随着远行的丈夫，自己的遭遇还不如春草。

〖赏析〗

这两首诗细腻生动地表现了女主人公为出远门的丈夫送行的心情。第一首后两句语意相连，又形成鲜明对照，形象地刻划出了女主人公无限伤心又强忍酸楚的情态。第二首以女主人公的内心独白表达其伤感，极尽哀婉之意。

岁暮感怀三叠前韵[1]
（六首选一）

愁海滔天岂不[2]涯，倚楼看剑一咨嗟[3]。
入笼鶢鹤饥垂翮[4]，塞路豺狼猛倨牙[5]。
欲借风威清雾毒，难回春意上枯槎[6]。
兰成身世无穷感[7]，怕听关山蔡女笳[8]。

〖注释〗

1　岁暮感怀三叠前韵，作者有《次韵和幼春山中岁暮杂感》六首、《书感再次幼春韵》六首，故此处题“三叠前韵”。
2　“愁海”句，此句表面上说愁苦有涯，实际上表明作者忧愁无边。不，无。
3　倚楼，倚靠在楼窗或楼头栏杆上。咨嗟，嗟叹，感叹。

4 “入笼”句，形容处在异族统治下，自己像鹓鹤一样不得自由。鹓(yuān,冤)，传说中一种类似于鸾凤的鸟。翮（hé，核），羽翼。

5 “塞路”句，形容日本殖民者横行台湾，逞凶作恶。倨（jù，据）牙，弯曲的牙齿。

6 “欲借”两句，这两句语意相连，意为想驱逐日寇，恢复故土，但无能为力。雾毒，暗喻日寇的殖民统治。枯槎（chá，查），老树的枝杈。

7 兰成，北周文学家庾信的小字。唐陆龟蒙《小名录》：“庾信幼而俊迈，聪敏绝伦，有天竺僧呼信为兰成，因以为小字。”庾信初仕梁，出使西魏，值西魏灭梁，遂被留。后仕西魏、北周。暮年作《哀江南赋》、《枯树赋》等，感伤其身世遭遇。这里作者以庾信自况。

8 关山，关隘山川。蔡女笳，指东汉才女蔡文姬所作琴曲歌辞《胡笳十八拍》。蔡文姬一生历经坎坷，旧传《胡笳十八拍》系其所作，内容写其为乱军所虏，流入南匈奴，后被赎归汉，又与亲生儿子生离死别的悲惨遭遇。

〖赏析〗

诗歌表达故土恢复无望的感伤。起句高视阔步，意气雄健。后六句将个人困顿不得舒的处境与国家民族的命运紧密联系在一起，极尽苍凉悲愤之意，而此种心境又全都借助隐喻，以委婉的词句出之。

暮春偶题

([redacted]一)

久无书札到衡茅[1]，雨散星离[2]忆故交。
多谢春风双燕子，穷檐[3]来觅旧时巢。

〖注释〗

1　衡茅，衡门茅屋，比喻简陋的居室。

2　雨散星离，形容朋友离散。

3　穷檐，寻遍屋檐。

〖赏析〗

此诗有唐人绝句的风致。朋友星散，久疏音讯，只有燕子不弃故人，给作者带来了一丝安慰，但未尝不使他更添惆怅。

连　横

连横（1878—1936），又名雅堂，字天纵，又字武公，号慕陶、剑花。祖籍福建漳州龙海。先祖连[redacted]康熙间移居台湾台南马兵营。连横系连兴位第七代孙，自小受到良好教育，传统文化功底深厚。他一生大部分时间生活在日本殖民统治下的台湾，凭着学者的良知，以极大的毅力和勇气，完成了《台湾通史》、《台湾诗乘》、《台湾语典》、《雅言》等多部著作，内容涉及史学、文学、语言学、民俗学等多个领域，从不同角度论证了台湾与祖国大陆之间不可分割的关系。同时还积极参加社会活动，组织诗社，开展讲演，创办书局，以各种方式对抗日本的文化侵略。他也时常作诗，有《剑花室诗集》传世。他作诗不为留名青史，而是以诗抒怀，故其作品“眷怀家国，凭吊河山，虽多回肠荡气之辞，不作道困言贫之语”。（连横《宁南诗草·自序》）

宁南[1]春望

宁南春色梦中横，劫后登临气未平。
青草白沙乌鬼渡[2]，绿天红雨赤嵌城[3]。
豹文暂隐何曾变，龙性难驯或一鸣[4]。
凄绝钓游旧时地，夕阳空下马兵营[5]。

〖注释〗

1　宁南，村社名，在台湾台南。作者小时候居住的地方。

2　乌鬼渡，渡口名。据说当年非洲黑人被贩来台湾，曾在此地登岸，故名。

3　绿天，青天。红雨，红色之雨。这里喻指台湾军民曾浴血抗日。赤嵌城，在台南。荷兰殖民者侵占台湾时所建热兰遮城，中国人称为赤嵌城或红毛城。郑成功收复台湾后改置承天府。

4　“豹文”两句，这是说自己身处沦陷的台湾，虽暂时潜隐，但民族情感未变，决不屈服于日本殖民者。豹文，汉刘向《列女传·陶答子妻》：“妾闻南山有玄豹，雾雨七日而不下食者，何也？欲以泽其毛而成文章也，故藏而远害。”后以“豹成文”、“豹文”喻潜身隐居，洁身自好。龙性难驯或一鸣，《太平御览》卷三四三引《世说》：“王子乔墓在京陵，战国时人有盗发之者，睹无所见，唯有一剑停在室中，欲进取之，剑作龙鸣虎吼，遂不敢近，俄而径飞上天。”这里用此典喻自己不屈服于日本殖民者。

5 马兵营，自注：“郑氏驻兵处，在宁南门内，水木明瑟，自吾始祖卜居于此，迨余七世。乙未之后，全庄被迁，余家亦遭毁。此恨绵绵，何时能已！”

〖赏析〗

重回幼年时的居住地，面对被日本强行侵占的故土，想到割离祖国的台湾，作者心中悲痛不已。

江山楼[1]题壁

如此江山亦足雄[2]，眼前鲲鹿拥南东[3]。
百年王气消磨尽，一代人才侘傺空[4]。
醉把酒杯看浩劫[5]，独携诗卷对秋风。
登楼尽有无穷感，万木萧萧[6]落照中。

〖注释〗

1 江山楼，台北著名酒楼。二十世纪初，台湾文人常在此聚会。

2 “如此”句，此句一语双关，既是说江山楼雄伟，也是赞叹台湾河山壮丽。

3 鲲鹿，即七鲲身和鹿耳门。参见陈正春《红毛城》注5、6。拥南东，七鲲身和鹿耳门皆在台湾东南方，故言。

4 “百年”两句，这是感叹台湾沦陷后，明清两朝的王者之气和英雄人物消失了。侘傺(chà chì，岔斥)，因失意而神情恍惚的样子。

5 浩劫，指乙未台湾沦入日寇统治。

6 萧萧，形容草木摇落的声音。

〖赏析〗

这也是一首以登高悲秋为意象，以失台悲愤为主题的作品。但作者即景发挥，由酒楼的名称联想到沦陷于日寇之手的祖国大好河山，从而引发心中无限感慨，联想自然贴切。

台　南

文物[1]台南是我乡，朅来何必问行藏[2]。
奇愁缱绻[3]萦江柳，古泪滂沱哭海桑[4]。
卅载弟兄犹异宅[5]，一家儿女各他方[6]。
夜深细共荆妻[7]语，青史青山尚未忘[8]。

〖注释〗

1　文物，指文化历史悠久。

2　朅（qiè，切）来，去来。行藏，出和处，行和止。

3　缱绻（qiǎn quǎn，遣畎），固结不解。

4　海桑，沧海桑田的省称。这里指台湾沦陷的历史巨变。

5　“卅载”句，自注：“我家旧居马兵营，已历七世，自被毁后，兄弟诸姪遂分居各处。”

6　“一家”句，自注：“儿子方赴南京，长女久寓上海，少女尚在淡水留学。”

7　细，小声。共，与，同。荆妻，旧时对人谦称自己的妻子。

8　尚未忘，一作“未能忘”。

〖赏析〗

此诗赞美文物之邦、自由之地的家乡，以自己一家离乡背井、天各一方的现实，反映出日本殖民者对台湾的破坏摧残。“青史青山尚未忘”一句，语虽平白，却有刻骨铭心之感。它不仅表达了作者怀念故园的情怀，而且暗示誓将牢记历史，不忘国耻，将热爱家乡与民族情感融为一体。

庄嵩

庄嵩（1880—1938），字伊若，号太岳，又号松陵，台湾彰化鹿港人。曾就读于台中师范，毕业后以执教为业，因在教学中坚持向学生传授中国文化而遭日本殖民当局解职。但他不改初衷，后又在乡里设义塾，专授国学，以对抗殖民者的文化同化政策。“孤怀峻节，时论重之”。（李渔叔《三台诗传》）

他是栎社成员，与林朝崧等有交谊，后又于家乡创设鹿江大冶吟社。擅长诗歌创作，著有《太岳诗草》。他在日本统治下始终保持着鲜明的民族意识和爱国情感，发而为诗，因此作品常抒写失地之愤、兴复之念和眷怀祖国之情，寄慨遥深。论者谓其诗“清健沉郁，风调类南宋人”。（李渔叔《太岳诗草·序》）但也有一些诗如《埔里社》等，写得闲淡简远，有中唐韦、柳的风格。

乙卯重午与痴仙同作[1]

采艾依然故事存[2]，暂捐万恨对蒲樽[3]。
彩丝续命人将老[4]，深树鸣蜩日又昏[5]。
廿载华胥空作梦[6]，一时枉渚与招魂[7]。
谁怜鸲鹆能言鸟，笯里长衔剪舌冤[8]。

〖注释〗

1 乙卯，农历乙卯即公元1915年。重午，端午节。痴仙，林朝崧，号痴仙。参见林朝崧一节事迹介绍。林朝崧《乙卯端午与太岳同作》诗云："前尘隐隐梦迢迢，红染榴花泪未消。万里沧溟初饮马，一年佳节又鸣蜩。纫兰不尽离骚意，采艾愁闻屈突谣。我有绿天堪避暑，任他门外火山焦。"

2 "采艾"句，意为台湾虽处在日本占领统治下，但人们依旧保持着民族意识，不忘端午采艾的习俗。艾，艾蒿，一种多年生菊科草本植物，有特殊香气，可杀虫。旧俗端午采艾，结制成各种形状，悬挂于门前，或煎汤洗浴，借以驱恶辟邪。

南朝梁宗懔《荆楚岁时记》:“五月五日,四民并蹋百草……采艾以为人,悬门户上,以禳毒气。”故事,旧例,惯例。

3 “暂捐”句,这是劝林朝崧借酒浇愁,暂时忘掉所有的愤恨烦恼。暂捐,暂时抛弃。既是“暂捐”,说明愤恨始终郁结于心中而不去。蒲樽,盛着菖蒲酒的酒杯。旧时端午有饮菖蒲酒之俗,据说可除疫病。《荆楚岁时记》:“端午节以菖蒲一寸九节者,泛酒以辟瘟气。”

4 彩丝续命,旧俗端午以彩色丝带系于臂,谓可以避灾延寿。这种丝带又称“续命丝(缕)”。《太平御览》卷八一四引汉应劭《风俗通》:“五月五日赐五色续命丝,俗说益人命。”人将老,诗人其时年仅三十六岁,言“将老”,是表达一种抑郁无奈的心情。

5 “深树”句,虽已黄昏日暮,而林中的蝉仍鸣唱不已。此句看似写景物,实则作者是把自己比作蝉,表白自己虽处困顿而坚持高洁志节的心迹。蜩(tiáo,条),蝉的一种。古人常以鸣蝉为高洁的象征。唐骆宾王《在狱咏蝉》诗:“露重飞难进,风多响易沉。无人信高洁,谁为表余心？”又唐李商隐《蝉》诗：“本以高难饱，徒劳恨费声。五更疏欲断，一树碧无情。”日又昏，暗喻人生迟暮，与前句“人将老”意同。

6 “廿载”句，意为自己二十年来期望收复台湾，振兴国家民族，但梦想终落空。作者写此诗时，距1895年割台正好二十年。华胥，《列子·黄帝》：“（黄帝）昼寝，而梦游于华胥氏之国……其国无帅长，自然而已；其民无嗜欲，自然而已……黄帝既寤，怡然自得。”后用以指理想的和平安乐之境。这里指台湾回归，国家民族复兴的期望。

7 “一时”句，这是说端午来临之际，人们为屈原招魂。作者有以屈原自况之意。枉渚，楚国地名。屈原《楚辞·九章·涉江》：“朝发枉渚兮，夕宿辰阳。”与，帮助。招魂，《楚辞》有《招魂》篇，楚国宋玉所作。汉王逸题解谓：“宋玉怜哀屈原，忠而斥弃，愁懑山泽，魂魄放佚，厥命将落，故作《招魂》，欲以复其精神，延其年寿。”

8 “谁怜”两句，这是说自己像关在笼中的八哥鸟，人们都以为它能言语，却不知道它已被剪断舌头，无法发出声音。隐喻自己在日本殖民统治下不得自由。鸲鹆(qú yù，渠浴)，俗称八哥，善学人言语。笯（nú，奴），鸟笼。

〖赏析〗

此诗作于日本殖民者占领台湾二十年时。二十年来台湾恢复的梦想一再破灭，作者内心悲愤已极，因此感慨而赋此诗。诗歌紧扣端午习俗和纪念屈原的节日主题以立意，民族意识和爱国情感鲜明。语言清健，用典比喻巧妙自然，尤其是尾联的隐喻，含思婉转，感喟深沉。

题蒋君渭水[1]遗集

心血抛余为爱群[2]，纷纷热泪洒成文[3]。
那知是血[4]还是泪？一片模糊辨不分[5]！

〖注释〗

1 蒋渭水（1891—1931），字雪谷，台湾宜兰人。支持辛亥民主革命，曾主持暗杀袁世凯的计划。1921年与林献堂、蔡惠如等同创“台湾文化协会”，积极组织领导民族抗日运动，曾因“治警事件”遭日本殖民当局逮捕关押。

2 抛余，犹言抛尽。爱群，犹言爱民。

3 “纷纷”句，这是说作者读蒋渭水遗著，不胜悲怆，热泪洒落在书上仿佛成了文字的一部分。

4 血，指蒋渭水用心血化成的文字。

5 “一片”句，这既是说书中文字模糊，也是指作者的泪眼模糊。

〖赏析〗

蒋渭水一生为支持民主革命和台湾的民族抗日运动作出了重要贡献，他因病英年早逝后，在大陆、台湾各地引起很大的反响。其遗著于逝世后三个月编成，但出版不久即遭日本殖民当局查禁焚毁。此诗系作者为《蒋渭水全集》所作题词。诗中讴歌蒋渭水毕生为人民事业而奋斗，表达痛悼之情，写得缠绵悱恻，感人至深。诗歌的形象性也给人留下深刻的印象。作者把蒋渭水遗著文字说成是“血”，鲜明地表现出了其战斗性和献身精神；而作者的热泪成文，与蒋渭水的心血文字交融在一起，模糊难辨，不仅表达出作者的悲伤，也象征二人志同道合，生死与共。

过沪尾[1]旧炮台

龙旗[2]云散炮台存，往事凄凉莫可论！
唯有淡江[3]呜咽水，年年流恨送黄昏。

〖注释〗

1　沪尾，台湾河流淡水的旧称。淡水原名“虎尾”，乾隆年间改称“沪尾”。

2　龙旗，清代国旗，这里代指清军。

3　淡江，淡水河，在台湾西北部。

〖赏析〗

作者路过清军旧炮台，触景生情，而又巧妙借用眼前景物，寄托台湾沦陷的悲愤伤感。此诗可与林朝崧《重过彰化》一诗相媲美，皆为富有民族情感，又能达到情景交融境界的佳作。

埔里社[1]

番汉同居地[2]，开荒二百年。
四山多抱[3]市，寸壤尽成田。
攘攘[4]鱼盐集，悠悠岁序[5]迁。
我来怀垦草[6]，俯仰[7]意茫然。

〖注释〗

1 埔里社，自注："埔里社在万山之中，内有水社湖，亦名日月潭。"其地在今台湾南投埔里镇，系台湾中部山区盆地，有平原千顷。

2 番，指当地少数民族居民。

3 抱，藏着。

4 攘攘，纷乱貌。

5 岁序，岁时的顺序，岁月。

6 垦草，开垦荒地，这里指垦荒的年代和人们。

7 俯仰，形容沉思默想。

〖赏析〗

古代台湾少数民族居民与汉族移民之间原来常有矛盾纷争，但经过长期的交往，他们逐渐融合，成为中华民族大家庭的共同成员，协力开发建设宝岛，埔里社就是一个典型的例子。此诗前三联写实，叙述埔里社的历史变迁，结句则表达了作者对拓荒者的怀念和对历史的思索，语言简淡，而意味深长。

春　燕

（二首选一）

依依犹恋主人恩，争肯喻泥入别门[1]。
莫怪天涯栖不稳，杏梁春暖古巢[2]存。

〖注释〗

1　争，同“怎”，怎么。别门，别的人家。

2　杏梁，文杏木所制的屋梁，形容屋宇华贵。汉司马相如《长门赋》：“刻木兰以为榱兮，饰文杏以为梁。”宋晏殊《采桑子》词：“燕子双双，依旧衔泥入杏梁。”古巢，故巢，旧窝。

〖赏析〗

诗歌赋春燕，实则意在言外，借物明志。燕子依恋旧主人，不肯入别门，正是作者心向祖国，不事日人坚贞志节的写照。

林 幼 春

林幼春（1880—1939），名资修，字幼春，号南强，晚号老秋，以字行。台湾台中雾峰人。林朝崧之侄。曾参与栎社的创建，系该诗社中坚，被社员誉为“诗伯”。1921年出任“台湾文化协会”协理（其从叔林献堂为总理）和协会所创《台湾民报》社长等职，积极从事台湾新文化运动和民族抗日运动的启蒙宣传和组织领导工作。因富有斗争策略，人称“小诸葛”。1924年因参加台湾抗日人士的“台湾议会设置期成同盟会”活动，遭日本殖民当局逮捕，史称“治警事件”。狱中他大义凛然，曾赋诗多首以明志。有《南强诗集》。

他曾师从梁成枬，年轻时即已显露作诗的才情。乙未台湾抗战，他感时事而作《诸将诗》六首，对当时的抗战将领唐景崧、刘永福、丘逢甲、吴汤兴、黎伯鄂和林朝栋等六人的事迹功过一一加以评述，从一个侧面反映了台湾的抗日斗争。前辈读后大为惊奇赞赏，而其时他年龄不过十七。台湾沦陷后，失地之痛，念土之思和报国恢复之志，无时不萦绕于其心胸，并成为其诗歌的主基调。“当前世味浑鸡肋，他日鸿图在犬牙。”（《山中岁暮感怀》）“我本楼船旧童子，且图留命看桑田。”（《壬戌岁重游福州，去国四十年矣，折柳金城，谁能遣此？聊作数绝以纪之》）“老怀尚有风云气，不作清秋宋玉悲。”（《九日东山别墅雅集》）像这样悲壮昂扬的句子在他的诗歌中随处可见。徐复观序其诗集，称他“虽于从容觞咏之中，亦无以抑其激烈悲歌之概。中原之山川文物常萦回盘郁于其笔端，固结而不可解。故其诗意境深而宏，气象光而大，斯固不可以一岛之地笼而域之，亦不可以寻常之才士骚人拟而限之也。”认为他的诗“实万劫不磨之民族精魂之所寄，岂与嗟一己之枯荣，感四时之代谢者之所能同其量哉！”（《南强诗集·徐序》）尤其是他在

1924年被捕入狱时所作诗歌，英词浩气，充分展现出一个抗日爱国志士的志节风概，在台湾传诵一时。他的诗古近各体兼擅，尤以七律最可观，其格律工整谨严，讲求词句的锤炼雕琢，风格于沉郁雄健中时透秀逸雅丽之气。

奉和原韵呈任公先生[1]

忧患馀生识此人，　夷吾江左更无伦[2]。
十年魂梦居门下[3]，二老风流照海滨[4]。
一笑戏言三户[5]在，相看清泪两行新。
楚囚忍死非无意，终拟南冠对角巾[6]！

〖注释〗

1　此诗又题作《奉和任公先生原韵之作》。任公，梁启超，号任公。1911年春梁启超游台湾，与栎社同仁及台湾各地文化界人士交游。作者对梁氏仰慕已久，梁启超亦爱其才，期间二人结为知交，多有唱和，此事在台湾诗界曾传为一时美谈。梁启超《赠林幼春》诗曰："南阮北阮多畸士，我识仲容殊绝伦。才气犹堪绝大漠，生涯谁遣卧漳滨？呕心词赋歌当哭，沈恨江山久更新。我本哀时最萧瑟，亦逢庾信一沾巾。"作者此诗为答梁氏而作。他还有《次韵敬呈任公先生》、《陪梁任公先生夜坐，分得'面'字韵》等诗，均系与梁启超酬唱之作。

2　“夷吾”句，这是称赞梁启超有管仲之才，能辅国济民。《晋书·温峤传》载，晋室渡江南迁，以王导为丞相。时右司马温峤见王导，与之交谈，欢然曰：“江左自有管夷吾，吾复何虑！”后以“江左夷吾”称许有辅佐国家、拯救百姓才能的人。江左，江东，长江下游以东地区。夷吾，春秋齐国著名政治家管仲，字夷吾。无伦，无与伦比。

3　“十年”句，这是向梁启超表达久仰之情。作者《次韵敬呈任公先生》诗谓：“我生识字即识公。”又《陪梁任公先生夜坐，分得‘面’字韵》亦谓：“十年读公书，一旦识公面……及此慰平生。”可见此句非应酬敷衍之词。

4　“二老”句，意为梁启超的文采风度风靡海峡两岸。二老，古时尊称同时或异代的两位长者，如《孟子·离娄上》：“伯夷辟纣，居北海之滨……太公辟纣，居东海之滨……二老者，天下之大老也。”此处专指梁启超，尊其为德高望重的长者。海滨，指台湾和大陆东南沿海一带。

5　三户，极言人数少。《史记·项羽本纪》：“楚虽三户，亡秦必楚也。”这里暗指台湾虽地小人少，但不忘雪耻复仇。

6 “楚囚”两句，意为自己好比楚囚，忍辱不死，就是为了有一天能与梁启超相会。楚囚，被俘的楚国人。《左传·成公九年》：“晋侯观于军府，见钟仪。问之曰：‘南冠而縶者，谁也？’有司对曰：‘郑人所献楚囚也。’”后借指处境窘迫无计可施者。南冠，楚人之冠。作者以戴着南冠的楚囚自况。角巾，有棱角的头巾，为古代隐者冠饰，代指隐士或布衣。这里借指梁启超。

〖赏析〗

梁启超于1911年春赴台，虽只逗留了短短的半个月，但期间与台湾文化界人士广泛接触，并作诗词百余首，给当时台湾的士大夫以极大鼓舞，对台湾的诗歌创作和抗日爱国运动产生了积极的影响。可以说，自台湾沦陷以来，还没有一个来自大陆的人士像梁启超那样在岛内引起如此强烈的震动和反响，诚如徐复观《南强诗集·序》所说：“是会（指梁启超与栎社同仁在台中林家公馆瑞轩的聚会）也，求之我国史乘，殆未能见其先例。”这其中固然是因为梁氏个人有巨大的声望和魅力，但更重要的是台湾文人藉此机会表达故国之思和收复失地的期待。徐复观《南强诗集·序》也说：“当梁任公之避难来台也，栎社人士蓄其平日对宗国之眷怀与期待，集发于任公之一身。旬日盘桓，互相激勉，并新亭西台之泪，倾入于唱酬杯酒之中。”作者此诗所表达的对梁氏的景仰，以及其中流露出来的民族情感，不仅是他个人的情怀，同时也是当时台湾文人心境的写照。全诗首尾呼应，情深意切，于沉郁中寓激昂之概。

吾将行

灌夫独死婴独生，此心岂免常怦怦[1]？
决然敝屣妻与子，使尔口角含雷霆[2]。
忆闻急电正月杪[3]，百喙劝我锋难撄[4]。
走投医氏欲逃死，有类觳觫求庖丁[5]。
朝来南北又传警，二臂已折谁能争[6]？
铁生[7]诀我院门外，怒发尽竖如荆卿[8]。
瀛洲雪飞[9]大如掌，况我一老方东征[10]！

藤床白日拥火炉，颜胡厚矣吾将行！
吁嗟乎，颜胡厚矣吾将行！
贪夫[11]殉利士殉名，此时抚枕坐叹息。
死纵可缓愁翻[12]增，起拔吾剑撞吾觥[13]。
摇摇欲坠东方星[14]，卧听四野荒鸡声。

〖注释〗

1 “灌夫”两句，这是说其他同仁为抗日已遭逮捕，自己苟全，因此常感惴惴不安。灌夫（？—前131），西汉颍阴（今河南许昌）人。官至太仆。徙为燕相，因事坐法免。后因得罪丞相田蚡，遭诛杀灭族。婴，窦婴（？—131），西汉观津（今河北武邑东）人。武帝初任丞相。与灌夫友善。后与田蚡交恶，为营救灌夫而被田蚡杀害。这里作者以窦婴自比。岂免，岂能避免。怦怦，心跳貌，形容心中不安。

2 “决然”两句，这是表白自己为了殉节而不惜抛弃妻子儿女。决然，坚决貌。敝屣（xǐ，洗），破烂的鞋子，引申为轻视。使，即使。尔，你们，指其妻儿。口角含雷霆，意为语含责怪。

3 杪（miǎo，秒），年月或季节的末尾。

4 百喙，众口。锋，兵器锐利的部分，此指日本人的高压气势。撄(yīng，婴)，触犯。

5 “有类”句，形容自己像恐惧的牛请求屠夫手下留情。觳觫（hù sù，护素），恐惧战栗貌。《孟子·梁惠王上》载，春秋时齐国举行祭祀，将宰牛以血涂钟。齐宣王见有牵牛过于堂下者，命令放了它，说：“吾不忍其觳觫。”这里用“觳觫”代指恐惧战栗的牛。庖丁，春秋时魏国厨师，善解牛。

6 “二臂”句，意为自己已无力与残暴的殖民统治者抗争。

7 铁生，蔡惠如(1881—1929)，字铁生，台湾台中清水人。日据时期曾积极参与台湾的文化启蒙运动和抗日活动。栎社成员。著有《铁生诗草》。他当时亦因“治警事件”被捕，入狱前曾到医院探视作者。

7 荆卿，即荆轲，战国末谋刺秦王的勇士。曾游燕，燕人称荆卿。

8 瀛洲雪飞，一作“京师飞雪”。

9 一老，泛指老者。老，一作“考”。方东征，即将受拘捕刑罚却视如战士出征，这是表示不屈的意志。

11 贪夫，贪婪者。

12 翻，反。

13 觥（gōng，功），一种酒器。

14 东方星，《诗·小雅·大东》：“东有启明，西有长庚。”后以东方星指启明星，即金星。

〖赏析〗

1923年底，包括作者在内的一批台湾抗日人士发起“台湾议会设置期成同盟会”，目的是争取民族权利，反对殖民专制统治。他们的斗争遭到了日本殖民当局的镇压，共有九十余人被逮捕或传讯，史称“治警事件”（“治安警察法违反事件”的简称）。当时作者亦受到通缉，亲友劝他以住院治病为由，暂时躲避殖民当局的迫害。但日本人并未善罢甘休。追捕的风声越来越紧，而躲避本亦非其所愿，故作者在医院中赋此诗以明志。诗作表达了不畏强暴，以身殉名，不求苟全的决心。“决然敝屣妻与子，使尔口角含雷霆”，那种毅然决然，义无反顾的态度，令人肃然起敬；而“贪夫殉利士殉名，此时抚枕坐叹息。死纵可缓愁翻增，起拔吾剑撞吾觥”的深沉喟叹，则让人为之动容。作者的古体诗，人称有太白遗风。此诗慷慨豪迈，激情充沛，一气贯注，其受李白诗风的影响可见一斑。

狱中寄内[1]

板床败荐[2]尚能诗，岂复牛衣对泣时[3]。
到底自称强项汉[4]，不嫌断送老头皮[5]。
梦因眠少常嫌短，寒入春深却易支[6]。
昨夜将身化明月，隔天分照玉梅[7]枝。

〖注释〗

1 内，内人的简称。旧时称自己的妻妾为内人。

2 板床败荐，木板床和破草席，形容狱中条件恶劣。

3 “岂复”句，这是感叹不再能与妻子相处在一起。牛衣对泣，牛衣为披在牛身上的御寒物，多以草编成。《汉书·王章传》：“初章为诸生，学长安，独与妻居。章疾病，无被，卧牛衣中，与妻诀，涕泣，其妻呵怒之……后章仕官历位，及为京兆，欲上封事，妻又止之，曰：‘人当知足，独不念牛衣中涕泣时耶？’”后以牛衣对泣指因家贫而伤心落泪，这里有夫妻相濡以沫，同甘苦共患难之意。

4 强项汉，指刚正而不为威武所屈的人。《后汉书·杨震传》："帝尝从容问（杨）奇曰：'朕何如桓帝？'对曰：'陛下之于桓帝，亦犹虞舜比德唐尧。'帝不悦曰：'卿强项，真杨震子孙。'"

5 断送老头皮，断送老命之意。宋赵令畤《侯鲭录》卷六载，宋真宗访天下隐者，得杞人杨朴。据传杨朴能诗。真宗召之，杨自言不能，但说临行其妻送诗一首云："更休落魄贪杯酒，亦莫猖狂爱咏诗。今日捉将官里去，这回断送老头皮。"作者用此典，表白自己牺牲之意已决。

6 "寒入"句，这既是安慰妻子不必为自己操心，也是为末尾两句作铺垫。支，支撑。

7 隔天，隔着不同的天空。作者在狱中，与其妻不同处，故言隔天。玉梅，白梅花，此处象征其妻。

〖赏析〗

作者于狱中所作诗歌多表达其坚贞不屈，舍生取义的意志和决心，这一首也不例外。不过无情未必真豪杰，他内心还是深深挂念妻子的，全诗也以写思念妻子的部分最出彩。但颈联看似描述狱中生活，告慰妻子，实际上还另有寄托，应与尾联合起来读：作者梦见自己化作天上一轮明月，与妻子（白梅花）相会，所以梦“嫌短”；而“寒入春深”，则明月照玉梅，寓意为孤独凄凉中的妻子送去一点温暖。全诗既有大丈夫的慷慨激昂之辞，也有儿女情长的缠绵低迴之语，用典使事，有神无迹，风格健朗中兼有秀丽。

再闻画眉[1]

特地频来唱自由，珠喉玉舌屋东头[2]。
不吹凤管迎萧史，却奏南音媚楚囚[3]。
诗兴隔宵先酝酿[4]，鸟声三月故温柔。
何当更与师公治，得共春禽愬积愁[5]。

〖注释〗

1　再闻画眉，此前作者曾作《狱中闻画眉声》（一作《卧闻画眉声》），故此诗名《再闻画眉》。

2 “特地”两句，这是写听到画眉鸣唱时的心情。作者身陷囹圄，不得自由，孤独苦闷，所以画眉“特地频来”，婉转鸣唱，自然让他感到莫大的欣慰。珠喉玉舌，形容画眉鸣叫如珠玉声。

3 “不吹”两句，两句相连为一事，意为画眉不为求偶而歌唱，却来向他这个囚徒献媚。凤管，乐器名，即笙箫。萧史，相传为春秋秦穆公时人，善吹箫，能致孔雀白鹤于庭。秦穆公将其女弄玉嫁给他。萧史每日教弄玉吹箫作凤鸣，后凤凰齐来集于其屋。穆公筑凤台，使萧史夫妇居其上。数年后，二人随凤凰飞升而去。事见西汉刘向《列仙传》。后以萧史借指情郎。南音，南方楚国的音乐，代指故国之音。《左传·成公九年》：“晋侯观于军府，见钟仪。问之曰：‘南冠而絷者，谁也？’有司对曰：‘郑人所献楚囚也。’使税之。召而吊之。再拜稽首。问其族。对曰：‘泠人也。’公曰：‘能乐乎？’对曰：‘先人之职官，敢有二事？’使与之琴，操南音。”杜预注：“南音，楚声。”作者自比“楚囚”，故听画眉鸣叫为楚声。

4 “诗兴”句，作者已多次听过画眉叫，引发诗兴，《狱中闻画眉声》、《再闻画眉》等作即诗兴大发的表现。“隔宵”酝酿诗作，也隐含着对第二天与画眉诉说的期盼。

5 “何当”两句，意为自己应该向能通晓鸟语的公冶长学习，以便能够对画眉倾诉心中的愁闷。何当，应当。师，学习，效仿。公冶，公冶长，春秋齐人。孔子弟子。相传他能通鸟语。愬，同“诉”。

〖赏析〗

狱中咏物以明志，著名者如唐骆宾王的《在狱咏蝉》：“西陆蝉声唱，南冠客思深。不堪玄鬓影，来对白头吟。露重飞难进，风多响易沉。无人信高洁，谁为表余心。”作者此诗显然受到骆诗的启发，特别是开头四句。但骆诗是托物自况，语多双关，物我一体。而《再闻画眉》虽也赋物，但主客体分明，画眉只是作者对话倾诉的对象。诗中把画眉拟人化，写成一个温柔而善解人意的女性，以美妙的歌喉给他带来了欣喜和安慰。一个“媚”字，生动地刻划出了画眉的情态。同时画眉又是自由的化身，寄托着作者对自由的向往。诗歌蕴藉而又饶有情趣，用典贴切，语言秀逸。又《狱中闻画眉声》诗写道：“阴房卧听画眉声，绝胜簾栊语燕莺。记得娇儿歌俚曲，也如好鸟弄春晴。心驰刹末空增怅，身处笼中敢浪鸣？十日愁城九风雨，耳根聊喜一时清。”虽也有所寄慨，但不及此诗蕴藉。

晚山烟雨

诗情画意近南朝[1]，草树濛濛石径遥。
林际[2]湿云飞不起，一声疏磬[3]落山腰。

〖注释〗

1 “诗情”句，南朝宋、齐、梁、陈四个王朝均地处江南，春天烟雨空濛，景色迷人，故作者谓眼前之景“近南朝”。

2 际，边缘处。

3 磬，寺庙中和尚敲打的一种用铜铁铸成的鸣器，这里指它发出的声响。

〖赏析〗

写景非作者所长，但这一首却写得颇有韵味，特别是后两句：树林边上的云彩因湿气重浊飘不起来，可见这雨下的时间不短；用“落”字形容磬声的传响，不仅写出了山林暮色的空寂，也显得那声音仿佛是挂着水汽一般，与前面的“湿云飞不起”正好相呼应。唐薛逢《长安夜雨》诗：“压树早鸦飞不散，到窗寒鼓湿无声。”作者或受薛诗启发，不直接写雨，而是就雨所著之物落笔，但绵绵雨意尽现。

渔　舟

寒鱼江上渐堪叉[1]，不系何须问有涯。
明日钓鳌[2]沧海去，人间重看客星槎[3]。

〖注释〗

1　叉，用鱼叉捕鱼。

2　鳌，传说中生活在海中的一种大鳖。

3　客星槎，又称“客槎”，指升天所乘的竹筏，用晋张华《博物志》人乘竹筏游天河遇牛郎织女之典，参见郑如兰《送别》注1。

〖赏析〗

诗题为渔舟，实则是写驾舟之人。渔舟不系，钓鳌沧海，表现出一种洒脱情怀和高远之志。